# 香已住

陈佩香 著

天津出版传媒集团

百花文艺出版社

图书在版编目（CIP）数据

香已住 / 陈佩香著. -- 天津 : 百花文艺出版社，
2024. 12. -- ISBN 978-7-5306-9001-7

Ⅰ. I267

中国国家版本馆 CIP 数据核字第 20242WL097 号

# 香已住

**XIANG YI ZHU**

陈佩香　著

出　版　人：薛印胜　**责任编辑**：张　雪

**装帧设计**：吴梦涵

**出版发行**：百花文艺出版社

**地址**：天津市和平区西康路 35 号　　**邮编**：300051

**电话传真**：+86-22-23332651（发行部）
　　　　　　+86-22-23332656（总编室）
　　　　　　+86-22-23332478（邮购部）

**网址**：http://www.baihuawenyi.com

**印刷**：三河市嵩川印刷有限公司

**开本**：880 毫米×1230 毫米　1/32

**字数**：150 千字

**印张**：9.75

**版次**：2024 年 12 月第 1 版

**印次**：2024 年 12 月第 1 次印刷

**定价**：58.00 元

如有印装质量问题，请与三河市嵩川印刷有限公司联系调换
地址：三河市杨庄镇肖庄子
电话：（0316）3654999　邮编：065201

# 序

　　据说上古时期的人们特别重视文字的力量，仿佛字词一落笔，便会作用于写作的人和写作者所在的世界，以至形成某种神秘的象征呼应关系。拿到《香已住》便让我有这样的感觉。这不仅仅是文如其人，更是人以文传，人文两生了。安溪是一个钟灵毓秀的好地方，她的声名很容易让人生发这样的联想：闽南、山城、铁观音、茶文化，另外就是距离海上花园城市厦门很近。对于安溪，其实还可以做出这样的延伸——温婉而热烈的女性、浓得化不开的凤凰花，以及跃跃欲试的海风。或许还可以加上散文家陈佩香，因为陈佩香的散文，让这座闽南的县城以一种格外生动活泼的姿态和形象走入人们的视野。她不再只是理学名臣"一代完人"李光地的故地，她有独有的旖旎风光。陈佩香的散文某种程度上起到了这样的作用。

　　诚如认识她的人所能感觉到的，陈佩香实乃生长于安溪的一朵山茶花，茶以人香，人以茶名。说她是山茶花，是因为她的散文浸透了茶花的声色气味，她散文的魂和形，都与茶花有关。说她是山茶花，还是因为她的散文和人，都蓬勃着山茶花的质朴、清新和灵气。这种灵动的品质，既是山茶花所赋予她的，也是她作为茶的传人与生俱来的。

陈佩香的散文产量虽不太高，但给人印象深刻，品读她的散文常常被其内蕴的诗心所触动。她是把散文当成诗去写——虽然她无志于诗歌写作，但她的散文作品处处蕴藏着一颗诗心，一种诗味。她的散文风格可以用康德美学思想中的"优美"加以形容。即是说，她是以审美化的"优美"姿态看取人生和世界，因而世界和人生处处显示出柔静、秀丽和优美的风度来；她人为地过滤掉沉重、悲壮和崇高，常常只留下哀伤、叹息和感悟。诗心正是这种日常生活的审美化的结晶之体现。

这该是一个多么具有灵性而又蓬勃的安溪山的精灵啊。陈佩香的散文，并不拘泥形式，也不拘泥内容，她的散文甚至也不注重结构或叙事的连贯，而是常常在经验的挖掘和提炼上下大功夫：在个别字词的锤炼或选择上，常常见出作者的慧心与灵性，她的散文往往因某些字词的选用而显得云蒸霞蔚、气韵生动。某种程度上，她是一个舍其外形而直抵散文内核的作者。

好的散文从本质上看都是诗的显现。陈佩香是一个专注于诗心、诗性和诗情的散文作家，她的诸多散文篇什同时也是一首首优美的诗的华章。我为读到这样的散文而感到怡然欣跃！

是为序。

徐勇（厦门大学中文系教授、福建省作家协会副主席）

2025 年 1 月 24 日

# 目 录
CONTENTS

## 慈园，掌心上的指南针

我之前不知道童年时的老师一直记着我。夏末的一个傍晚，我刚到家，就接到一个陌生号码的来电。电话接起来，他对我说："佩香，你好！我是慈山的坚固老师，你现在有时间的话来和我们喝杯茶，我和慈山的几个老师在一中旁的茶店等你。"

风从蓝溪边吹来，带来桂花的香气，我一下就沉默了，忘记了回话。迟疑了一会儿，我立马赶往他说的茶店。刚到门口，我就看到他们几个人围坐在茶桌边，说着闲话。桌上的白瓷茶杯染了一点灯光。微凉的夏末，这一场茶叙尚未开始，我就已被什么东西绊住了。

"明年是我们母校李尚大先生百年诞辰。你现在是我们安溪的青年作家，为李尚大先生写一篇文章是任务，更是对母校的回忆。"刚坐下，茶未饮，以前的班主任，现在的颜校长对我说。我不停地点头称是，心中仿佛受到了某种莫名的震动。

　　离开我读书生活了七年的慈山母校，至今快二十四年了，喜欢涂鸦的我愿意写点什么给母校。师恩难忘，同学情分不会丢，要写的太多，一部长篇也未必能写尽。

　　我时常想象那些见证我成长的老师可否会谈起我，也会在某个深夜想象那些老师现在的模样，突然意识到一个人越走越远，便会遇见许多不曾预料的牵挂与被牵挂，而到最后一切只能成为回忆。

　　那所由爱国华侨李尚大先生捐资创建的学校给我留下的印象是美好而生动的，我无数次路过却从未想过再进去看一看，因为我害怕遇见教过我的老师。偶尔同学聚会谈起母校，发现他们竟然也有类似的行为。我不知道这么做好不好，我想大概许多人都有像我一样的心理，既怀念又害怕吧。或许，在这滚烫的俗世里，我们更习惯于把美好单纯的青春完整不变地封存在记忆中。

　　今天，离开母校二十四年以后，我收到这份邀约，心里生出了一些忐忑，想来是近乡情怯吧。

　　深秋，一个晴天，我回到了母校。车从后山刚驶进教学楼前的空地，一位曾教过我历史的老师快步迎来，他大声叫我的名字，说："佩香，回来啦！你当年的教室就在二楼，你记得吗？"我当然记得，我一直记得那间教室，记得我的座位和每一位教过我的老师的名字，记得那难以忘怀的七年时光。

母校创办于 1923 年，原名慈山小学，后曾更名为劲松小学及湖头中心小学。1985 年，由旅居印尼的李尚大、李陆大昆仲捐资重建，1989 年扩办初中部。母校依山而建，常年绿树白楼，错落有致，鸟语花香，曲径通幽，在二十世纪八十年代及九十年代是引领安溪教育的一所花园学校。从九岁到十六岁，我在母校整整度过了七个春秋，情状难以缕述，母校老师造就的好学不倦，则生动如一首歌谣，一直伴随着我。

"这是你读书时的学校前门。后来，学校把两边的稻田也征用了，扩建了现在的科技楼。"当初对我特别严厉的颜老师娓娓道来，他是我初三时的班主任，也是现任校长。他说："你小时候淘气，总是爱上课时看武侠小说，现在也算是对得起当初看的小说了。"我相信那是我留在他记忆中的印象，一个不算优秀的学生的印象，虽然这个印象使我有点发窘，但我却为此感动。

我紧跟在颜老师身旁，路过慈母雕像穿过连廊走到科技楼，见到以前校门留下来的两根门柱，我的脚步再无法移动。我眼前浮现出二十多年前，我第一次来到母校的情景。教学楼的一扇扇绿色窗子，面向着阳光，在记忆中变得明亮；校园里的一排排杧果树、桂花树，常年绿油油的，从树下走过一股淡淡清香的气息迎面而来；正午的阳光，穿过教学楼长在一棵棵柁果树苍翠的光芒之上，显出跳脱的生机与活力；课间时，三三两两的学生在走廊间或操场上休息、闲聊或打闹；教室里，一排排座位上，踌躇满志的少年，脸上身上都被窗外的阳光镀上了金色的光辉……

一切都如此清晰。

此时，我抚摸母校原校门的门柱，寻回了许多昔日时光。那些尘封的记忆之页此刻被泪水打湿，洗去了积尘，它们如此动人。母校，回到这里，我看见了永驻的青春。

"少年子弟江湖老"，无论我走到哪里，母校一直是我掌心里的指南针。我握着指南针归来，见到了永远的少年。

# 难得浪漫

　　木棉花落了，桂花也挥舞衣袖告别。沉寂的乡野，唯有板栗嚷得满世界都知道它的甜了。

　　在结婚十五周年纪念日这天，如初回到了儿时的家——国公山。

　　"板栗长满刺，会扎手，你不怕吗？"

　　"不怕。你喜欢吃！"少年摇摇头。

　　"你都流血了，你真的不怕疼吗？"

　　少年点头说："怕。"

　　清晨的国公山，像掌上独舞的精灵，小小的，亮亮的。当第一缕阳光跃过板栗树的树梢，微笑着吻向如初的脸，她在暖阳的抚摸中醒来，睁开双眸，她看到她的少年。

　　就这样，过往的日子与如初玩起了捉迷藏。

　　那个穿着褪色蓝布衣服的青年，那个有着若墨的长发的如初，两个人并排蹲在板栗树下，黑色的脑袋像两朵顽强生长的冬菇。

当时的阳光是那样明亮，它并没有告诉那两个相依为命的傻小孩，在很多年后，如初真的成了少年的新嫁娘。

夜在山根上。月亮在山背后歇着，星星出来了很多，高悬着，遥遥望过去像是枕在屋后的板栗树上。

"真快啊，一晃我们都老了。"

"是啊。我们老了，板栗树还在。"

如初看着眼前美景，却无甚期待，她不由扪心自问：我还是我吗？成家后生活、爱情去哪儿了？

成婚后的如初如同一部上了发条的机器，走路、搭车、上班、带小孩……每一个今天都是昨天的翻版，日复一日，周而复始。春的芬芳、夏的蓬勃、秋的丰硕、冬的萧瑟，斗转星移，风景变换，但这一切好像从来没进入如初的眼帘，更没有进入她的心灵世界，她觉得自己不过是在车马匆忙的路上奔走了三百六十五天罢了。生活俨然在真空中，没有色彩，也没有气味。记忆中的温情与现实苍白交相辉映，落寞与疑惑涌上心头，如初问自己：我幸福吗？

多年后，时间覆盖尘土，却覆盖不了最初的允诺。

如初茫然地看了一眼身边的他。刚刚的回忆与现实世界之间太过突然地逆转，她有些恍惚，竟不知此时身处何时，身边何人。

那年师范毕业，如初到一所乡村小学去教书，到该谈婚论嫁的年龄后，那个少年已变成一个寡言的男子，他牵过如初的手，眼光交汇的那一刻，带着板栗味道的空气拥抱了她。

"我会给你剥一辈子的板栗。"结婚那天，他对如初说。

没有所谓的玫瑰与情书，也没有甜言蜜语。结婚十几年，他只给了她一份温良而安静的生活。

如初害怕黑夜，他就算离家再迟也会赶回家；如初睡前有吃点东西的习惯，他就算喝到再醉也记得把打包夜宵带回家，哪怕到家时她早已入睡；孩子出生后，夜里多是他给孩子掖被子，如初方能安心地一觉到天明。

浪漫情怀随玫瑰远去，日子却细水长流。

这么多年以来，如初不曾离开家，在外头住宿过。直至那天，如初结婚十几年后第一次离家，到省城去培训。

那晚，明月掩去了云的泪光，漫天的清冷，是如初满腹的心事。

一起培训的舍友谈笑风生，如初的心被一根线扯得发疼，用颤抖的手擦去腮边的泪。

"妈妈，宝宝想妈妈了，你怎么还不回家？"在接到女儿电话的那一瞬间，如初她恍然大悟：平淡的家是最自在的地方。有他安睡的身边，才是真正的诗和远方。

生活是一道围墙，我们在定点相遇，却又向右向左走。墙里，是我们回不去的曾经；墙外，是我们到不了的未来。

"妈妈，你最喜欢吃板栗吗？"

"是啊。"

板栗树上结出来的板栗是国公山孩子们唯一的可口零食。如初无法告诉女儿为何，可那时那里的物质确实贫乏如此。

板栗树很少，国公山的孩子很多。关于板栗，国公山的孩子们一直没有达成共识。最后孩子们达成君子协议，谁能在板栗树枝干上刻上名字，那这条枝干长出的板栗就是谁的。

很明显孩子间的嬉闹是不现实的。到了板栗成熟的时候，板栗成熟后就会掉下来，到时候谁捡了谁吃。

那天，小小的少年拍了拍如初的脑袋，转头冲他们笑，像下了很大的决心说："好的，就这么定了！"

如初一转身，就忘记了那个约定。

天黑下来的时候，少年拿着手电筒拉着如初往山上走。

"你要拉我去哪儿？"

"到了你就知道了。"

月光照在大地上，露水浸湿少年单薄的衣裳，可少年浑然似不觉，只满足地笑。如初愣愣地看着他，他打开手电筒，伸手扯住挡路的枝条，只见褐色的枝干上刻着：如初的板栗树。

条条枝干如是！

香已住

"如初，从今天起，这些板栗树就是你的了。"

那晚后，国公山的许多板栗树都属于如初了。

阳光下的板栗树，显得陌生而遥远。长长的田埂路，弯弯的燕尾脊，静静立着的老屋……像悲欢一样分明的黑白，干净里掺杂着几许沉静，那是未经风霜的、年轻的轻灵水净。

## 时间之伤

接到王朵的来电，我颇为意外。

1999 年仲夏之后，我与王朵友谊的线被人为地切断了。这二十年里我们习惯性地忽视彼此的存在，也刻意回避出现在彼此的生活。

她说："明天是杨过世三周年的日子。我明天要穿嫁衣了，你可记着我们的约定？"她提出问题时，声音故意提高了分贝，然后是长久的沉默，而后则是哽咽。握着手机的我无法出声，只能颤抖着呼吸。我似乎能隔着这根电话线感觉到对方压抑的微疼。时隔二十年，我和王朵又玩起了过去常玩的游戏。

"石头剪刀布……"王朵习惯性地张开着手，那是布。

"我出剪刀，你又输了。"王朵和我比划着，跳跃在废弃的铁轨上。

"我把铁轨踏出花来，还是等不到杨。你不陪我玩游戏那二十年里，我记不清我有多少次独自在铁轨上走，我一走就走掉了我的整个青春。"

"只是为了能看一眼杨吧。"

我和王朵切断联系的二十年里，王朵每天唯一重要的事情就是晚饭后到铁路上散步，玩着石头剪刀布，跨过一枕木一枕木的铁轨跳到杨工作的站台，然后在杨的值班室给自己倒一杯茶喝，听杨说一句话。

我努力脑补，一直被视为花瓶的王朵，从二十岁到四十岁这最美年纪是怎样折断自己的翅膀，落在铁轨上的。岁月折叠起来的褶皱，如同那杯叫时间的茶入侵骨髓，似是不为人知的秘密，也暗自消解在过往中。我们都在每日沏茶的晨昏中，度过青春的热烈与苍白。

那是夏夜的晚上，没有星，也没有月亮，王朵穿着蓝色公主裙，蓝色裙沉在蓝色的夜里，隐约中可见她瓷白粉嫩的脸和两条白花花的长腿。

那天王朵过二十岁生日，她把我们几个伙伴召集到杨喜欢去的溪沙滩，她想对杨表白。

站在溪沙滩中央的杨向上喊："你们快下来，别只呆坐在那！下来喝啤酒！啃鸡爪！"王朵答应了一声，起身拍拍臀上的泥土，就"噔噔噔"从台阶向溪沙滩中央走去。

见她去远了，我们五个小伙伴中的一个悄悄地问："她满口都是杨，今晚不会是要对杨表白吧？"

另一个小伙伴答道："鬼知道。"

那一个小伙伴又问道："她不会一直是单恋吧？"

我还没反应过来，就被王朵拽到他们的中间。杨隔着王朵笑着看我。

我永远忘不了那一幕：杨穿着黑灰的牛仔喇叭裤，暗红的宽松衬衫，斜背吉他，一头鬈发在夏夜风里微微动。他朝我一笑，走到我眼前，轻轻拨动怀里的吉他，浅浅唱道：

"你知道我在等你吗？"

鲜衣怒马，翩翩少年。王朵整个青春秘密花园里的旋律，就这样在这个夏夜轰然倒塌。我和王朵的友谊小船也顷刻间翻进了溪沙滩的蓝溪里。

"你明天出嫁，真的要从铁路走？"

王朵沉默了。

我也沉默了。

在接王朵电话那一刻，我又回到和她同住的夜晚。

"你真的非杨不嫁？"

"一块石头焐久了还会开花呢，何况是一个人呢。就算杨的新娘不是我，我还是会穿着嫁衣走铁路。"

每每话题谈至此，王朵就无法躺着，她会起床到窗边抽烟、叹气，不再和我说话。

盛开的三角梅，胭脂红的嫁衣，在这红艳艳的喜庆中我竟然感觉到了几分浅浅的伤感。

香已住

"王朵这孩子平时看着乖啊，竟把自己留成了四十岁的老姑娘。出嫁呢，还不贵气点，也不让男方迎亲车队来接，非要走什么铁路。唉！"

"真是书读到牛背上去了。"

"我看真是把书读成花瓶了。"

"我看也用不着读书。读书能把人读老。"

"……"

王朵的七大姑八大姨像在讲别人家的孩子，而不是她们家的孩子王朵。

"真的要从铁路走？"

那是一种怎样云淡风轻的告别，我一抬眼，火红中一双漆黑的眼睛透着靛蓝，王朵平静得像繁星满天时的夏夜大海，所有秘密都藏在其间。

王朵整个人都在夏夜里，整个夏夜只有王朵。

"咣当——咣当——"铁轨隆隆地响着，铁轨上的火车像蜈蚣似的在晨光里向前爬去，在清晨七点准时从王朵家的对面爬过。茶园一梯一梯显了出来，马上又隐没在晨光里边，一列南昌货车绕着戴云山脉，掠过燕尾脊的注视。

"可以出发了。这趟货车过去，两个小时内不会再有火车经过。"王朵不带半点情绪地说道，如同每晚饭后说："到铁路上去玩石头剪刀布去。"

没有可以让王朵父母撑面子的迎亲车队，没有锣鼓吹吹打打，只有一行人寂寞地走在黑溜溜的废弃铁路上。

三角梅间隙筛落的一缕阳光恰好照到王朵身上，映得她脸颊白皙洁净，犹如暗夜里绽放的白茶花阳光温柔，和她眼里淡淡的忧伤形成强烈的对比。

王朵脚踩在铁轨枕木上，发出踢踏声，从青春年少到人生过半。迈过一枕木一枕木的铁轨她只为看杨一眼，在杨过世三周年的日子，她穿着嫁衣通过这段铁路，走向另一个男人。

望着黑溜溜的铁轨伸向杨工作过的地方，一抹阳光照着王朵火焰般鲜红的嫁衣，我们似乎走入了另一个世界。

胭脂红嫁衣可以带走什么，一段懵懂无知的美好，还是一段永远不能撕开的痛？

"止于唇齿，掩于岁月。"那个印在铁路上的吻，摇醒王朵的余生，摇醒光阴里的故事。

# 似曾相识燕归来

## 1

实在是忧伤，我怎么长白头发了？

午间在餐桌边，我一边吃饭一边找丫头寻求安慰。丫头瞥了我一眼，说："你以为还十八啊，上了年纪肯定会长白头发的。"就这样，寻求安慰不成，反而心尖被扎了一刀。午休的睡意也被头发里的白色素吓跑了，索性我对镜数白发。待我用手指撩开自己的长发，我惊讶地发现，在我一向引以为傲的如墨长发里怎么会埋藏这么多白发！左边比右边多了十几根。

第一根白发是何时长出的？思绪一打盹儿，飘回了过往的岁月。

那是一个把风搬到枫岗的深秋。1996年的枫岗，风一阵紧似一阵地吹，渐红的枫叶如飞累的蝴蝶，飞到哪停到哪。深秋的阳光不插手这些事，依旧那样照着。如往常一样，吃完早饭，我去教室学习，再去食堂，最后回宿舍。只是每次回宿舍，我都会先绕到斜坡上的枫园待上一会儿。那天我吃完午饭，一个人沿着石阶往枫园里走，在枫树前蹲下，拾一枚发红的枫叶置于掌心，我怔怔地看着，长久地看着。

"我姓要，叫晴朗，晴天的晴，朗月清风的朗。"

一个顶着这样名字的人，该是个怎样的玲珑少年？我一下子心生好奇，甚至还有一点点的期待。那天，他很郑重地介绍他的名字以及名字的含义，他还做了一个绅士的谢幕动作。我没有了睡意，干脆在家楼下河滨路散步，来呼吸山城的夏季。凤凰树摇着碧绿的叶子，顶着妖娆的花，粗壮的树干猜不出它栽植于何年。它根植于回忆里，夏季，溪岸边，如同穿着红色长裙的女子，风情妩媚。

一朵，两朵，三朵……

我数不过来。一个人散步，我爱上了这种小折磨，我边走边伸出手，去接那从树上飘落而下的凤凰花。

一位少年，站在凤凰树下，也如同我爱上这般小折磨。他一朵一朵捡起掉落在地上的凤凰花，贴着它轻轻耳语。

少年，你在找寻什么？

"我在捡拾我的青春。阿姨，又到一年毕业季了。"少年有着水墨一样的深瞳，他背对来时的方向。温暖的气息布满整个上空，四周山的影子柔软地起伏着，轮廓也像这红艳艳的凤凰花的花瓣。

少年轻轻捏住的凤凰花，我看到那个熟悉又陌生的自己，那个已不再年轻的自己。那火红一下跃入少年的眼里，他又轻轻捏住另一朵飘落的凤凰花。在这样的夏季和这样的热烈中，我慢慢地安静下来。自己人生记忆的起点，从这里开始，在这个小小的山城，从凤凰花开始。

夏季的某个午后，我发现我有了白发。

从什么时候我第一次发现自己有了白发，是在某天醒来的早晨，还是在某个伴着月亮入眠的夜晚？

是从童年的半夜，听到母亲在卧室里低声哭泣时吗？她喃喃自语："就这样剩下我一个人带着这三个孩子，我该去哪里，多挣点钱来养活他们……"我只能缩在被子里咬着牙偷偷地陪着母亲流泪。

是在敏感的豆蔻年华吗？兴高采烈地和邻居家小伙伴一起玩捉迷藏、跳方格子后的回家路上，不小心听到邻居家里面传来一句"我让你不要跟她玩，她这辈子是不会有什么出息的！"

是在读师范时吗？想拥有一架电子琴，我知道家里拿不出钱，于是只能每晚到琴房去排队呢？

我忽然想笑自己，那时发现白头发，便一拔一扔，自己引以为傲的还是这一头乌黑的长发。而此时，我手上那根被我拔下的白发，在我满四十岁的这个夏天午后，竟白得如此耀眼。真的忘记了从哪个年岁开始，我变成了另一个陌生的自己。我活得只剩一个自己，而俗世红尘是一个遍地残骸的战场，我刚在这里劫后余生，又得马不停蹄地赶去那里冲锋陷阵。

此时，河岸的对面万家灯火次第亮起，我发现自己竟在这河滨路闲逛了一个下午。从某扇窗里飘来若有若无时断时续的琴声，和着树上的鸟鸣，蜿蜒在火红的凤凰花里。如火的花朵配上轻唱的鹂声，敲醒了少年的梦境，也敲醒我的梦境。

"快走吧，再不走怕是你的家人要着急了。"我在一旁轻声催促少年回家。抬头再望望那一簇簇火红的凤凰花。我一个人安静地往回走，走在开满凤凰花的夏夜，边走边伸手接那一朵一朵从树冠走下的"凤凰"。

## 2

你后悔过吗？

你可会在某个深夜想起他，那么好的一个人，你就那样放弃了。

前几天同学聚会时的闲谈，竟在此时一一从记忆中跃出还原。夜幕下，马路旁，偶尔车灯直射过来，让人晕眩，我喝了点小酒，已是微醺，便光着脚，双手提着脱下的高跟鞋，一晃一晃地荡进微凉的水洼。荡起的水花落在裙边，一下就没了。这一生你会遇到谁，是注定也是偶然。在你遇见的那刻，就已经被安排了故事的结局。

"你也是一朵凤凰花。"

一个相似的画面，一句无意的对话，让前尘旧事——向你走来。

多年后，我也常会在某个醒来的深夜想：如果没有那一天的遇见，之后的故事都将不一样的。

> 见字如面：遇见你，是茶，是花，是景。在这个温暖的季节。我的山城如此完整。我愿把每一句早安，连接成我们的地老天荒，让每一句晚安，都缤纷成我们梦里的初见。

道不尽的，是独处时的嘴角轻扬。就这样彼此两个人将自己安放在隔空的文字里。那时每一天，我最期待的就是从生活委员手中接过信封。那时，我爱极了自己的样子。那是青春最美的模样：笑，亦深，亦浅；念，不远，不近。

> 见字如面：在未见你面之前，我已城池失守。又开始在没有你的山城里颠簸奔波，终有憾。此憾在人间，有你在的远方，我的梦就在远方，而被风吹乱的远方，在月亮下面。我在山的这边，山城里万家灯火，随便哪一盏灯火里，都是一个

无法讲述的故事。人情冷暖，始终是我不敢碰触的地方，那么疼又那么暖……

　　晴朗：你离开枫园，回到你的城市已经两天了。这两天，便像过了好多日子。天气不好。你走后，天气便歇斯底里起来，很是欺负人……这时候，我窝在宿舍的被窝里，窗外妖风阵阵划过树干间的怪声，想着，你若在，便又要缠着我，告诉我那天你是如何刻意地遇见我。


　　那时不管看到任何风景，我都会想到晴朗。隔天，晴朗的办公桌便会收到三色的絮絮叨叨。枫岗的风，又带走了哪一场花事，也凋零了谁美丽的过往。

　　毕业了，我回到小城。我本以为会结束靠信鸽来传递想念的日子，可以一起晨钟暮鼓，三餐烟火，在红尘里举案齐眉，烹茶煮酒。纯棉的白裙子会是永远的纯白，他的指尖会每天穿过我乌黑如云的长发。往后的日子会恰好了彼此的时空，恰好了彼此的花季，更会迎合了灵魂的自己。可现实还是把过往折叠，变成一个人的怀念。

## 3

　　"好久不见！"
　　"真快，一晃人过半百了。"

"我老了，枫岗依然还在，枫树依然在。你也没变。"

时隔二十年的夏天，也是在凤凰花开的季节，晴朗回到了小城，在我的茶馆里，我们见面了。

那天，我发现茶馆对面山城的燕尾脊连着天。一座一座的燕尾脊，像是一艘艘小船，用精雕细琢的脊背没日没夜载着落日，载着星光。那段青葱往事还在记忆里随着落日升起，变红，变白，变热，变大，变冷，记忆里能掏出来的除了他的微笑，还有他的影子……

一句"好久不见"，唤出了记忆中的人面桃花，唤出枫岗的青春雨季。

温杯泡茶，相对无语，如同无数个自己的往常。轻轻端起一杯放在他的面前。晴朗发现，杯子就是当初他给的那一个白瓷杯。他一下握紧了手中白瓷杯，直至杯中茶水变凉，眼睛瞪着落地窗外的暗处，对面的山影爬上窗户，又退回去，似真似幻。对岸的盏盏灯火，像钟摆来回回，神秘莫测。那天我像有无数的话想说，想像平时与朋友闲聊那样告诉他：结婚十几年，哪怕是在女儿尚小最为忙碌的时刻，我依然会腾出一刻钟给自己，静静地泡上一杯茶。这时，我会格外用心，会拿出这套白瓷茶具。可最后，我一句没说，只是认真烧水泡茶。

"我走了，希望下次一起喝茶不会等上二十年。"晴朗说完这一句，下了一天的雨忽然停了。

"有人问我，你究竟是哪里好，这么多年我还忘不了，春风再美也抵不过你的笑，没见过你的人不会明了……"我的手机也在这一刻响起，是丫头打来电话催我回家吃晚饭。我忘记了，这么多年来，我的手机铃声一直是李宗盛的《鬼迷心窍》。

　　这一刻，山城骤然天晴，夜色流光溢彩。十里诗廊上芒草的叶子绿了，含笑树的花瓣白了，花蕊黄了，杧果树上缀满粉绿绿的橄榄球，尤其是绿植带上绽开了一簇簇野花，粉嫩嫩的紫，一簇挨着一簇，雾蒙蒙的。

　　我看见一座深无底洞的建筑——宿命。

# 透视

单一纯白的日子皆成奢侈的记忆，从我住进医院的那天起一碰就疼。

曾调笑北方的文友，"你在南方的艳阳里大雪纷飞，我在北方的黑夜里四季如春。"丁酉年腊月的冬季，安溪这座山城特别的冷，一夜之间变成了白色王国。不断的消息刷屏，远的，近的，冰天冻地。雪就那样款款走来，落在茶园，落在屋檐，落在瓦片，落在我的心里。没有惊喜，只有冷凉。

更冷的是，这个丁酉的腊月，我不小心滑了一跤，这个腊月最冷的时候在我的脖子上开了一刀。我就这样生病了，病到需要住院动手术。

2018年1月29日，天寒地冻，冷到我浑身无力。我很想入睡却一直无法闭眼。我怕一闭上眼再也无法睁开。肿瘤，我总觉得只是很遥远，只是听说，听说关于谁的故事，没有想过有一天我会成为故事的主人。

29 日下午我躺在福建医科大学附属第一医院彩超室的小床上，魏医生手中那根彩超探视镜一碰到我的脖子，我便如同跌入冰窟。无尽的黑暗包围了我，我用尽力气想起来，可身下的小床是个漩涡，我无处可逃。医生窃窃私语后，让我明天一早再到病理室用更先进的仪器再次确认，我恍惚看到上天要给我讲一个悲剧故事。

30 日早上，我再次躺在"彩超室"的小床上，看到冰冷透明的彩超液涂上脖子。彩超透视镜在我的脖子上汩汩地走，从我的身体走进去，再从我的身体里反射出来。那时，我仿佛听到我掉进漩涡挣扎的声音。我忍不住伸出手，想握住什么，猜想着上天的故事里这一幕该如何讲述。

福州的冷会刺入骨髓，我包裹着厚厚的羽绒服，在拥挤的地铁上胃一阵一阵地疼。每一个人的表情都是冰冷的，那一双双木然僵直的眼睛隧道似的吸走我惯有的笑颜。突然，我被手中响起的电话铃声猛地惊醒。我哭得撕心裂肺。在地铁车厢里，我不再顾及自己一向所谓的形象，在 30 日这个寒冬的中午，福州 1 号地铁车厢里载不走我面对死亡的恐惧和慌张。

2 月 5 日，我住进了医院。在这之前，我总觉得医院离我远远的。听多了故事之后常常会迷糊，常常会说"我怎么这么倒霉！"其实谁也有"我怎么这么幸运"的时候，只是这样的时候人总是笑的，所以忘得快。

在住院的日子里，医生成了我唯一的心安。而病痛如同

香已住

一张蜘蛛网，我不小心就撞上，被牢牢黏住，不免要痛苦挣扎。

"别紧张。乖，有我在。"低沉悦耳的声音充斥着阳光炽热，慢慢窜入我的耳中。

那声音是太阳的暖流，让深陷恐惧的我嘴角情不自禁上扬，对即将到来的手术也不再那么害怕。

冰冷发灰的胸透室里，门推开合上，一下跟着一下，沉重的开关门声配合着医生的指令，奏出术前交响曲。

"站在 X 射线发射机前慢慢转圈。"医生在显示器前对我发出指令。

医生告诉我说，刚刚在透视的情况下看到我的呼吸起伏和心脏跳动。

我刚走出胸透室的门，身后又是"砰"一声。我的魂还没跟着回来，一张黑白的 X 光片已从窗口扔出。

走进胸透室之前我的世界是柔暖的，天是白色的。我喜欢这简单的颜色，极尽透明。我呆呆凝视着手中这黑白间隙斑驳的阴影，生活除了耀眼透明的白，还有没有别的颜色。

我躺在充满希望的绿色手术推车上，身穿蓝色制服的护工推着我，从住院部十四楼的电梯下到一楼，再推进手术室。到了一楼，手术推车像是刹车失灵，我还来不及与陪伴左右的亲人再对上一眼就被卷进了旋涡。门一扇一扇开，一扇一扇关，在开与关之间我被推入一个我毫无感知的空间。我看向这个完全白色的空间，心茫然不知所措，眼眸恍惚了起来。

我看到了陪伴我的亲人被止于手术室门前巨大的玻璃门外，玻璃门上倒映着我的剪影。这个剪影在医院的走廊里走，一直往前走，一直走到手术室的尽头。

"手术很顺利，比预期的效果要好很多。"我刚从手术台上被推出来，主刀的蔡医生轻拍了一下我的肩膀，在我麻醉醒来的第一眼。

我每天待在医院里，不像一开始那样充满恐惧。在医生给我讲述的故事里可以持续睡眠，虽然每天醒来后还是那样疲惫又委屈。

"病理报告出来了，是阴性的。明天可以出院回家过年啦。"蔡医生在我手术第五天后的查房时，爽朗地宣判我可以出院了。阳光隔着病房玻璃窗落了下来，这个单一纯白的世界在那一刻显得温暖。我在这满屋的阳光里，呼吸停滞了一瞬，而后泛起了微笑。

过年的气氛越来越近，住院后我习惯趴在窗台上，街上的车和人明显没有了往日的拥挤，大家都回家过年了。入夜，零星的鞭炮声响起。

"起来，与我同去。因为冬天已往。"在办理完出院手续时，我忆起《雅歌》里的这两句。而此时，微信又传来一声清唱，我拿起手机一看，是远方的故友发来：我祈祷成功。

# 摇醒幸福

## 1

微信上的好友说："最近铃兰系列首饰火遍全网，铃兰花开，幸福归来。我知道铃兰花是你的执念，就给你买了一套。"

我不是一个热衷打扮的人。化妆品我几乎没有，首饰曾喜欢过玉镯和手表，极少关注其他，拥有为数不多算不上珍贵的，便是结婚时的礼物。随着年岁增长，更喜自在舒服，至于什么品牌推出什么系列的首饰产品，我更是后知后觉。

我一时恍惚，从什么时候开始，铃兰花成了我心底的执念？

繁杂的烟火人间里，一日三餐，点点灯火如许喧哗。我有一个故事，它在心底，悄无声息。

忘记是哪一个午后，洁白的铃兰花阳光下像小铃铛的花骨朵灵动剔透。仿佛风一吹，便会"叮叮"响，诉说一季所有容纳。或许是因为它的花语是"回归的幸福"，就看了一眼，铃兰花便住进我的内心深处。我已然记不起，我是什么时候把涂鸦变成了一种习惯，2017 年出版散文集，"铃兰归来"几个字便一下跳出来，再也按不下去。我写了自传性质的文章《铃兰归来》，这个标题便用作了书名。后来，我还写过一篇《洁白的铃兰花》。或许因为我的童年里长满刺，所以我更向往团聚的幸福，或许希望自己就是那一朵小小的铃兰花。铃兰花开，幸福归来。

我喜欢把音乐调至自己喜欢的频道漫无目的地开着车，穿过绿树成荫的河滨路。风是凉的，夜色如流淌的水，路灯在三十迈的车影里面，抬头能看大排档的热火朝天。

这些短暂平常的时刻，让我想起"担风袖月"这样的词。我突然明白了，为什么有人仅凭一次相逢、一个拥抱就会守护你百岁无忧。

刺无法拔起，伤口只是弥合。但如果会有与自己和解的方式，那创伤就会愈合得好一点。孤独不会消失，甚至还会增加。但随着时间的沉淀，对于那些令我深夜依然清醒的情绪，似乎有了出口。

铃兰系列首饰，网上从各种品牌店铺，从几块钱到万元，足金、钻石、玉石、珍珠各种铃兰首饰那样凌乱在我手机屏幕上。是我乍然关注，还是今年特别，铃兰花盛放了。

毫无缘由的，我的胃竟隐隐约约疼，又那么一瞬间，我感到窒息。

今夜，我的执念成了伤疤。胸腔跳出另外一个词：摇醒幸福。

## 2

有风吹过窗台。

上周从北方快递而来的铃兰花，随着风洒落在电脑桌上。我捡拾起飘落的花瓣，放在手上，望着这淡淡的白、浅浅的紫、萌萌的粉，我陷进那一瓣温暖。抬头望着夜空，对面小区次第亮起的灯火，一下子温暖了我那颗不安的心。透过夜空闪烁的霓虹，我看到折一个纸飞机就能点亮的漫长的黑夜，一个烧焦的红薯就能喂饱的整个童年，还有记忆里那些看不见的星星。

周五的夜晚，我可以恣意安排自己的时间，哪怕熬夜，不用担心第二天上班会迟到。没有特意相约，平时常聚在一起喝茶的几个人，竟不约而同在七点一刻齐聚在我的茶室。更没想到的是大家都说一句同样的话："晚上，我们一起喝茶看崔健的视频演唱会。"

我坐到主泡位置上，开始煮水温杯。

这个深秋的夜晚，难得好天气，不热不冷，正对着店门的不知名小花也开得正好。一杯七十年代的普洱茶泡好，润口静心。桌是黑胡桃木做成的，桌上的摆件则是一个身披红衣开口大笑的小弥勒佛，正应了崔健首场线上视频音乐会海报的主色调，热烈、奔放。

身处这滚烫快速的烟火人间，生活的不易艰辛总是需要安放。我们都需要一些这样的晚上来与自己和解。

八点一到，我打开电脑视频。原本是为茶事活动准备的，从没想过有一天会用来看视频演唱会。这是我第一次看崔健演唱会的现场，有种身处时代之夜的微妙情绪。从《花房姑娘》《假行僧》《时间的 B 面》《迷失的季节》到最后最后三首安可，嘶哑倔强的声音，从八点到九点，一直环绕在茶室的上空，还是那样熟悉的感觉，还是那样熟悉的味道。

第一次听崔健的歌，是师范毕业那年。1999 年秋天的校园，学校广播站点播最多的就是《一无所有》。校园上空一天到晚都是崔健高亢而真诚的嘶吼，口语化的歌词一下就刺痛那时迷茫的灵魂。1999 年的我和所有即将毕业的年轻人一样，对未来充满迷惘与失落，甚至一度为此痛苦。那时，我们一方面渴盼毕业，一方面害怕着毕业。我们清楚，我们最后的归途就是回到乡村去做一名教师。《一无所有》中一股无所不在的无力感，在崔健真诚而狂暴的嘶吼中被

香已住

体现得淋漓尽致。我们的无奈也在这首歌中得到释放。这几十年来，每每听到这首歌，我还是会有一时的游离。就如崔健所说，这几十年不该变的都变了，该变的都没变。

曾经，我憧憬着长大后有一个自己的院子。院子周围种满铃兰花，白的、粉的、紫的。在晴好的日子闻花煮茶，容纳所有的辛劳、疲倦、不适。那样的生活定是幸福的。可憧憬多半是虚空的。生活这只小怪兽，常会有失败、有失落、有哭泣、有气馁，你感到沮丧甚至想过放弃。

成家后，我曾天真地以为自己会是一个超级无敌的妈妈，不会累，不会有抓狂的时候。在无数个把自己扔进摇椅的夜晚，我的眼睛却看不到落地窗上的点点灯火，也没有去猜想灯火背后故事的闲心。

小蜗牛处理完伤口，她点的晚餐也正好送到。此时，她一定忘记了伤口的疼痛，也一定忘记了自己是个高三的学生，更忘记关心那个从家逃离的老母亲是否吃了晚餐。自从她运动会摔倒，最初只是皮外伤，后面伤口化脓发炎，她也开始迟到早退，没有去晚自习。我从最初的心疼、焦虑，到此时无力的疲惫。我甚至怀疑，她是不是故意借受伤而逃避学习。

电视荧屏映射出一个眼神空洞，皮肤暗黄，头发泛着白的女人，这个女人是我吗？

"你也有了白发。"

"我们几个中数你最不食人间烟火，终究这烟火还是呛了你。"另一个茶友说。

"你是我们的最后一方诗意⋯⋯"

这个夜晚，随着屏幕上崔健嘶哑而温暖的声音，我跟着屏幕轻轻摇晃着，整个人都是放松的。我在这一刻接近幸福，——摒弃因为生活滚烫而滋生的情绪。我想，一定是上天特意安排了这样一个夜晚来提醒我，生命是一场坚韧的修行，需要怎样的轻拿轻放和适时撒野才能泅渡此生。就如同崔健在访谈中说的"得有人告诉你幸福是什么，幸福是分享，音乐就是在做这个。"

生活一直在继续，在这个繁花盛开的季节，我们需要这样一个夜晚来安放自己。

正如，我逃离的今夜。

## 3

"我结束了二十年的婚姻。不要问我原因。"

立秋，我一个人在茶室喝茶，微信里传来铃兰简短的两句话。

茶室有一整片的落地窗，坐在里面喝茶，一抬头就能看见十字路上人来人往。不算大不算小的十字路口，显然是规划了再规划的。拐弯处的栏杆上爬满了植物，月季的叶子变得枯黄，零零落落地躺在花盆上；两棵海棠花，三三两两的花骨朵，由那黑底的瓷砖衬托着，成了一幅立意简洁的素绘。

铃兰谈不上是一个第一眼感官美女，她的堂妹们似乎比她美。

她吸引人的地方，是她的状态。每一个与她熟识的人，都会说与她相处舒服。

铃兰是一个职场女子，跟你我一样，无甚区别。每日上班工作下班，日日与生活这只怪兽打仗。所以我们坚强，很多时候学会说无所谓，必要时又可以变得尖锐辛辣。可是又有谁能看见，那强悍的外表下面藏着的一颗温暖的心。

铃兰就是这样的人，看上去安安静静的，其实敏感不已，一个眼神、一种语气、一个蹙眉和微笑，她都能察觉。也许这就是她人格魅力所在，清冷的外表，柔软的内心，小小的侠气。

铃兰，如同铃兰花般灵动，却自立自强。

师范毕业那年，我和铃兰一同被分配到一所偏远的乡村小学任教。命运的安排，让我觉得我们会成为彼此生命中很重要的人。

初识她，她穿着一身白衣长裙，留着齐肩黑发，身躯小小的、瘦瘦的，如同灵动小巧、闪着光的铃兰花。

铃兰喜欢啃甘蔗。一到冬季，午饭后，她总会招呼我们几个住校的老师一起吃甘蔗。坐在操场上，每个人脚旁放一个脸盆，啃起甘蔗来。我是其中最不会啃甘蔗的，每次甘蔗还没啃到一半，嘴里莫名长一个血泡，就得拿针挑破，让瘀血流掉，最后会变成溃疡。铃兰偶尔会调皮地咬破自己嘴唇，自嘲是与我同甘共苦。后来每次聚会，我们定会在冬日暖阳下一起啃甘蔗，一次次提起故意咬破嘴唇的往事，然后大家相视大笑。

暖阳下啃甘蔗的慵懒，一如青春岁月里的简单纯净。经年后，才晓得那时的执着和爱。

共事一年后，我和铃兰同时选择继续读书深造，还约定要坚持自己喜欢的涂鸦。

后来，铃兰留在父母所在的县城，听从家人的安排结婚生子。结婚那天，她还调皮地对我说："我没有真正谈过一场恋爱，就结婚了。我还是会期待属于我真正的桃花。"

那天，望着身穿一身洁白婚纱、手捧铃兰花束的她，我深信，她会这样简单幸福着。

二十年后立秋这天，她结束了我眼中的幸福婚姻。我想她一定是遇到了她想要的桃花了。

那个午后，在榕城，我来不及入住酒店，就直奔铃兰订好的茶室。没有我想象中的画面，铃兰还是如初见时的样子，她小小的，瘦瘦的，浅浅笑着。她说："从头到尾，没有刻意，是一场注定的宿命。"

他安静，从不多言语，只是和铃兰相视一笑，便掌控一切，击中她的心。从小她一直安静着、好奇着、挣脱着，渴望能有桃花一朵为她绽放。

铃兰遇见那朵桃花，正是夏天。在铃兰认知里，这是为生活打开了另外一扇窗。桃花阳光率性，自由热烈，有他在的时空是喧闹、是热腾、是奔放。那段时间里，好像潘多拉魔盒突然打开，铃兰改变了原来的生活模式。

仲夏深夜，河岸的灯光透过冷冽暗香抹向人行道的地砖。夜静悄悄的，除了铃兰的高跟鞋踩在地板的踢踏声，再无别的动静。

那晚唱歌的时候，桃花生性的多情，触碰了铃兰的弦，从不喝酒的她硬是不放过桃花，最后在桃花树下喝了十瓶啤酒，铃兰不顾形象地放声大哭，这朵桃花夭折了。

大奈见证那次后，告诉桃花，铃兰太过较真，友情会好过私情。

可生活就是这样，在我们来不及接住抛过来的惊喜时，意外却先到来。

铃兰和大奈滋生了情愫。

"你就这样因为这份情愫结束二十年的婚姻，值得吗？"

"值得。"

望着铃兰那倔强的小脸，我不禁自问：爱情与婚姻存在的温度是多少？

神经学的研究报告这样解释：信任的产生源于催产素的分泌，而催产素的分泌又与共情能力，还有亲密关系息息相关。所以只有毫无保留和顾忌的爱，才能百分百的信任。

"其实，婚姻的本质是一种社会关系，就算遭遇背叛，如果社会关系依旧牢固，那这段婚姻就会有依旧继续下去的理由。你们结婚这么多年，他了解你，你对家庭负责任，对人和善，对他没有百依百顺也有十分包容，所以我相信你再怎样，也不会放弃与他的婚姻。"我说。

"提起女人的人生价值，大家都很喜欢讨论归宿。好像我们一生的努力都是为了找到庇护自己的归宿。但或许，我们也可以享受路上的风景，单身或婚姻，职场或家庭，成功或失败。所有的经历都是我们成长路上的精彩风景。我们来到这个世界，不是为了找到一个归宿，而是成为自己最终的归宿。"铃兰说。

那天，我与铃兰讨论了一个下午，甚至到了争吵的地步。

只记得那天她说，她沦陷在初遇大奈那句话"我做不到满心欢喜，却在你的眼睛里看到那个曾经澄澈清明热烈的自己"。

## 4

从榕城和铃兰见面后回来，我病倒了。

香已住

阴雨连绵，加上身体微恙，我便休了假。我走到茶室，躲进沿街有落地玻璃窗的那间茶室。点上朋友送的那一支纯手工香薰烛，清甜的奶香气和窗外越来越浓的风铃木层层叠叠，雨点滑落，露出一点明亮和雨中的压抑，最后烛焰亮起来，有一种混沌的暖。

　　雨中，迷茫苍白中，一棵一棵高大而怒放的风铃木在等这个深秋雨停，也在等一个暖阳。

　　忘记是在哪一本诗集中读到，"在我整整一生之中，你在哪里？"

　　这座生活了二十几年的小城，我是那样地熟悉又陌生。前天我在《无声告白》里读到"我们终此一生，就是摆脱他人的期待，找到真正的自己。"或许这便是我越来越喜欢简单的缘由吧……

　　我曾经那样固执地种植铃兰花。我寄居县城后，窗台下的空地上我也种植过几株铃兰花。十几年过去了，窗台下的空地已被种上了棕树、迎春花，还有我叫不出名的各种绿植。那独自站在角落里的铃兰花，很少被他人注意。我时常会在窗台上，看着不开花的铃兰花绿叶发呆。我常常会有一种错觉，我和铃兰中间有着宿命的味道，仿佛铃兰花为了陪着我，在这钢筋水泥的俗世烟火认真生长着。

　　记得 2018 年年初，我做了一个喉部手术，有大半年时间，我每天下午窝在窗台上。在我失声的半年里，这个窗台容纳了我所有失魂落魄的情绪。那天，也是这样一个上午，太阳循着亘古不变的路途越来越大，也越来越红。在弥漫的沉静光芒中，我看向窗台下那一抹顽强挣扎的绿意，并看见自己的身影。

此时我窝在窗台上，看书或发呆。窗台正对着中学，时常有铃声传过来。窗台下那巴掌大的空地常是热闹的，各种植物竞相生长弄出的响动，窸窸窣窣片刻不息。窗台下每一棵树我都认真看过，每次我一生病，都在与它们在对话。不管是什么季节、什么天气、什么时间，我总爱盯着窗台下亲手种下的铃兰花思考一些事。比如关于死亡，关于生。诚如今天，我又盯着它，想为什么它种植在南方就只长叶不开花。这都不是在某一个瞬间就能完全想透的问题，不是能够一次性解决的事，怕是活多久就要想多久，就像陪伴你终生的病魔或者恋人。

我这体质，很多药吃不了，最怕是发烧和咳嗽。按目前种种来看，发烧我应该是躲过，咳嗽这小怪兽看来是不放过我。咳嗽带动的头疼是有点恼人的，这会导致我无法好好休息。

我又开始迷糊着。

## 5

"我好像把车钥匙弄丢了。我接不了你。"

"你没有钥匙吗？"隔着手机屏幕，我能感知铃兰此时的表情。

"你没丢就好。你在茶室等我。"

车钥匙丢了有什么值得说的，更没有什么值得写的。丢了，找找，说不定就找到了。再者，找不到就再配一把。一把车钥匙丢了，有什么悲哀的。

外面在下雨。

从茶室落地玻璃窗向外望，河滨路两旁的榕树像一把大雨伞，撑起这一城的雨，给路过来不及带伞的行人有闪躲的落脚点。正对着茶室门口就有两棵上了百年的榕树，树冠够大、够密，雨下得再大再急，门口的路面上有两个圈没有变水色，从来都是水泥干的灰色。

铃兰是自己打车从动车站投奔我来的。她说，她耗尽了能量，需要来我这充电，等能量满格再去升级打怪兽。

自从那次榕城交谈后，我们默契地不再提起她的桃花。

她来到茶室时，雨没停，反而越下越大。我们两个不约而同走向门口树下的圆圈里，伸手接从树冠上滴下的雨滴，两人像在水中嬉戏的小孩，互相弹水滴玩。特别是在这样的冬夜里，拇指与中指一弹，雨珠弹到她脸上钻进脖颈里，那透骨的冰，那么尖锐，一下子从脚底冰到脑门。

一股清冽的香，穿过我们的笑闹，击中我们的鼻腔。

是铃兰花的香气，微凉中有点甜。我们停下嬉闹，连忙去寻找这香气的来源。我们安静地返回茶室，因为我们清楚，这香气的来源是一种叫含笑的植物，它专注在寒冬怒放。

我呆呆望向窗外。第一次如此长久地注视一场雨，努力回想一年前的迷糊，十年前的迷糊，三十年前和四十年前的迷糊。我的迷糊是与生俱来的，自己的余生还会怎样的迷糊呢？

含笑的花瓣被雨打落，落在地上，萌黄一片，未开的花蕊又长了出来。

我望向也同我一样发呆的铃兰，此时她又在想什么。

我看到一只小狗，这是隔壁店球球，纯黑的土狗，它也走进那个圆圈，追着雨滴撒欢。它看到了我，蹲下与我对视。我也想在雨中与一只狗对话，便试图走出，伸出手去抚摸。没想到它拒绝了我的深情，只留下一串脚印。我看到它绝尘远去，莫名想起九十六岁的奶奶，她总会拉着我的手走到大埕的最尽头，轻声说："好好吃好好睡，天落下来有比你个大的在。"

回家的路上，我任性没有撑伞，手边还拿着晚上铃兰给我新买的毛衣。毛衣的颜色是我一向喜欢的深蓝，一眼看上去特别干净，是我喜欢的样子。试衣服时，她说太宽松了。我没有回答，就笑了一笑。

这下，我收到了十年前的礼物。

那时，我走进婚姻的困顿。也是在这样一个雨夜，我到她所在的城市参加一场采风活动。那时，我一样想挣脱日复一日的生活，一样渴望一朵自己从没拥有过的桃花，来弥补青春的遗憾。

"我想结束现在的生活。"

"你疯了，你还有什么不满足的？无忧、自由，还有自己喜欢的生活。你是我们最后的一方净土，可别沦陷。哪天我们谁真的先结束了目前的生活，谁就送给对方一件代表自由的蓝色毛衣做礼物。"

那晚，我同样任性不撑伞地走在雨中，头发和身上都有点湿，怪冷的。

如同今夜，我丢失了一把车钥匙，无法按约定去接铃兰。今夜，我却收到一直想要的那件和铃兰花有着一样颜色的蓝色毛衣。

原来，柔软的牡蛎都包裹着坚硬的壳，最美丽的珍珠都藏在最深处。

## 在春天里醒来

在汉语里，有些词天然带有温度。比如女儿，每次在冥想默念这两个字的时候，我周遭一切仿佛也变得柔软与温热。

### 1

时间，定格在 2005 年。

十一月最后一周的周一，天刚亮。在清脆的鸟鸣声中，我拿出一支测试笔，坐在马桶上反反复复看了十分钟。十分钟后，我把测试笔放在手心，拿到阳光底下，一条非常微弱的粉红色的线条就出现了。我立马摇醒小王，对他嚷嚷："快起来看看，我是不是怀孕了？"小王从床上弹了起来，揉了揉眼睛，拿着测试笔贴着自己看了一遍又一遍。想想又拿过眼镜戴上，拉开窗帘，让阳光透进来，手上不停转换测试笔的角度，一会儿逆光，一会儿顺光，一会儿举到头

　　　　　　　　　　　　　　　香己住

顶，一会儿放在胸前。约看了二十分钟之后，他郑重地说了一句，应该是怀上了，一会儿吃过早饭后就去医院查查。

我立即向单位领导请了假，小王原本定好的出差也取消，带着我到县医院抽血化验。从早上到中午，整整一天我们都处于亢奋之中。接近傍晚五点钟时，医院抽血化验的结果出来了，二十七岁的我确定怀孕了。小王看一眼那张化验单，扫过"有孕两周"四个字后，兴奋地抱起我说："我要做爸爸了！我有孩子了！"

我轻抚平坦的小腹，有一种不真实感，现在我的肚子里孕育着一个小东西，我真的做要母亲了？我还处于亢奋茫然中，小王便着急带我回家。他面带灿烂的笑容，沿路打了无数电话，告诉父母，告诉兄弟姐妹，告诉好友，重复着一句话"我要做爸爸了！"

第二天，小王起了个大早，专门带我回了一趟老家。车行驶在回家的路上，冬日暖阳洒向路两旁，峰山雾尽，溪流欢唱。

老家回来后，小王不让我太过于劳累，曾偷偷地想过给我办辞职。那时，我还在乡下的小学教书，工作的单位距离县城的家有三十多公里的路程。你父亲害怕这样每周两至三趟往返路上的颠簸，似乎一个小小的坑、小小的一次颠簸就会让这个小生命消失，你父亲初为人父的父爱无处安放，我也因为你的到来，再次成为学生。

我对着上天祈祷：请保佑我吧，我要做母亲了！

## 2

"2006年9月4日宜欢喜，大吉。"花开的声音如微风经过，掩起红晕，不再言语。

你外婆说我从小娇气，怀个孕还持续呕吐十月，临近分娩体重不足百斤。也因为我体重偏轻，我和你父亲开始考虑过剖腹产，可你外婆说，生孩子就是瓜熟蒂落的事。不知是真的母女连心，还是你生就调皮。到分娩时，经过一天一夜的阵痛，宫口也开了十公分，你却淘气地脐带绕颈三周，我只能紧急地做了剖腹产。你成功降生，秀出60厘米好身材，成功为娘亲减负2.8千克，同时获赠"爱笑公主"雅号。

后来，给我手术的孙医生告诉我，她从我的肚子里把你抱出来时，你不像别的小孩哇哇大哭，却是努力想睁开你的小眼睛，还咧嘴一笑。是她拍了拍你的小屁股后，你才"哇"一声哭出来，你的哭声带着一丝委屈，像是某种抗拒，谁规定一定要哭着到人间，我就是要笑着来。以至于医生护士都爱称你"爱笑公主"。

我与你第一次见面是在你来到人间的第三天。你出生的当天我很不争气地昏迷不醒，醒来已是三天后。在我睁开眼的一瞬间，我发现我的腋下躺着一个小小的你。那时的你，小眼塌鼻，皱皱的，红红的，像极了小老头儿。那时的我，初为人母，胸中好似百鹿相撞，既欢喜又慌张。看着这个满身通红的褶皱婴儿，我有种古怪的感觉：是不是抱错了？我竟对你的外婆说："你们肯定是抱错了。这么丑的婴儿怎会是我生的女儿？"

"哪有母亲嫌儿丑的？刚出生的小孩哪个不是皱皱的，红红的？养几天就白了。"说完，你外婆轻抓一下你的小手指，小声嘀咕。外婆把你抱到我怀中，就在你躺到我怀中那一瞬间，你像是感应到了什么，便睁开只能算是一条线的眼，满是欣喜看了我一眼，还对我甜甜一笑。就这一笑，原本灰沉沉的天空霞光铺满，金闪闪的光透过窗户照进来，整个产房立马亮堂堂起来。就这一眼，我的整个生命都和你将有着千丝万缕的关系。

从此，这个世界上便有一个小小的、丑丑的、软软的小家伙是我的孩子。

从此，我便有了另一个称呼：妈妈。

## 3

一个人的名字寄托着父母的期许，饱含着父母对子女最深的情感。

在确认怀孕无疑后，我就开始拿着《辞海》《汉语大词典》《诗经》等书籍翻阅，一看到美好的字就抄下来。

2006 年，一个秋天的午后，阳光透过玻璃窗悄悄地照进来，我安坐在家里阳台落地窗后，桌上的书沉睡着，时光仿佛也睡了。窗外，几个小孩围坐树下，自由自在，无拘无束。我突然很好奇，她们是不是在猜着：这树怎么这么高，是否会长到天空里去？难道它会像我们一样长大，也会像爷爷奶奶一样，变得白发苍苍，然后老去吗？

小孩嬉闹的声音从窗外传来，我突然灵光一闪，脑海里迸出一个"暖"字。老树的光影里沉淀着柔软与安宁，眼前出现了这样一幅画：在不久的将来，三口之家里，小王的脖子上骑着一个花朵儿般的小女孩，我挽着小王，笑声撒了一地。

在我怀孕二十周的那天，小王陪我在公园散步。突然他提出一个"一"字，说给孩子取名叫"一暖"。我嫌弃地皱眉："太随意了，你多少读过点书，给你女儿取个名字这么随意，小心她长大后不认你。再说了，万一是男孩，怎么叫一暖？"

"我想要个女儿，你和她会是我最暖的唯一。"你父亲不曾说过情话，说完他红了耳根。我呆在原地，震惊之后是无比兴奋，我抬头仰望你父亲微红的脸庞，原来你的到来会把那段青葱往事顺着风的方向一一回放。

就这样，你还在我的腹中，就有了让我们两个人都特别满意的第一个名字——王一暖。

那一段时间，我遇到每位邻居、同事、同学，都要兴奋地告诉他们，我要做妈妈了，我女儿在我肚子里五个月了。有人问："你确定是女儿了吗？"

"我不知道，但我们就是想要一个女儿，名字都取好了，就叫一暖，很诗意的名字吧？"我还打电话告诉了你的外公外婆，包括年近八旬的外太婆。我对她说，即将有一个可人的小孩叫她外太婆啦。你外太婆愣了一下，说了一句："男孩女孩都好，女孩也好。"我以为是你外太婆已经有好几个曾孙，多一个并不十分期待。后来，你外婆告诉我说，当时外太婆哭了。闽南根深蒂固传宗接代的传统思想，男孩代表的不只是光宗耀祖，更要延续香火。你外太婆担心我若生女孩，就无法完成传统意义上的传宗接代，会遭到嫌弃。

我把你外太婆的担忧与你父亲说起。你父亲狠狠瞪了我一眼，说："你瞎想什么？只要是我们的孩子，男女都喜欢。你忘记了啊？我们都想要一个女儿，这还是你从小的梦想。"对啊，我怎么就忘记了，在我自己还是小孩的时候，我的婶婶生了孩子。那是我第一个堂妹，我天天跟在婶婶身后，说要照顾小妹妹。小婴儿好小，像个猫咪一样，包在粉红色的花被子里。我惊奇地看着这个奇怪的小东西，端量着她那小小的，刚刚能摆开五官的小脸和紧紧攥在一起的小手指。我一直说，我也要生一个小妹妹。

以至于后来我上学，一天老师问我们，长大后要做什么。我第一个站起来说，长大后要做一个妈妈，要生一个漂亮的女宝宝。你外婆到现在还因这事常常笑话我。

怀孕十个月那一段期待的日子里，我不管在哪里，做什么事，时常会开小差，碰到每一个人，就惯性问他们的名字，研究他们的名字。我看到任何小孩总觉得那就我的一暖，总会蹲下身子，摸摸她们的头，逗逗她们。念着念着，就有点晕乎乎的了。

2006年9月4日。在此之前，我们认定你的名字就是王一暖。那天，在手术室外面的长廊，在我要进产房的那一瞬间，我突然冒出三个字——王子夫。我握着你父亲的手，对他说："王子夫，我们的孩子，就叫王子夫。"

这三个字涵盖了母爱最原始的一切，不管未来如何，无论你将有什么成就，我唯一期盼的就是你的一生有人呵护。在时光中，你就是王子的夫人，谁娶了你才成为王子。一茶一书一粥，一生一世一人宠。这就是我最初的期许。

就这样王子夫成了我们最后敲定的名字，一暖成了你的小名。

## 4

我还没来得及学会可以独自一个人给你洗澡，可以像你外婆那样麻利地给你换尿布，单手抱着就能穿好衣服，你的周岁就到来。我大有重见阳光的感觉。整整一年、四季、

香己住

三百六十五个的忙乱和辛劳，换得了一个白白胖胖牙牙学语的你。以后的日子就该是"王家有女初长成"的欣喜期盼了。我想我应该可以不再像这一年不知所措，不再像这一年那么紧张，不再像这一年按着育儿大全过活了。我可以任由你在室内走动摸爬，我可以偶尔再穿上漂亮的裙子约上三五好友小聚一堂，我可以躺下舒展一下酸痛的身子骨，也可以在某个你睡着的午后端一杯茶捧一本闲书，借着那一缕阳光打盹晃荡。

我不知道初为人母是一种怎样的心情，只是看着你在我的哺育下健康地年满周岁，我是满心欣喜与自豪。为了纪念周岁，我们依照风俗让你在周岁这天抓周。前一天，你的外婆早早就买好全套新衣服、新鞋子、新帽子。你的奶奶也早早准备好抓周必需品，有书本笔墨、秤砣天平、鸡蛋鸭蛋、面线葱蒜，还有崭新的纸币等，总共有象征美好寓意的物品十二样。

周岁这天，初秋的太阳刚露出笑脸，你奶奶就给你修剪了头发，用艾叶煮水给你洗了一个香香甜甜的澡，穿上你外婆买来的一套新行头，你的抓周仪式便开始。我们让你坐在大床中央，将抓周十二样物品摆放在你的周围，然后兴奋地等待你抓起某件物品。从小就听你外太婆讲故事，一代名相李光地儿时抓周抓的第一件物品就是印泥，他长大后官至宰相。你外婆说，我儿时抓周抓了一把葱，就再也不抓其他物件了。当时你外太婆高兴地认为我将来定会嫁个好夫君。你的父亲，虽不浪漫却也是良人，倒也应和了抓周的命运。不管怎么说，这种民间习俗，不是用来预知未来的，是用来期待人生意趣的。等你奶奶一切准备停当，我松开你的小手，让你去抓一样你最喜欢的东西，你的小眼珠骨碌骨碌地转，"咯咯"地笑着，随着大人们各种期盼声，右巡左巡。

你外公嘀咕，抓笔抓书吧。

你爷爷嘀咕，抓印泥抓印泥。

你外婆直接说，抓葱抓葱。

你奶奶喊着，抓秤砣。

你只顾笑，全然不顾大人们的期盼，也不受大人们的指引，你看了又看，一手抓书本，一手抓纸币，坚决地同时抓起又迅速放下。抓过这两样后，你任我们怎么逗你，你再也不抓其他物品。你奶奶只好抱起你，让你双脚穿着新鞋在红果（闽南地区一种用糯米做成的供品）上印下两个小脚印，就把你放到地板上。奇怪的是，在这之前你还是只能爬，或者是被大人牵着蹒跚学步。可在周岁的这天，一把你放到地上，你竟然会自己稳稳地走路了。

我们大笑。我宣布：我的女儿将来估计是个财迷。

## 5

我的一暖才两岁半不到，困难就扑面而来：县直幼儿园拒绝接收她。

我的一暖，从发芽于我子宫的第一天起，就在受 60 分贝古典音乐和古诗词的胎教。我以为只要她年满三岁，就可以在县城的幼儿园就读。因为一些原因没办法在县直幼儿园就读。

我的一暖该怎么办？她应该上哪一所幼儿园？难道就这样再回到乡镇吗？

我急得到处奔波，四处打听，却处处碰壁。我每天拖着沉重的脚步回家，进门听到那一声甜甜的"妈妈，我可以去幼儿园了吗"就顿生无力之感。

小一暖问："县城幼儿园为什么不要我？他们认为我是坏孩子吗？"

"当然不是！你是一个多美好的孩子啊！"

"那是因为妈妈没有认真教书吗？"

"也不是。妈妈很认真教书。"

"那是为什么呢？"才三岁的你再也想不出别的原因了。

你抱住我，告诉我："妈妈，读不了县城的幼儿园没关系，我和你回西坪的幼儿园读。我喜欢和妈妈一起。"

我的泪水夺眶而出。我紧紧把小一暖抱进怀里，告诉她妈妈还会继续努力，妈妈一定尽力而为！如果日后小一暖能得到在县直公立园就读的名额，小一暖一定要加油，一定要成为这个幼儿园最好的小朋友。

事实就是这样，女儿给我增添了无穷的勇气，使我克服自己的怯意，想方设法去解决问题。几经周折，终于得偿所愿。

那天，一个长者主动陪我和你爸爸送你去幼儿园。我们三个成年人带着你一起走进幼儿园。办完入园手续，我们牵着你的手把你送到班级。在这之前，我听有经验的同事说，小孩入园，几乎没有不哭闹的，我也做好了心理准备。可没有想到，到了教室门口，你就松开我的手，自己朝着教室走去。看着你毫无半点不舍，转身就走的背影，我竟有一丝的难过，泪意涌了上来。想来真的母女连心，在我转头擦眼泪时，你突然跑过来，抱住了我，吻了我一下，对我说："我要做最棒的宝宝，妈妈你也是噢！"

这一吻一抱，涌上的泪不再是咸的，而是甜的。

## 6

幼儿园三年没有任何学业的压力。我们母慈子孝温暖相伴三个春夏秋冬。

那时，我借调到政府县直机关，上下班的时间和你上学放学时间无法一致，又加上我天生对车不敏感，摩托车和自行车都学不会。我和你父亲有了分工，他负责接送你上学放学，我负责你的日常陪伴。我到现在都还想不明白，那时才四岁的你，为何总能准确无误踩着我进家门的点儿，在我要掏钥匙打开家门的第一时间，就先打开家门，仰起稚嫩的小脸问候"妈妈，下班回来啦！"我一脚还在门外，我们的对话就开始。

"喜欢去幼儿园吗？"

"喜欢！幼儿园是个魔法学院。"

"今天，在幼儿园开心吗？"

"不是很开心。今天没有我喜欢吃的鸡腿。"

…………

从小你就被形容精力旺盛，这让我们周边的邻居很不能理解。那时你才五岁，我们一家生活在茶都。茶都有一个很大的广场，一到夏季，太阳刚去休息，我们刚吃完晚饭，你迫不及待到广场上疯玩。一天积压的渴望瞬间迸发，不是扭扭车一圈一圈转，就是骑着小自行车穿梭，一会儿停在我面前响亮地叫声"妈"，我还来不及为你梳理好额前的刘海儿，"唆"一声又开始，画着圆圈，骑回原地，不羁的晚风带着你串串银铃笑声招摇过市，被风吹乱束起的马尾，一身朝气的运动服，便构成一道风景。看着你脸上灿烂的笑容，我会问自己：你会有厌倦奔跑的时候吗？

你会在周末一早嚷着回老家，去叔公茶园玩。一到老家，你连口水都顾不上喝，就将满山绿意抱进怀里。"跑慢点，别摔了。"我对着你的背影喊。在茶园里，那缕缕的绿意、五彩的山花、青青的小草都成了你最好的伙伴。

老家的清晨，像一枚沾满了露珠的青果，凉凉的，软软的，满是泥土的气息，茶叶的味道。茶园中间，一株高大的板栗树，秋日里落光了翠叶，此刻枝丫光露，舒展有情。秋阳落下来，一地软金碎芒欢跃过满山的绿意，微笑着吻向我的脸，你那浓黑若墨的长发，在山中轻舞飞扬，像极很多年前我小时候的模样。我在你这样的年纪时，最喜欢做的事情，也是跟在叔叔身后在茶园里疯跑。我的叔叔，也就是你现在的叔公，也总是在我背后喊着："你又疯跑！慢点，别又摔了。"

"妈妈，来啊，你来追我。追不上我啦。我的小仙女妈妈，你老啦！"

春天的声音和你的声音是一样的。那些缭绕于耳的叫卖声，那些车水马龙的热闹场景，还有那小河边的草丛中偶尔传来的蛙鸣，间或几声虫儿的窃窃私语，仿佛是大自然为你演奏的小夜曲，你踩着晚来的风，一路笑语连连。

我望着你，仿佛这天幕也突然变得自由干净。

## 7

说你精力旺盛，这是毋庸置疑的。

我一直确信孩子需要鼓励。而你，我的小一暖，比一般孩子更加需要鼓励。你所需要的鼓励并不仅仅是表扬和

香己住

赞许，而是快乐。比如你天生安静温良，幼儿园三年你既不争抢话头，也不争抢风头。你七岁了，上小学了。较之幼儿园，有很大变化，你对我不再那么依赖，你一年年长大，你的独立性也一天天表现出来。不变的是，你依然喜欢玩。

"去弹会儿钢琴，或者画画、看书……。"

"别催我啦！"

"来，快把这杯牛奶喝了。"

"别催我啦！"

"除了'别催我啦'，你还会说别的话吗？"

"等一下！"

是的，这就是你。也是上小学后我们每天对话日常。那是，你刚上一年级不久，我几次催促后气急败坏地说："不管让你做什么你总说'别催我啦'，你真的像小蜗牛。干脆，你改名叫小蜗牛好啦！"

"妈妈，是真的吗？告诉你嗷，我就是想做一只有梦想的小蜗牛。"

"而且是一只走得很慢的小蜗牛嗷，你别催我，好不好？"

你的回答那样简单又慷慨。那夜，银河牵着星星出来散步，雨后的星空，蓝得澄澈。小蜗牛这个名字就顺理成章地诞生了，成为你的符号。面对你，我会一时恍惚。我们所在的学校乃至社会，无不在强调学习，强调成绩。身边有经验的同事、好友都在告诉我，要从小学就抓好基础，抓好习惯，初中才能进入学校的创新班、实验班，才能应对中考残酷的升学压力。

面对这样的形势，我也会焦虑，思考我是要继续捍卫你童年的快乐，还是加强学习强度。

我决定与你探讨这个问题。

我问你是否喜欢学习某些个人专长，是否也想和其他小伙伴一样在放学后继续学习。

你大声告诉我："不喜欢，我就喜欢玩。"

你是我的孩子，是我一手带大的。我知道玩是最适合你的学习方式。此前你在幼儿园三年的表现，已经证明了这一点。中班的时候，你看你的堂哥、表姐弹钢琴，你说你也想学钢琴。我和你约法三章，你自己选择的，就要坚持。学琴的过程中，我和你约定，学琴只是让你学会更好地欣赏音乐，可以不用考级，但你自己选择的就要坚持下去。偶尔我拿着衣架唬得你眼泪汪汪，你极度委屈地坐上琴凳，但你在玩乐中坚持了下来。弹琴现在成了你放松的方式。

我再三思考后，决定还是尊重你的快乐，我们就再一次约定：继续从前的生活，继续陪你慢慢长大。

小学一二年级的课本，不在你的话下。通常你翻阅一遍，内容你便能掌握。你第一批就被获准加入少先队，还被选上了班长。

你慢慢长大，你快乐的领域也在扩大，你跟在你那些堂哥、表哥后面，学着自行车、滑板车、游泳、打游戏，或者没有目的地追着你堂哥疯跑。

转眼你到了六年级，你的快乐丝毫没有减少。假期一到，我依然带着你到处游玩去，周末依然各种闲逛，不是寻觅美食满足味蕾，就是躲进影院享受视觉盛宴。小区的各处花园里、空旷地、楼房的顶楼平台，到处都有你活跃的身影。你同大孩子玩耍，也同小孩子玩耍。下班的人们总会指着你说："看，这就是王子夫！疯丫头一个！"

指尖轻弹岁月，清浅多少诗行。我俯下腰身，牵你的手。你学会独自泡茶，也会在某个悠闲的午后约我一起品尝你泡的茶。

"妈妈，晚上没有下雨，我们就不要打的士回家，我们坐这个阿姨的三轮自行车回家。这样，这位阿姨晚上就能多一单生意！"你仰起脸轻声地对我说。此时，我听到这四月的风，

## 8

几乎是猝不及防，我还没牵够你的手，还没听够你各种逗趣的话，你就小学毕业了，就这样踏入中学的大门。

记得那天是处暑。许是台风前夜，许是又到一年夏末初秋时节，家楼下凤凰花不再火艳，只是书屋兰花的香

气还穿透蓝溪的璀璨。雨点打在斜窗的玻璃上，一阵紧似一阵，像你在弹奏肖邦的小夜曲，凉凉的，紧紧的，有点微疼。

我端坐在书屋斜窗前喝着茶，在手心里对着话。

那夜，同样是雨后。我不知道银河是否还和星星结伴出来闲逛。我只知道，又到一年开学季。今年有些不同，在这个开学季，你成了一名初中生。收到你初中的录取通知书，我的心竟感到被刺了一下。你就这样从一个小孩变成一个少女。

因为下雨，有点微凉。窗外河滨路上，一对年轻的母女用背影作了一幅充满温情的画。

那夜，我们母女谈话了，正式谈论你即将是一名初中生的问题。我把你当作知心朋友，向你详细倾诉了初中三年面临的麻烦。我不知道还未满十二周岁的你是否有足够的心智来理解我们的周遭，也不知道我的举动是否过早地给你稚嫩的心灵压上了负担。

回望这十二年，你算得上是一只快乐的小蜗牛。难免也有我在一旁催着你，快点，快点。你也会睁着无辜的小眼睛，别催啦，别催啦。会告诉我，你的画笔里有想要的星空，你的书堆里有喜欢的秘密花园，一年四季景色不同。你还告诉我，你的琴声也是散着步，这样才能变成了习惯。

借着这一季秋收，你即将成为一名初中生，我想对你说：其实，每个父母都有古朴的期许，都会望女成凤，望子成龙。这是源于爱的本能，希望亲近的人会更好。但是，我不会把我的愿望来强加于你，也希望你不会用父母的愿望来苛求自己。希望你始终记住，一个人的尊严和体面生活来自于个人的努力，来自于个人的价值。我们一生会有许多人生关口，每一个关口就是一场考验，唯一能做的就是尽全力去过关。

成长的路上会有很多意外。如最初对你的寄语：安全第一，健康第二，开心第三，学习第四。毕竟，你要走的路还长，愿你享受过程。未来的每一天，或成功，或失败，或喜悦，或悲伤，或勇敢，或胆怯，或满足，或失落，或孤独，或委屈……都会滋养你成长，让你越走越远，像秋空一样辽阔无疆。

多少次趁你酣睡，我在你床边小坐，伸手抚摸你的睡颜。每当此时，我心里会生出一种骄傲。随着你渐渐长大，这种骄傲从没减弱，你善良的心地和纯良的品质就是我作为妈妈最大的宽慰。

## 9

"佩佩，你一个大我两轮的人，还悔棋，你好意思吗？"

"我有吗？我肯定没有。"

"你就赖吧。我让你啦！"

手机里你放着日文歌曲《菊次郎的夏天》。我和你盘腿坐在窗台前下五子棋。上了初中的你，依然习惯饭后半个小时的时间用来与我各种逗趣。你说，这是你陪伴我，给我放松一下，以免我过早就成了老女人。

你上了初中后，我的称呼从"妈妈"变成了"佩佩"。你说，这是避免初中学业压力重，母女关系会变得紧张，叫我名字中一个字的叠音"佩佩"，是把我当成同伴，这样我们还能母慈子孝。其实，在你上中学前，我就想好了：初中这三年，一定要努力做个淡定的妈妈，理智静待花开。

在你刚上初中四周后的一个夜晚。那一晚，我们以一中校门口为起点朝阳光书店顺着河滨路逛一个大圈。途中偶遇穿着各校校服的少男少女两两笑语，你问："佩佩，男女同学相约如此，算是你们担心的早恋吗？"

"丫头，最近你不是和我一起读企鹅小黑书，里面有一篇《樱花树下的清酒》讲述了日本僧侣思索闲暇时光与生命中稍纵即逝的欢愉。你们现在就如同那一棵樱花树，需要雨露、阳光，土地的滋养，才能长成一棵大树，才会开花。学习，同学间的友情，老师的教导，父母的陪伴……就是滋养你们成长的养分。所以，丫头，现在的你是我身边的小蜗牛，我还要牵着你走。明白了吗？"

"佩佩，真的是那些越不爱读书的人，走入社会越有钱吗？"

"丫头，那可不一定。"

"佩佩，学习真那么重要吗？"

"当然了，为什么这么问？"

"同学说，好好学习是为了三年后考上好的高中，六年后考上好的大学，将来有好工作，能赚大钱！可你不是常说赚钱不是人生的唯一目的吗？"

"丫头，人的一生分好几个阶段，每个阶段有每个阶段该做的事。"

"我知道了，我现在该好好学习，你现在该好好赚钱。"

…………

虽每次与你闲扯，最后总是我无话可说。而每次这样的时刻，我总会庆幸做了一个对的决定，那就是把你留在身边，没过早送你到外面求学。我真的庆幸，在满满升学压力山大下，你依然保有童真。

"佩佩，牵我出去补充一下能量。"

"佩佩，晚上的宵夜我希望是抹茶味的，你知道我喜欢的是哪家。"

"佩佩，过来陪我唠嗑十分钟……"

你的每一声"佩佩"在我的天空撕裂开来，亿万个碎片从苍穹掉落下来，化作亿万缕暖阳温暖着我。

## 10

初二第一学期的期末考完，知道成绩的那晚，你哭了。

这是我第一次看到你因为成绩落泪。期末考试前那几天，我毫无预兆地感冒了。这次感冒来势汹汹，吃药后还是咳嗽，以至于在你备考那几天晚上我都在打点滴。你就独自一个人在家复习。

放假第一晚，我带你到小区楼下河滨路散步。你才告诉我，初二这一学期，你找不到初一那样的学习劲头，考政治和历史前，也没好好去复习背诵，才会导致这两科考砸了。

记得刚上初二不久的一个阴雨天，教室突然闯进很多水蚊子，你用文言文逗趣你的语文老师："君既为人师表，当烧其身，耀汝之子弟。昨日阴雨连绵，飞蛾四散，俗务扰吾身。吾思，若君挂灯于其身，立于三尺讲桌，定当诱蛾来，我等可静心务书。岂不美耶？"你的黄老师回你："学须静也，静之极，则无我无物，焉有飞蛾？"

学习就是如此，当你安静下来，你就能与自己赛跑，每次向前一步。丫头，很快你就要迎来中考。虽然这将会决定你能读什么样的高中，但我一直想告诉你，中考只是人生无数次考试中的一次，除了决定你在哪所学校读书，没有

———————————— 香已住

什么特别。人生还有很多考试，比中考重要很多。

你肯定又说："你现在说得轻松，等我真正考砸了，你不骂死我才怪呢！"其实，你真的误解我了，我说这些话，完全出自真心。我会在意你的分数，但我更在乎你成长经历的过程和态度。

"我希望有一天可以不用考试，可以每周吃蛋糕，每天都可以见到你。"一块抹茶蛋糕，上面插着十三根蜡烛，今天是你十三岁生日。你嘴里含着蛋糕仰着头许愿。

我踮起脚，吻了吻你的额头，说："我知道了，不久就会实现。"

谢谢你，我亲爱的女儿，我的生命里有你，我倍感快乐，倍感荣幸。你还有很远的路要走，我们一起努力。

下一个生日的时候，我还给你买抹茶蛋糕，我们一起在春天里醒来。

## 不远的村庄，遥远的心情

我偶有一些寂寞的光阴，便往泥土的深处走。

距上一次到乡下，过去近一年了。

我们总是身在山里，却又远离泥土的芬芳。诸如我，生在茶乡，长在茶乡，工作在茶乡，却一直游离在茶乡之外。我一直有最本真的向往，走走茶乡的二十四个乡镇，四百三十五个行政村。但这样的向往一直埋藏在我的心底，因为不切实际，因为山迢水远，于是被我以各种自己懒于行动的借口压下。然而，那向往一直没有消失，一直就在心底嘀嘀咕咕，似乎很不服气，很是委屈呢。一旦有了机会，那向往便即刻跳出来，容不得你思考，立即便表态承诺了。记得一个月前，文友牵连微信里问我是否愿意去他的家乡上格村走走。我立马秒回同意。于是，上格之行就被安排好了向往随之变成了现实。

8月6日上午七点五十分，另一文友小霞开车来接我一起出发，而我早上五点多钟就醒了。时间还早，我便懒在床上冥想。国道湖剑公路对面的悬崖一直往云里延伸，一步步推进，身子后面的山脊中掩藏着百多户人家，名字叫"洋上贡"。村子里鸡不叫狗不咬，仿佛被大自然融解，空空如也，只留下大地的呼吸。傍晚时分，一帮子文人墨客从松涛阁的石阶而上，徐行至半山的石头中，茶席摆开，铁观音泡上，文人雅士们便开始了给石头命名的游戏。甲来一句"三生石"，乙对一句"望夫崖"，丙接一句"许愿石"，丁回一句"忘忧石"……茶上来了啜一口，齐曰："好茶!"可惜手机定时的铃声响了，七点，我翻身起床，愣怔片刻，心思仍在那浅梦之中不愿出来，不知今夕是何夕。

九点不到，车行至霞镇路口，从山下抬眼，我们遥遥望见的仅是一片零落的屋舍，附寄在林木葱茏的苍色的悬崖上，像一些蚂蚁爬在多毛的熊掌上，眼前的景象几乎将我早上的幻境一一呈现出来了。那是上格村，之前叫"洋上贡"，位于晋江西溪上游。村子在半山腰上。拥有一个诗意的名字，列为"省级美丽乡村"。

进入村子的路在水电站口分成了两条，一条盘旋弯进霞镇，一条像根趴在峭壁上的牵连花藤蔓，一村庄的人就稀稀落落吊在石崖边。同车的永和告诉我，早期没有这条水泥路时，村里的人下山采购生活必需品，都是双脚丈量土地用双肩挑回来的。从山上到山下，就得穿过一座座的山头和一川稻田，早上出门，大中午才到山脚下，太阳落山了，才能从临镇把生活必需品挑回家。这个村里的人还是保持着最初的生活方式，日出而作，日落而息。他们还是这样依山靠山。村里的人都有一个美丽的去处，每天不是在稻田里劳作，菜园里行走，就是扛着锄头走往油茶园，或者抱着一捆捡来的松枝往家里走，而这些全都朝着叫上格这个方向。

他们的肩上和手里从来没有空过。全村男女老少都不习惯甩着手走路。

这个村子就是这样，就像一条粗粝的绳子，把所有人的喜怒哀乐都捆在一起。

"是啊，我在这里待了六年。"

"你对上格村有特殊的情感。"我有点懵懂，转向永和。原来，对这片土地的深情，在他第一次踏上上格希望小学任教时便种下种子。这粒种子种下以后，便在上格的山水茶气之间生根萌芽。若干年后的这个初秋上午，我循着他的话语来见当年的少年。

我十岁那年，父母为了让我更好地接受教育，便把我送到了慈园。那是我记事儿以来第一次走出内安溪，第一次坐客车，第一次感知湖剑公路两旁的风景。从此以后，这条湖剑公路成了我通往城里的记忆。

"犹记得当时班里也有上格村的同学。如同我一样，小小年纪就送到慈园读书。那时我从感德坐车途经霞镇路口往慈园，上格村的同学就会在此下车，或者上车。我依然能记得，小苏同学总会一脸笑意指着公路对面的山说：'你看，我家就在那石头上。我要飞上去。'

"小小年纪的我一下惊叫起来：'飞上去！飞上去！'车上几个如我一般年纪的小娃娃顿时都抻长了脖子问：'真的吗，真的吗？'我激动地趴着车窗，恨不得也跟着小苏同学下车。眼看小娃们快控制不住了，司机叔叔也不急着继续赶路，会把客车停到一个稍微宽敞的地儿，让我们这群小娃下来透透气，顺便看看小苏同学是怎么飞上去。

"满目悬崖峭壁，峰峦叠嶂、沟壑纵横，绿茫茫的树和半高的灌木长满了整个石壁，若隐若现的房子就在石头上。确实是没有上山的路。'小苏，你快飞上去啊。''小苏，你也带我们飞一会。'少时，大家都期盼着小苏能在我们面前飞上去。这时司机师傅总是很煞风景说：'下次放假回来再看小苏飞上，走了，要赶路了。'那时，想不通为何小苏怎么就不在我们面前飞上去，客车司机为何总是在最后一刻赶路。

"今天，算是明白。上格村受地理环境影响，村中土地稀少，最多的资源就是火山石。于是，世代生活在这里的人们，就地取材、依山就势把房子盖在悬崖上。如今，这里房子一座接一座，一家一崖，一户一石，房搭房，参差错落矗立在天然雕塑王帽山下，构成一座亲吻天空的村庄。

"今天坐着车，在宽阔上旋的盘山水泥公路上，我意外看到了一只小松鼠，松鼠闪电般从路左侧的松树蹿到了右侧的松树上，我在心里默念：小苏同学，我看到儿时的你，想来你就是一只上格村的小松鼠吧。"

路上的美景被车绕得很多都记不得了，终于车停在上格希望小学的操场，现在是上格村部及油茶体验馆。下车时，我看一眼手表，刚好上午十点。

村里的炊烟袅袅升起，村民开始做午饭了。

菜园随处可见，不知名的各种野花，零零星星挂着几个干掉了的花朵，虫子在花朵上蛀了眼儿，摇摇欲坠，在夏末初秋的风里时时准备落下。

整个村庄有树木和松林，间或掩藏着一间间红墙灰顶的小楼房，在太阳的映照下显出明快橙红的色彩，长满枝条的野梨树随处可见。在这里生活长达六年的永和又轻轻诉说着，这个村庄在初秋的夜里会蒙上一层雾气，那特有的雾气本来一晚上都是弥漫在村庄上空，后来渐渐地把野梨树树枝包裹、遮蔽在夜色中，甚至把月亮的光辉都在空树枝上，比起白天的景致，更多了几分迷离亲近。在堆积的厚厚的松枝和松果中，灰黑杂毛的野兔偷偷地来往。偶尔有一只褐色的松鼠蹿出，往前冲了一气，觉得走错了路，忽而停顿，仿佛心怀疑虑，又回头搜捡跌落在树叶里的半颗野山梨充饥。那树上粗粝的野山梨，竟也在大饥荒时救了饥饿的村里人。

我往学校操场的左边晃悠不到五十米远，就到了苏老伯家。苏家房子外有一棵高大的龙眼树，还有一排不知名的野花。

老人对村庄里的一切，就像对自己的过往一样熟悉。那牛粪味、泥土味、石头味，都熟悉得可以随意分辨，点缀着上格村的每一块庄稼地。有的离他近，有的离他远，但他都能随口叫出它们的名字：王帽山、洋上、佛仔格、大份、东坑林等。大都是根据地理的形象叫出来的名字，祖祖辈辈叫过来的。苏老伯他如今在这里，可以从大自然内部认识大自然了。他从小出生在这里的某一片泥石里，一开始，这些也都是他觉得陌生害怕的东西，石头、大地、树，因为不认识所以觉得陌生，也怨愤过，但是现在一切都好了。他现在身上这种庄稼的力量、榨油茶的力量、吃饭喝水的力量，都是从这火山岩的石头、大地中得来的，他就沉浸在石头中，全村的人都沉浸在泥石头中，浑身上下的蛮壮劲儿使也使不完。远处的奇松好像都睡着了，在晃眼的太阳底下无声静止。听不见任何声音，却让我觉得亲近无比。我似乎也明白了当初的小苏同学为何从不当我们的面飞上，还撒了一个神化的谎。其实，那是来自山里孩子血液里的自尊与无奈。

想来是苏老伯身上来自这片土地的力量也瞬移到我身

上。我浑身也充满力量。在初秋高温正午的十二点，我竟爬上上格的最高点，王帽山山尖的石头上，向下俯瞰，我看见了远处下方晋江西溪缓缓环绕这座村庄。从山顶到溪面至少有上千米高，一层层的小石峰小悬崖一一堆叠，真是翻过了几座山，又越过了几条河，崎岖坎坷，不愧是亲吻天空的村庄。

返程的路上把车窗轻轻摇落，让风进来。我在晚风中坐下，窗外，暮色渐蓝。

"记忆中笔下的暮色总是落寂的，而上格村的暮色却是暖暖的"

"是因为有你吗？"

"不，是因为我们心中都有个回不去的童年村庄。"

戴上眼镜远眺远方已经滴落了一片墨色，我有点恍惚，像是跌落在一片金灿灿的稻浪上，看见了生我的那个村庄，在我童年的时候，那里总有成群的布谷鸟。

一只布谷鸟，两只布谷鸟，成群结队，在金灿灿、亮黄黄的稻浪上乱纷纷地飞着、闹着。稻浪里的我也跑着、追着，想把这群布谷鸟通通装进我的小口袋里。可这布谷鸟总是一会儿就消失。

我八岁那个夏季，是与叔叔迎娶婶婶联系在一起。

伴随婶婶走进这个家的，还有她的哑巴弟弟。在一个闭塞又贫瘠的小乡村，一个有缺陷的生命如同落到纸上的雨，

香已住

脆弱，苍白，伤痕累累。所有人都不会去问他叫什么名字，直接给他两个字"哑巴"作为名字。或许是他和哥哥的年纪相近，或许是那时我还小，还无法理解一个有缺陷的生命和无缺陷的生命有什么区别。从他随婶婶走进家门的那一刻起，我就叫他"哑巴哥哥"。

哑巴他大我七岁，已是一个少年。出奇的白，出奇的俊朗，圆圆的大眼睛，骨碌碌地从左到右扫向你。哑巴是那个小村庄最悠闲的人。他不用上学，也不用到田里帮大人干活。他更像是那个小村庄的小小巡逻，专门守护着我们这一群还没上学，大人也无法顾上的小孩。

哑巴一整天都是笑呵呵，似乎感觉不到他是个无法说话的人。这或许是因为哑巴习惯了，又或许是我那时还太小，无法读懂笑容背后的无力，以及对命运的接受。

哑巴最喜欢在六月稻谷成熟的黄昏，骑着自行车在稻浪里穿行。每到正夏，那稻谷一浪一浪地黄起来，黄得金灿灿。风一吹，在稻浪密集处田埂与田埂间的缝隙，哑巴骑着已经车，"唰"一声从稻浪里飞过，偶尔还张开双手作飞翔状态。每年的这个时候，哑巴从稻浪这边穿行稻浪的那边，就吸引了小村子的小伙伴，他们会停下正在玩的游戏，在一旁静静地看。

也只有在这个时候，小伙伴见到哑巴不会老想着快跑，离他远点。他们会把手插在裤兜里或双手抱腿坐下，看着哑巴在稻浪里骑行，看着看着，就对哑巴笑了起来。

哑巴看到这样的笑，就会挥舞着双臂，本能地张着嘴巴。他突出的喉结上下跳动，想通过呼喊欢迎小伙伴加入他的骑行。但他嗓子里只有"嗡嗡"的，被卡住的沉重的气促声，他说不出一句话，只能满脸通红立在那里。

哑巴像极了我的影子。

夏夜的小乡村，雨不任性时，暖风就开始淘气。一抬头，天空是那么蓝，那么纯净，看到缀着几朵洁白的云，空中几只不知名的鸟伴随着清脆的叫声掠过头顶，此时，哑巴也会咿咿呀呀地哼着，脸上露出了浅浅的笑颜。

"……你要快乐！"哑巴比画着手，又是轻拍我头，又是作飞翔的样子。

我读懂哑巴的暗语，就同哑巴读懂我的敏感。那是"你要快乐"的意思，哑巴一直生活得很开心，他也希望我能。

这依稀是青春岁月里的那些夏夜黄昏，暮色渐起，飞升起透红的茶色溅落彩霞般的欲望，我依稀看到一个年少顽皮的身影款款走来，儿时那走村串户的温存涌上心头。

你看到了吗？

——————————香已住

# 苍凉有时，繁华有时

在南方依然酷热的秋天，我收到一份来自北方的邀约：到山西太原杏花村访酒去。

行走一个城市真正能诱惑我的，是这座城市有能撬动我味蕾的美食，还有我熟知的朋友。山西太原这座城市，于我而言这座陌生的城市历史沉淀太过厚重，我太过惶恐，以至于在我的前半生未曾踏足，也没划入我每年牵丫头看风景的区域内。因此访酒并无法吸引我，我是一个被茶滋养着长大的人。可在这个酷热的秋天，北方的酒和南方的茶，打破了分明的界限，梦和味蕾在神秘相遇。

在有限的知识里，我从史料记载得知：山西，因居太行山之西而得名，简称"晋"，又称"三晋"，古称河东，省会太原市。山西东依太行山，西、南依吕梁山、黄河，北依长城，与河北、河南、陕西、内蒙古等省区为界，柳宗元称之为"表里山河"。而最能代表这表里山河的便是晋祠。

据《史记》里记载的"剪桐封弟"这一典故，西周时，年幼的成王姬诵登基，一日与其弟姬虞在院中玩耍，随手捡起一片落地的桐叶，剪成玉圭形，说："把这个圭给你，封你为唐国诸侯。"天子无戏言，姬虞长大后便来到当时的唐国，即现在的山西做了诸侯。姬虞在山西兴修水利，唐国人民安居乐业。后其子继位，因境内有水，便改唐国为晋国。人民缅怀姬虞的功绩，便在悬瓮山下修一所祠堂来供奉他，后人称为"晋祠"。

我从厦门起飞，踏足我书里的太原。到达时正好是正午十二点，我走出车站，抬头一看，果真跟记忆里的一样，天空是灰黄色的，这座城市迎接我第一个拥抱是尘土。来接我的是汾酒厂一个年轻的山西小伙子。也许是第一次踏足一座陌生的城市，也许是一早赶飞机，头脑还处于游离状态，更是因为我抬头看到的是阳光从灰黄的纱罩射下来，碎在往杏花村方向的地面上，像极了一张被撕碎的伤痕累累的脸。从机场到杏花村，近一个小时的车程，我来不及去想象以汾酒出名的地方是否如同我生长的茶乡连空气都氤氲着茶香，而这个杏花村，空气会是氤氲着酒香吗？到达目的地，我来不及把行李放进房间，就直接被带进午饭的餐桌。映入眼帘的是有三杯精致的青花瓷竹节杯，有纯净透明的白，有嫩萌的柠檬黄，有鲜艳热烈的玫瑰红，从左往右一一在我面前绽放。我从小对酒精过敏，酒一到嘴里，哪怕

—————————— 香已住

只是一小口，不止是桃花一朵上脸来，手臂、脖子，甚至全身的皮肤都被桃花亲吻，烙上吻痕。以致我到不惑的年纪，酒依然是岁月里的记忆，只是记忆。

"碰杯！碰杯！"

在梦境里，碰杯的清脆响声是佩玉轻扣的欢愉，是时间轻拨六月的帷幕，用清风和阳光，轻展腰身，用属于自己的记忆来涂抹最初的情愫与感动。

在聚会的饭局上，我总是显得寂寞又安静。特别是文友聚会的饭局上，那种"李白斗酒诗百篇""人生难得几回醉""酒逢知己千杯少"的豪情万丈，一手轻捏着透明的酒器，轻轻摇晃，若是红酒，精致的高脚杯中无数的纷纷摇摇的细小的珍珠般的泡沫挂于酒器壁上。透过那细细小小的泡沫你在看我，我的幼稚，我的弱小，我的无奈都躲不过你的眼睛，都投影在你的心上，在岁月的流逝里淡了，散了，不见了；我在看你，你的崇高，你的非凡，你的作秀，还有你看我目光的亮度，我都接收，都咀嚼。

我们都在微笑，我们都在对视，在交融……一份温情的懂得，惊艳眼眸的相遇。原来人生中的种种重逢和缘分，都是一次倾心演绎的盛宴。大家的目光都在飞翔，大家都行走在目光里。

我如同误入禁地那个绿色的小精灵，还在努力寻找属于可以让我于他掌上翻飞的目光。"这是从福建过来的小陈……"领队的王干老师还没介绍我完，坐在我旁边的此次活动的东道主，汾酒人就要先要我饮下桌前的杯中酒。酒是用一个白色，一个鹅黄色，一个玫瑰色的类似竹子形状的陶瓷器具盛着的，瓶口圆圆的像极了刚出生婴儿那黑溜溜的大眼睛，让你一不小心就深陷其清洌中。我静静地观察着那瓶中透明的液体，浅浅闻着那芳香的气味。终究是被诱惑，想着如此讲究的酒具，逢人便说好的汾酒到底有多好，这点和我们每一个安溪人如此的相似，我们逢人便说铁观音的好。是这份相似的亲切，是踏足这片土地由衷的惶恐，让滴酒不沾的我轻饮面前的汾酒，一缕酒香从腹中溢发出来，氤氲着精致无比的陶瓷酒具，屋外阳光灿烂，每一秒都是一下重重的心跳，这一刻，我有一种错觉，在这里，喝酒如同喝茶那般，是一种日常。就如此时，坐在这里，面对满桌的美食和汾酒，我听到那首英国民谣："当下午钟敲四下，世上的一切瞬间为茶停止。"只是这里应该改成"当下午钟敲四下，世上的一切瞬间为酒而停。"

午间短暂的休息，与同行的几个老师踩着汾酒的香气，徜徉在一座历史悠久的汾酒博物馆。抬头仰望这一座糅造化与人工于一体的殿宇，透过阳光的汾酒香在琳琅满目的酒器中留下点点光斑，我仿佛置身于冥冥之境，体会着时光恍惚，冥想起来。

清明时节雨后杏花村，花灯初上，酒馆里的小二端着酒菜飞快地穿梭着，还不时传来猜拳声，谈笑声，杯盏碰撞声。一群文人骚客围桌而来，酒席摆开，汾酒斟满，吟诗对饮。甲吟一句"竹叶离樽满，桃花别路长"，乙来一句"倾如竹叶盈樽绿，饮作桃花上面红"，丙对一句"三杯竹叶穿心过，两朵桃花脸上来"……酒上来，轻酌一口，吞咽又生甜，味柔和幽远，个个脸上泛出甜甜的酒窝后齐赞好酒。没有大声赞美，只是微笑颔首，仿佛会惊扰了酒的羞涩。酒馆外风狂雨骤，酒馆内文人骚客们与酒相拥起舞……

"后面的，快跟上，不会是还没喝就先醉了吧？"讲解员的声音把我拉回，在走走停停的参观中，我又习惯性地神游，睡进那浅梦中不愿出来，不愿去深思今夕是何夕。时间有限，一个下午的参观就这样过去了。我回头再望一眼这设计独特的汾酒博物馆，不禁与自己对语：怕这几千年的诗文都是在酒里浸泡着吧！同行的山西作家蒋姝姐姐告诉我："每个到杏花村的人，意都不在山水之间，在于酒。"所谓的访酒，除了看酒，更重要的是喝酒。返程前的午餐是汾酒厂的董事长亲自安排的。餐厅是别致的，餐具酒具也别具一格。每个人的座位前依然是竹节杯，白色、黄色、玫瑰色一字排开。没就餐之前，就听董事长说，中午请大家品尝绝版汾酒，外面是喝不到。莫名由来感到亲切，原来这又和我生长的故乡特别像，我也时常会对远道而来的客人说"我请你品尝真正的好茶，外面是喝不到的。"近了，近了，落座在你的面前，还没有轻吻你的馨绵已经闻到你四溢的芳香，清新甜美，沁人心脾，我贪婪地循着你的芳香振翅疾飞。

看着身边每位文坛上的大家，顾不上平时的优雅与谦让，不用主人劝你举杯，近乎贪婪地一杯接一杯地开怀畅饮。我忘记了我是滴酒不沾，我忘记了我一遇酒便会过敏，我轻轻地端起我座位前的竹节杯先是试试探探地抿了一小口，再浅浅地喝一小口。滋味确是美妙无比，和之前浅尝的确实不同。然后又忍不住地喝了一大口，仿佛有一团金色的火苗子在我的腹中燃烧，浑身通透的温暖，眼前的人有了双影。刹那间，一股来自阳光的气息扑面而来，夹带着一股清香沁入人心脾，满口甘甜，唇齿留香。一杯66度纯净透明的原浆汾酒下肚，我的五脏六腑像被太阳紧紧拥抱住一样，仿佛回到麦浪稻香的怀抱里，沐浴在大自然的氤氲气息之中，脸上也桃花朵朵盛开。抬头看天，看到了传说中的凤凰；低头看地，地上奔跑着麒麟；歪头看窗外，杏花成片……

那些声音融化进了血液，饮下这汾酒，它不求浓烈，只要纯真，如同和茶园的光阴一体的我的生命，像自然一样流动着。记得那个秋夏之交有雨的夜晚，同样是以王干老师为领队的一群文人雅士，在我的茶室里一起品茶，大家亲切地唤我为"茶女"，我拿出最好的铁观音让大家来寻找茶中天堂的样子。第一二道茶是"长在深闺人未识"，像刚从豪门走出来的大家闺秀，虽略带青涩，但已露大家风范；第三至五道茶是"雍容华贵大道天成"，这三道所冲泡出的茶水香气浓厚，韵味十足，口感最佳；第六到八道茶是"浓妆淡抹总相宜"，意即浓淡适度，入口清爽，香气幽远；第八道以后是"铅华洗尽余韵犹存"，虽茶水已渐行渐淡，但余韵尚存，幽香不散。"王干老师他们这群文人雅士纷纷道出各自寻到的味道。"好茶，好茶，这才是真正的铁观音的味道！"这个味道一下子打通茶与酒的通道，让我这个茶女穿越几千公里，来品尝何谓汾酒，何谓好酒。

　　不管是老一辈文人写下的"一日三杯竹叶青越活越年轻"，或是巴金老人的"酒好人好工作好，参观一回忘不了"，到领队王干老师这几日时常挂在口中的"好酒，好酒，真正的好酒！"杏花村，实在是一个特殊的记忆符号，如此的相似，如此的亲切，也如此的温暖。让我因那浮在脸上的朵朵桃花而改签回程的日期，我依恋与追寻人间花事，固执到杏花村来。繁华有时，苍凉有时，不全在于酒。

# 当归

## 1

这个冬天不像冬天，雨一直很绵，我在一个有雨的午后抵达蓬莱镇。

我喜欢冬季里的雨，我更喜欢雨后行走在乡间田野的那种空蒙清冷，散发着淡淡的不知名野花的清香。浓的时候，有一点点草和树沐发后特有的土腥气，爷爷说那是蚯蚓和蜗牛的腥气。一路上细细嗅嗅，我莫名地变得沉默。我竟有点害怕，害怕心里一种即将涌出的情感，渴望走近又心慌着，心底最深处的声音顷刻间汹涌而出，轻轻对我说：回去吧，回去吧。

乡村与大自然最近，我和大自然最难忘的对话，就是在淅淅沥沥的小雨中踩水花，或在屋檐下伸手接住透明如鞭的大雨。这些定格成我生命中最美的记忆，在我回首时，便总能看到那个在满野的金黄中玩雨的小女孩。

成年后，我依然喜欢在下雨的天气里行走。要是雨下得大了，我会对着车窗不停哈气而莫名兴奋；下得小了，我就脸贴车窗，莫名惆怅。我知道，这是在乡村长大的结果。

在我到达目的地时，雨又下了起来。我能清楚地看到雨滴落在树梢上，树后屋檐下，老人正低头打瞌睡。

"人呀，活成树就好了。"

刚到村口一座老屋前，一个略显苍老的声音把我从沉醉中拽回来。这也是母亲最常挂在嘴边的话。

儿时，农村乡下房前屋后两棵树之间绷着根粗铁丝，是用来晾晒衣服被褥的天然衣架。童年里每次帮母亲晾衣服都是一次玩水的游戏。第一次晾衣服的情形，我至今还记得：

矮个子的我踮起脚尖，使劲往上跃，小胳膊使劲往上伸，还是无法把衣服甩上铁丝。一不小心，湿淋淋的衣服就罩在头上，水顺着脖子流了下来。那里衣服还没晾上去，这边衣服先湿了整片。

"笨死，晾个衣服都不会，自己想办法。"这时母亲没了往日的暴躁，变得很温柔，"拿个板凳垫脚，用点力，只要搭上去就行了。"于是，我搬来板凳，踩上去再使劲一甩，衣服就搭上铁丝了。

"树就是皮实抗疼。铁丝勒一道又一道，树汁流一圈又一圈还继续长。伤口那么深，一点也没受影响。要是放在人身上，不说伤口这样深，怕是一点小擦伤，就嗷嗷叫。"母亲满脸都是敬畏。

"不就是一棵树。你又听不懂树语，怎么就知道它就不喊疼？"我总是一脸不屑，也从没真正把母亲的话记心上。

屋檐下打瞌睡的老人醒了。那是一个很朴实的老人，身板清瘦，目光深邃明亮，看上去很有神。他穿着一身整洁的衬衫西裤，站在我的右侧。

老人自我介绍，说他是从镇里一所小学退休的老校长，也是眼前这座村庄的半个主人。

老校长生于二十世纪四十年代初，是闽南山区一个普通的农民之子。饥饿和贫困，这些都没有影响老校长接受教育。因为他出生在一个宁静的小村庄。这个村庄如一颗璀璨明珠，镶嵌在安溪这片神奇的土地上，它不仅风物四和，景色秀丽，且是著名的侨乡。据安溪县志记载：古渡口历史悠久，早在宋元期间，便是安溪北线地区的贸易和交通枢纽，安溪的茶、德化的瓷器，从这里走向世界，是海上丝绸之路的延伸线，也是泉州古港之根。

抵达这里，我坐进一大段岁月里，我的眼睛成了唯一的旁观者。

香已住

# 2

老校长的嘴是一本蓬莱镇的教科书。这个村庄的人、村庄的生活仿佛画卷，在他的诉说中一一展开：

"从我儿时记忆起，我们这里的村民，不遇大事，不上县城。他们只在这个村庄里日出而作，日落而息。城市的繁华与人间烟火只是一个搁在南洋的梦。那时的古渡口是安溪下南洋的航运水道，也是周边乡镇采买牲畜或生活急需用品的一个小型商贸地。到我能记事时，天下早已太平。这片土地上生长的人也同这片土地上生长的庄稼一样，一茬茬地出生，又一茬茬地消失。

"你看那一棵松树，也是上了年纪，树龄有上百年。

"这树呀，听我的爷爷说，在他小的时候就在那里。不知是谁把它栽在稻田与小溪之间，没人管没人养还能长得这么粗。上百年的风雨就这样过去。这要是人的话，还不憋屈死了。

"这树啊，不记疤只顾长。那时，我们几个小伙伴一放学，百米赛跑般飞奔至田间松树下，书包一扔，从田埂上一跳就攀住了树枝，而后就比赛荡秋千。时间长了，这棵松树的枝干不是我们攀斜了一枝下来，就攀扯断了一截，或者压弯了一枝。

"可这树就是皮实。压弯了，就弯着长；弄断了，从旁边再长。树从不计较人怎么折腾它，只要不把它连根拔起，你怎么折腾它都要长。要换成人呀，早就破罐子破摔了。

"这树呀，是长眼睛的，它无处不在跟着你。这人呀，在树的注视下，慢慢地也就学会了看着树思考。你看，它在对我眨眼睛呢。"

顺着他手指的方向，我看着这棵不卑不亢自由自在摇曳几十年风霜的松树，我的目光停留在黝黑、结实的树瘤上。

老校长诉说着乡村的过往，诉说着他的童年。

我跌进了老校长的童年，我一遍一遍地在心里猜想他童年是什么样子。眼前这个清瘦的、目光深邃明亮的老校长，是否也同我一样有过夏夜的秋千梦。

老家祖屋旁边有一棵板栗树，打我记事起就很粗很高大了。它似乎浑身都是力量，一个劲儿猛长。不等我上小学，它身上的皮儿都爆裂开了。每次看到它时我就想，该不是它心里的热情太高，长得太快了，皮儿才赶不上里面的速度。

村子里的小伙伴都到这棵树下玩，争着比谁做的秋千牢固。伙伴们从家里拿来一个小板凳和绳子，绳子穿过板栗树的树干，两头绑着小板凳翻过来后的板凳脚，这样一个秋千就做成了。小伙伴就会坐到秋千上一圈圈来回荡，一不小心，板栗树的树干就因承受不住重量断开了，人和秋千就会摔到地上。

我有点胆小，一开始都不敢去试一下，慢慢长大了，也会试着坐到小伙伴做好的秋千上荡。我和小伙伴玩了几次都没有摔倒，便不怕了。后来，我也会拿着自己家的小板凳和绳子，自制一个秋千玩，母亲曾制止多次，但我还是喜欢这样玩。最让我们兴奋的是看谁荡得高。我是最喜欢和住对门的胖妞比了。她坐到小板凳做成的秋千，绳子就立马被拉长，树枝也弯了下来，最多只能前后摇晃，荡不起来，更别说荡得高。

那板栗树一树一树地开花，满树白色的小花从树枝顶端生出，很是耐看。在那么好看的板栗树下荡秋千，微风一吹，一朵朵小花也随着风从树枝上飘落到发梢和肩。这时，我腾出抓住秋千绳子的左手接上几朵于掌心上，喜欢对着那小小的花，吹着不着调的曲子。板栗树花气味虽难闻，小伙伴荡着秋千，接着白色的小花，笑声一浪高过一浪，也飘过树梢，飘过大山……

"你不是说你可以荡到天边吗，你荡啊，你荡啊……"胖妞在一边说着，叫着。

被胖妞一说，我便迅捷地站到秋千上，使劲用力荡。还嚷嚷着小伙伴在我背后推一下助力。胖妞也加到队伍里，趁我一手放开绳子接板栗花时，狠狠地推我一下。不知是胖妞用力过猛，还是那次本就要给我长点记忆。胖妞一推，把我推出老远。我荡得很高，回落下来时，因只有一手抓绳子，人就这样荡下树底，滚到树下的小溪，右手臂的肩骨被折断错位了。

母亲来接我上诊所时，一边生气地骂着我，一边看着我疼得鼻涕眼泪一脸，说了句"疯女子"，抓在手上的小木棍举起又放下，没落在身上。母亲本以为经历过肩骨折断的意外后，我会做回淑女。可我还是一放学就往板栗树下跑，和伙伴们荡秋千，从没一天落下，有时晚饭也顾不上。母亲骂句"疯女子"便懒得搭理我了，时间长了，板栗树看起来都是歪的。

那是我童年劣迹斑斑的见证。

看！飞逝的光阴在打盹中慢下来，漫过老校长的诉说，停在那一棵门前的松树下。

## 3

我在雨后水墨村庄中找寻了半天，要认亲似的，可生养我的地方失算了。

安溪这个滋养我的地方，我并没有真正认识它每一个孩子。它切割成二十四块版图，划分为二十四个乡镇。儿时我总希望自己能通过读书离开，洗去脚上的泥巴。可当我真正飞出那山沟沟，我发现我不仅没有洗去脚上的泥巴，却失去了原本属于我的土地。以至于每当我闲逛到叫故乡的任何一个乡镇，心里都有一种说不出的惆怅。

像是熟悉，又像是陌生。如同，此时我脚踩蓬莱这一方土地，我亦没有真正地走进它。沿路两旁草尖上的水珠滴落下来，打湿了我的裙角和鞋边。老校长又走回了老屋屋檐下，蹲下抽烟。雨后冬阳的余光投射在他的后背，显得孤独而清瘦。我忍不住轻唤了一声："老校长，能和我讲讲这老屋的故事吗？"老校长起身拍拍，惊喜中透着不相信的神情，好久才说了一句："老屋的故事？"

我搬过了一把小竹椅，和老校长坐在屋檐下，空气中有一种雨后淡淡的湿润和清冷。

"唉，老屋早已没有了当年的热闹。这幢老屋最多时同时住有八十多人，现在一个一个如鸟儿振翅飞走了，留下的还是房前屋后这棵老松树。这棵老松树守着我，我守着老屋。"

抬眼望八角洋楼的老屋，可以看见许多青石黑瓦。老校长守护的是一座有着双大房、双护厝的老屋。

眼前老屋是典型闽南古厝，双大房、双护厝、双过水、双角间、双前厅，悬山式屋顶，东西两侧各有护厝一组，大门向内两米，一个天井相隔，进入院内，一排台阶上来，又是一座青砖门楼。这是一幢回字形建筑的老屋。从外表上看，它像是有意要比别的老屋更先呈出个性。墙很厚，窗子方正，房间不大，天井却高大宽敞。走廊、扶梯、柱子和台阶，每一细节都极尽华丽，清一色的青石板条，回廊里还有翡翠色瓷瓶镂空装饰，极尽铺张。别看含蓄，说到底还是一座豪奢的老屋，可见曾经的繁华，村里人都称之为"九十九间"。

九十九间，这是一个很特别的称呼。这栋百年不移的古民居，屋顶上大玉兰花，屋对面有大松树，我的内心深处也有某种关于永恒的秘密的愿望。

老校长很健谈。泥土的清香浅浅淡淡地舔着鼻尖，还夹着阳光的味道，在落日的余晖下，天井一片青青的树叶，引起他在这座老屋最初的记忆：

这座老房子的宅基地是我祖父从一个亲戚家买来的吧。真正开始建设是 1967 年，是由我的大哥和四叔共同出资建成，现在也成了他们的家族记忆和延续。

我家兄弟姐妹七人，我的父亲是长子，大哥便是长孙。大哥童年时值孙中山辛亥革命，战乱对乡下的冲击不大，大哥和大多数当时的孩子一样，都有一个相对愉快的童年，过着平凡的农村生活。

那时，安溪是个偏僻小乡，虽处处是青翠的茶山，物质却极其贫乏。父亲和母亲虽起早摸黑

———————————— 香已住

地辛勤劳作，但一家七个小孩，生计还是陷入困境，大哥也被迫辍学。身为家中最大男丁的大哥别无选择担起和父亲一起养活一家的责任。大哥十四岁那年，在南洋谋生的四叔回乡，决定把大哥也带到南洋去讨活。

十四岁的大哥刚到南洋，开始和四叔一起捡拾废品。大哥性格原本就内向敏感。我可以感知到他一路走来的艰辛和不易。在我四叔的带领下，大哥慢慢从捡拾废品到回收废品，后面经营五金店铺。

送大哥下南洋，是在 1932 年底。同样是这样一个有雨的冬日，雨会时不时亲吻着树叶，还会掉下几片黄叶。魁美古渡口的榕树，树枝越来越孤单。

那天，天已微微亮。清冷缠绵的雨浸过古渡口的榕树上，伞下大哥与母亲的身影。大哥背着母亲准备的包袱，出了门。我与母亲跟在后面，走到了古渡口。母亲站在榕树下，双手过头举了三下，对大哥说：大儿，这就离家了。

嗯，老母。

做个好人，清水祖师才会保佑你。

嗯，老母。

大儿，多做善事，尊敬人家。

嗯，老母。

大儿，靠自己的骨头长肉。

嗯，老母。

母亲不知从哪里拿出一双布鞋，交给大哥：穿上吧，要出门了。

大哥接过来，别到腰上，说：嗯，老母。

在外，要吃饱饭。人家叫你要答应。

嗯，老母。

走吧，不要回头。

嗯，老母。大哥看看即将要起航的船，突然跑开了，又转身朝着母亲跪下，双手举过头拜了三拜，对我说，阿弟，你要听老母的话，好好读书。

大儿——

在呢，老母！

大儿——

在呢，老母……

这声音在晨光中越来越远，越来越微弱。

从古渡口下南洋，要在船上走整整三个月。想来，那天母亲和大哥都知道此去别离不知何时能再相聚，都泪流满面。母亲一直说，若不是迫于

香已住

社会动荡不安，深陷于生计困境，一家人该是快快乐乐在一起。

大哥下南洋那天起，古渡口的榕树便成了母亲的眼睛。它仿佛告诉母亲，大哥在某个午后就会突然出现在她的眼前。

直到母亲过世前，母亲时常一个人在古渡口的榕树下一站就是一整天。记得我小的时候，每天放学回家，一进村口，就远远看见我母亲靠着榕树，眼巴巴地朝古渡口漂往泉州的方向张望。我走到她身边，在她耳旁大喊，她才回过神来。她一手牵着我，一手拿衣角擦眼睛，慢吞吞地往家走，还不时往后回望。嘴里叨念着：回不来了，回不来了……

后来我长大了，我才懂得母亲这一辈子所有的眼泪都给了等待，在我大哥离开家下南洋的那一刻起。


说到这儿，老校长突然安静下来，抓起衣角擦拭眼睛。

老校长这一擦拭，我恍惚回到我奶奶的家。奶奶年岁比老校长还长。同样是这样的午后。我跨进门槛刚抖落一身的雨点，一股淡然的清香迎面而来。

"回来了。"

每每回到奶奶居住的老屋，时间和空间就这样凝住了。看着奶奶越来越瘦小的身子，还有满头银白的头发，我便深知和她相处的日子越发少了。

　　每次回家，我还是和往常一样蹲在屋檐下趴在奶奶的膝盖上，说说她的过去，我的现在，还有未知的将来。我告诉她我对文字的喜爱，说说屋后的板栗树，甚至还像儿时那样给她念我偶尔刊登出来的文章，这时奶奶总是咯咯大笑，笑出泪花闪闪。

　　每次离开，她总会拉着我的手要说几句话。她说她所剩的日子不多，而我的人生才刚刚开始，会像屋后的板栗树，开谢了一季，还会重来。我竟无言以对，只能转身拭泪，任凭她目送我的背影渐行渐远。

　　她不说，我都懂得。并不是奶奶真的可以坚强到没有眼泪，而是她这一生的眼泪都给了过早丢下她的爷爷。

　　老校长是否也一样，早已不再记挂什么，只是守护着这老屋，守护着过早离别的大哥。

　　在我一脚要迈上门槛的那一瞬间，老校长抓住我，指着大门的顶端告诉我，在闽南一带，双护厝完整的老房子必有堂号。每一个堂号代表着一个家族的一种尊严，在闽南农村尤其如此。我拧疼了脖子也没有看到老校长所说的堂号。

　　走到院落的楼顶是一个真正的空中花园，四周种满了火龙果。三角梅及一些呈心形状的叶子碧绿的植物，茎上被倒

香已住

向的短柔毛细密如霜。叶片密密匝匝，层层叠叠，一颗心叠着一颗心排开来，缠绕的藤努力斜横地向上攀爬着，已经靠着墙壁探出了屋檐，它还要向上走。蓝的、绯红的、桃红的、粉白的，涂抹着凉凉的冬阳。几株柔弱的植物，竟令院落生动起来。

望着熟悉又陌生村庄，我才发现，故乡还在，红砖老厝还在，那扇窗还打开着，而我却回不去了。

## 4

"大哥没下南洋前，最喜欢坐在这楼顶。他说，楼顶可以收容所有的心事。"

我还沉浸在老校长的诉说里。同行的霞拉着我的手往老屋屋顶的大埕疾步走去。

"稻田，成片的稻田。快看，还有布谷鸟！"

站在屋顶向下俯瞰，进入眼前的是一块一块的稻田，可谓色彩斑斓。碧绿如玉的冬稻，在余晖的霞光中一起一伏的。稻田的边缘是一排排丝瓜架，瓜蔓上开满了一朵两朵金色的小花。我闭上双眼，空气里弥漫着甜甜的味道。

"我们那时最好的玩具莫过于稻梗了。一到收割稻谷的时节，打完稻穗，稻梗在手巧的小伙伴手中可以变成各种各样的小玩意儿：青蛙、蝴蝶、乌龟、肥胖的羊、憨态可掬的猪、调皮的狗，戴着草帽钓鱼的老头儿、拾稻穗的小丫头、好看的蛐蛐笼子……我现在还会用稻梗编出来。只是现在的小孩不稀罕了，连我的孙子也都不玩这稻梗编的小玩意，他更喜欢奥特曼、变形金刚……哎！你呢，喜欢吗？小时候玩过吗？"老校长变魔术似拿出一只稻梗编的小蜻蜓，栩栩如生，展翅欲飞。

"走！找直直的长长的稻梗去，看谁找得多。"

每到冬稻成熟，父母收割完稻谷后，我和大哥就飞奔出门，跑到稻田，开始翻找起来。

直直的，怎样才叫直直的？长长的，多长才是长长的？大哥找得分外用心。我也四面张望，发现哥哥手中找到一根，就唆地穿到大哥身边抢下，我总觉得大哥找的稻梗才完全符合要求。

"你又偷懒。自己找去。"大哥虽嘴上说着，却伸出一只手轻轻抓一下我的头发。

"就是要偷懒，谁叫你是我大哥……来啊，你来抢我的。"

那样的午后在我大哥十四岁下南洋后再也没有过。哪怕那时我们被稻梗上的麦芒扎得很不舒服，总被太阳晒得大汗淋漓，却是留下一串串的笑声。

"哎！人啦，老了，儿时的事情就越来越清晰。"老校长说完，又伸手拿起衣角擦了擦眼睛，一个人静静往稻田走。

在老校长那一滴依然澄澈的眼泪里，我心里却莫名暖暖的。

同样是冬稻谷收割的午后，我和哥哥风一样地跑到稻田里，四下翻找起来。哥哥会一边点着我的额头，一边拿出一把小刀将稻梗小心地去掉皮儿，泡入水槽中。

我在一旁会突然变得安静。趴在水槽的边沿上，手在水缸里一下一下划着，偶尔还掬起一捧水往哥哥头上洒。哥哥不但不生气，摸一下我的头，说我又皮了。继续折腾稻梗。稻梗与水亲，才一个晚上，变胖了，变软了，在哥哥手中就变成一只只憨态可掬的小动物。我的眼睛再也没有离开过哥哥的手。笑声出飘过燕尾脊，飘过了童年那弯弯的嘴角。

这是一个长达一下午的长谈。老校长的诉说如同断线的风筝摇晃落下，那一砖一瓦、一梁一柱、一门一窗、一雕一刻，无不挂满旅居在外老一辈华侨的情感记忆。

这个下午，我如同那个幼小孩童撒开父亲的大手，欢喜跑去。我回到故乡的面前，身披时光的流苏。

# 风从远山来

## 1

去年年底，我因工作返乡，顺带深入长卿。说顺带是因为长卿在故乡隔壁，总会路过却极少停留，我一直想要深入去感受一下这乡镇，却总被各种事情和借口搁浅，这次刚好因为工作的原因入住这个乡镇。

情感上，长卿是我亲近的地方，我的两个姑姑、我的姐姐都嫁到这个地方。从老家到长卿隔着一座山，准确说两座山背靠背。我小时候常和祖母翻山越岭走上一个多小时去探亲，现在交通方便，车程不过二十分钟。对于长卿，有着天然的亲近。可人往往都是这样，越是亲近和熟悉的，越容易忽略。比如这个地方，这些年除了探亲便只有路过，并不曾认真地去了解它。

长卿镇为人字形结构，呈北向东倾斜，东西北三面高

————————— 香已住

山环抱，与"中国茶叶第一镇"感德相邻，被誉为西北线的"文化善地"。镇政府所在地是一条主街道，也是这个乡镇的圆心。以镇府的大门为轴，形成上、中、下三条老街，以长华路、中山路、长南路名之。长卿具有渊源深厚的文化底蕴，在史料记载上可查可寻。从茶叶、名山、古岩，至百年书院，你都能触摸到历史的遗迹与文化留存。民国二十五年（1936年）为长卿镇，1949年后改为长坑乡，直至2020年撤乡恢复长卿镇。无论历史还是现实中，长卿都以崇德重本、恪守传统为主要特色，为一代一代的长卿人建筑了牢固的精神堡垒。长卿如同聚宝盆一样集聚了八方人气，在历史上出过一家三进士，现在一乡两院士。还有美名在外的长卿绿豆饼，常有本地人会这样说，没吃过长卿绿豆饼，不算了解长卿。

绿豆饼，日常生活中的一款糕点，表面沾黄透亮，看过去鼓圆鼓圆的，闻起来香味扑鼻，有香蕉的清甜。最早由生炭烤制，制作的人少，加上物质匮乏，一度要在重要时刻才能品尝到。现在则由电炉烤制，温度可以调控，很多家庭小烤箱都能烤制，不是稀罕活，技术也不难，绿豆饼便成为日常中的茶点或者点心。话是如此，可长卿的绿豆饼，却上百年来一直受当地人的热爱和追捧。不过从这种追捧中可以感知，热爱生活的趣味。

想品尝到正宗的长卿绿豆饼，也不是你想吃就有想买就买到的。据说，只有在上午才可能买到。每天固定早上八点开始卖，卖完就关店，去晚了就要第二天继续去排队。卖绿豆饼只有两家店面，这两家店面是家喻户晓的老店，还是两兄弟。王师傅说，每天他夫妻最多也就能做十烤箱，一上午就卖完了。来晚了，想吃就要等第二天。纵是有天塌下的理由，下午也是不做饼的。每天下午的时间都要用来准备第二天的原材料。做饼是一门慢工出细活的手艺，赶不得，这是祖上传统。

　　想起前年到西安也是这样。当地的朋友何大姐说带我品尝一下正宗的羊肉泡馍，必须早起或者在晚上宵夜的时间八点到十点半前，睡迟或者去晚了，正宗一点或有点名气的羊肉泡馍馆都关门歇业了。定时，定量，也算一种定食吧。

　　那天到达长卿，我一入住完就迫不及待要他们带我去王师傅的店。过了两个红绿灯，才拐到长霞路这一条老街，柏油的路面，散散淡淡的门面和住家，对面是稻田和种满淮山的一垄一垄田埂，理想中的新时代农村生活场景，但是没有想象中排队买饼的热闹和洋溢着的饼香。带路的敏艳告诉我，今天也是提早卖完的一天，不过她特意跟王师傅打了招呼，让他今天加做一烤箱。我们到时，王师傅正拿着木棍将蒸熟的绿豆碾成碎末，加糖放置水中煮，王师傅一边煮，一边告诉我，做馅心还是很讲究的，豆沙壳要一点不

　　　　　　　　　　　　　　　　香已住

留，捣细，搅拌要均匀，这是很考验师傅的手劲。王师傅黑瘦，话极少，一看就是特别本分的手艺人。做馅心、调酥、和面、包酥、擀压、包馅及烙烤，一道道工序下来，没点儿体力和技术，怕是做不了的。一烤箱绿豆饼出炉了，烫烫的，趁热吃一口，外皮软糯，内馅清甜，十分爽口，没有酥皮的厚重感和翻炒馅料的甜味，更多的是散发绿豆本味的清香，连吃几块也不觉得腻，满足口腹的等待。

王师傅还告诉我，绿豆饼冷藏过后，又是不一样的口感，饼皮并不会变硬，内馅冰凉软糯清甜，很解暑。他一辈子都没走出过长卿。不少人想约他到县城去开店，把绿豆饼生意做得更大，他却哪儿都不去，就守着这间老店，一守就是一辈子。

王师傅的绿豆饼制作技艺是祖传的。相传是当年施琅将军手下一名伙夫研制出来的。几百年过去，随着生活物质不断丰富，生产技艺不断改进，王家祖父远出南洋拜师学艺，王家绿豆饼借助历史人物和传说流传至今。上百年来的时光就在传奇故事里云淡风轻地过去了。

"台湾有名'经营之神'王永庆，祖籍就是我们这个地方的。他在2004年回到安溪，在斗茶厅品茶时，看到配茶的茶点是绿豆饼，拿起品尝直夸：清甜、爽口。连问是不是长坑绿豆饼，说他的曾祖父可没少念起。"原来王永庆曾祖父，迫于生计漂泊到台湾定居。而他家就算在最艰难的时候，也会有这小小的一块绿豆饼,那是梦里家乡的味道。

微雨中的长卿,云绕着山,山抱着云,尽显古朴与典雅。从王师傅店里走出来,我的心就莫名平静下来,心底那一根最柔软的弦就那样被弹响,网住所有的思绪。

## 2

长卿镇至今还保留着一处完好的书院。

这座书院叫崇德书院。

趁着午休时间,就着冬日暖阳的余温,温水泡一杯茶慢慢喝,然后在一条古老的石板街上慢慢溜达。这条老街是长卿保留最长、最完整的石板街,走在这样的老街里,没有遇见诗文中"一个丁香一样结着愁怨的姑娘",却遇见一个坐在老店门口打盹的老者。我走过去,老者就睁开眼,还招呼我喝茶。在闽南安溪,家家户户是茶馆,我想那是自古以来的。你任何时候路过,不管是店铺,还是住家,熟悉的还是陌生的,都会招呼你喝一杯茶。你一坐下,一杯热茶就捧到你手上,一段故事也就在这一杯茶中开始。

老者告诉我,老街过去圩日时可热闹,那时商贩云集,周边的祥华、感德、蓝田等乡镇的乡亲都会在圩日这天来赶圩。他们像走亲戚般隆重,穿戴整洁地挑担挎篮赶到这里。理发、贩卖土特产、采购生活用品,抑或者是说拉弹唱、卜卦算命,总之各显神通。菜市场、打铁店、竹木店、粮油店，还聚集着南北货、糖烟酒、百货、饮食，还有药铺、书场、茶馆等，嘈杂的圩声沸沸扬扬，这里一度成为内安溪物资集散的繁华之地。来书院修学的学子也会在每天学习完之后，三两结伴到老街看看转转。现在时代不一样了，交通方便了，虽还有圩日，但早已不是当年的景象。

老街承载着每一个长卿人乡愁的记忆映像，充满烟火气的小巷、沧桑古朴的青石板、吱呀吱呀的木门，诉说着长卿的过往，诉说着长卿的今天。在这样一个闲淡的午后，走在老街里，望着青石板铺成的街面，每块石板都被踩踏得发亮。千百年时光里，行人、车马驶过，满载着长卿烟火气息。望着这保存完好的老街与现代的生活方式完全融合，我想，这也是一种文化的传承与保护吧。

我这么想着，一座有着典型闽南燕尾脊灰褐色的老式房舍便在眼前。这便是崇德书院，老房舍被完整地保留了下来，就在镇政府内，占地不大。长满斑斑点点青苔的石基，似乎在诉说着过往的光鲜。如果拍摄一部关于长卿教育事业的纪录片，这无疑是一个好选题。这个传承百年的书院，本身就是长卿的一个缩影。

保存完整的崇德书院，距今有四百多年历史，是安溪仅存的古代书院，对于书院的信息保存也是一证。清康乾时期官献瑶父子三进士从这里出发，走向朝堂，倡导文章教化的理想和情怀。民国十九年，旅马侨亲官光厚、乡贤王祝山等商议，募集资金在厦门购置楼房十三幢共计三十九间，作为崇德中学校产，以租金作为学校经费来源，滋养着一代又一代长卿人。后来享誉世界的两位院士陈火旺、陈志坚在这里接受最初的教育，生命最初在这里开始。作家余秋雨曾言："中国历史太长、战乱太多、苦难太深，没有哪一种纯粹的遗迹能够长久保存，除非躲在地上，躲在坟里，躲在不为常人注意的秘处。大凡至今轰传的历史胜迹，总不会是纯粹的遗迹，总有生生不息、吐纳百代的独特秉赋。"崇德书院能保存至今，几百年来经历过战乱，经历过烟火始终屹立，成为一代又一代长卿人修学、课考、议事的地方，让一代又一代的长卿人在宁静的环境中汲取书院文化，并使之发扬光大。

长卿今天的出名，不只是各行各业人才辈出，还有是因为富足，整个乡的生态环境都可圈可点。早些年，长卿也和所有内安溪一样贫穷落后。生活中接触到的长卿人，大抵都能工作、会生活，几乎都有清爽韧性的个性，在人群中一眼便能被认出。为什么长卿人的辨识度会如此之高？想来想去，是因为长卿有历史文化的丰厚沉淀，长卿人从小便在崇德书院接受最初的洗礼与滋养，以前是，现在依然是。

我这个突然闯入的人某种程度上算是爱舞文弄墨了，多

———————— 香已住

了一丝正经，反而带着些许世俗气，与书院的古朴气息不融合。生活本就是一方水土养一方人，长卿人骨髓里的精气神是外人无法滋养成的。好在这占地面积不算大的书院，在百年前就是内安溪十个乡镇学子的中心学府，更是附近乡里长老的议事点，想必那些年外人也没少到书院来停留学习。于是我便心安，来长卿第一日，便堂而皇之从书院穿过。不是沿着书院上落的石条一步一步跨过，就是从下落的石条一步一步踏出，像是儿时走在自己家的祠堂。这个书院，在这个午后就这样撞到我灵魂深处自己也不为知的那个层面。仰头上望，只见几缕白云从天外飘来，在燕尾脊上轻轻旋绕，然后向远处飘去。

我隐约找到了自己。

## 3

生活在这片土地上的生灵，对于时间的感知依然是最初的方式。他们并不是从钟表的刻度知晓时间，而是从日升日落和草叶枯黄中感知时间的流逝。

到长卿第二天，恰巧《"福"味安溪》拍摄组也到长卿拍摄。一听栏目名称，我立刻被勾起馋虫。现实与故事都是这样写的，每一个人记忆中最难割舍的是那古早的味道，用来安放情感。

跟着摄影组到了山格村的村址，村支书一家已等候在此。陈书记五十岁上下的中年人，高高瘦瘦的，说话声音不大却有磁性。样子不像个村支书，倒更像是一个农村小学校长。女人显然是他的老婆，看上去也就四十出头，圆润的脸庞上挂着浅浅的笑，看到我们进来便问他："可以开始了吗？"

我随着陈书记到边房喝茶，他说："今天也算是缘分，我们一起过年。"与陈支书的闲谈中，我才得知这次拍摄的是他们一家吃年夜饭的场景，到时放到初一那天播出。

原来如此，今天算是提前过年了。大约过了一个小时左右，到拍摄吃年夜饭的镜头。既是吃年夜饭，就有特定必备的主菜，这主菜，在安溪南线北线，各地不同。我的老家感德，必然有炖鸭汤和长寿菜。在闽南一带，长寿菜是不可或缺。长寿菜在除夕这天，一早就会到田摘回来，是霜冻过的芥菜，整棵摘回来，一叶一叶掰开洗净，放到竹篮晾干。煮时整叶菜梗切细不切短，长长绿绿的，每一段至少有一根筷子那么长。小时候，家里的老人总是哄我们这些小孩，吃长寿菜是不能咬断，只能狼狈地囫囵吞枣。现在回想起来，却是家人围坐，灯火可亲，屋外鞭炮轰响的幸福。

跑题扯远了这么久，长卿年夜饭必备菜品又是什么呢？会是和我老家一样吗？随着摄影师的镜头，我发现陈支书的爱人领着家里的儿媳在大埕水池里清洗淮山，去皮的去皮，清洗的清洗，切片的切片。在长卿，年夜饭必备菜品是煮淮山汤。切成厚片的淮山，几瓢清水，大火煮开，再中火慢煮半个小时左右，一道香甜可口的淮山汤就出锅。淮山汤可以出锅了，陈支书与她爱人拿过来十二只碗，把淮山汤分装到碗里，摆到大厅的八仙桌上，桌上还摆满水果糖品以及鸡鸭鱼肉等，是非常丰盛的一桌。这时，陈支书带领一家老小，点上香，倒好清茶三杯，开始祭拜，祈求来年风调雨顺，儿孙学业有成，一家平安喜乐。随着鞭炮声一响，年夜饭就正式开饭，大家围坐一起，提前过了年。

"一定要尝尝这淮山汤。"陈支书指了指刚刚盛好的，摆在面前的那碗淮山汤低声对我说。我用筷子夹一块，一口咬下，却是满嘴的酥香糯甜。寒冷的冬，或清寒的初春，都是说不清的幸福感，以至于在后来，但凡有外地的文友问我家乡的美食，我总会脱口而出推荐淮山汤。特别是胃不适时，或者千里风尘仆仆漂泊归来，抑或与生活这只小怪兽过招迷茫无助时，工作神情恍惚时，一碗暖暖的清水淮山汤立马就让你能量满格。它抚慰着微疼的胃，抚慰着低落的心，抚慰着所有的失意，抚慰着所有的不平。

回来的路上，经过玉南村，记忆中街道狭窄、两边都矮旧的土房子早已不存在，眼前是宽敞的马路，整洁的小洋房。一座只剩一边的老房子特别显眼，屋后一垄一垄青翠淮山的蔓藤，在满天的清辉下一下子吸引了我。那就是陈志坚的老家，探索生命科学的种子就在这里生根发芽。继续往前走不到几百米，穿过弯曲的田间小路，一座完整的土房子就在眼前。不同的是，这座老房子门前有条小溪，屋后是竹林，这是陈火旺的故居。相同的是，科学的种子同样在这里生根发芽，同一个村先后走出了两个院士。

站在这个村口，你一定也会与我有同样的感慨：布衣暖，菜羹香，诗书滋味长。长卿是有故事有文化有风景有美食的地方，如同那朴实的淮山，只要你给它一隅空间，便会有一片青葱，来日闲暇，就能挖几根淮山去皮、清炖，煮一锅鲜美的汤。

味蕾是记忆的线索，就算是身处远方，通过味蕾的指引，便能找到家的方向。少年时，在籍贯一栏总想填写远方的字样，现在真正身处远方，在籍贯一栏唯一想填写是：长卿。品过天下所有的山珍海味，真正的美味就是家乡这道淮山汤。突然记起在一访谈节目中，陈志坚院士说起，他最想念家的味道。

"小时候长卿的路可难走，路面窄，坑坑洼洼。特别是雨天，泥土、牛粪、污水混杂鸡鸭粪便，空气里满是沼气发酵的味道。那时哪里的路都是这样，不止村与村之间的路难走，通往县城的路也一样难走，七绕八弯。那时最怕就是开学，坐着客车往县城求学，都是一路晕车一路吐着，到了县城整个人就快虚脱。若是碰上没有座位，站着到县城，那才叫煎熬。"同行的敏燕，是一个土生土长的长卿人，毕业后在县城工作了几年，机缘巧合回来任职。她个子清瘦，一双灵动的大眼睛还存有孩童的澄澈。

听着她对过往的叙说，我也看到那个儿时的自己。小学二年级便到湖头求学，也是要那样坐着客车翻山越岭，一路晕吐。再望向此时脚下的路，两车道的水泥路，路两旁绿树掩映，十米一间隔就有一根路灯，手脚还利索的老人在路上闲逛着，还顺手捡起路面上的垃圾。看到这一幕，我的心随之也舒畅起来。

离开长卿，就下起细雨来。雨中的长卿，包裹在群山之中，云烟缭绕。从车窗外看去，天蓝亟待水清，青石板的老街犹在。甚至空气里都是各种花草的笑脸，在暗夜的尽头睁开惺忪的睡眼，那些叫都叫不出名字的花花草草，似乎约好了似的，伸一伸懒腰，一场隆重而热烈的盛典伴你开始新一天的进程。长卿呈现出了令人吃惊的规模和繁华，它的文化底蕴发现和挖掘。

山水养眼，文化养心。如今的长卿富了，但是长卿人对于文化和传统的保护让我意外。我想，这是得益于一种文化的保护和自觉。正是这种文化的自觉，让长卿具有了不一样的魅力。

长卿是一本还没完全打开的书，翻开便无法放下。

# 和云南有关的几个词

## 出发

至少在壬寅年的小年之前，我并没有春节假期出行的计划。并非抽不出时间，而是我根深蒂固的认知里，春节是团圆的日子，在外的游子都是往家赶，哪有春节往外跑的。再者，我虽爱四处走走，换一个地方，换一种心情，但大体这几十年来还是固守传统。

卯兔春节是不同的。放假前两天，单位里四个未婚的小年轻在计划着春节要前往云南，问是否有人同行。那一刻我脱口而出，和丫头商量一下，问她要不要一起出去走走。

到家顾不上吃午饭，我便把同事春节之行大体说了一下，丫头想都没想，就说要出去走走。我们都渴望到一个自己完全陌生的地方自由呼吸几天。熟知我的总笑我，一出去，不管到哪儿，便不想回来。我也总调侃自己，只要离开

香已住

安溪，我连呼吸都是自由的。就这样，我对这个春节，便突然多了期待。其实，随着年岁的增长，或许是性格原因，或因生活方式，我已经忘记期待是怎样的。虽然也会在某个午后，或者是午夜梦回的瞬间，渴望能遇见生命的悸动，期盼生活在平淡安静中多些色彩，起些涟漪。

这场云南之行像一朵花开，绽放了我所有的情绪。

组群，订票，做攻略，都在一天之内完成，几个小伙伴像一夜之间把我拉回那个年轻的岁月。这样上一秒说走，下一秒就订好出行机票的旅行，我好像看到那个风一样的自己回来了。青春的夜空存在于树荫下摇着扇子赶蚊子吃西瓜，躺在大埕凉席看云朵在天空盈盈飘过的记忆中。

大年初二这天，刚过十点，安溪还有点微凉。这座小城昨夜燃放的烟花和鞭炮的气息还未散去，我和丫头已经坐上前往机场的车，去奔赴和四个未婚男女的云南之旅。我还在神游中，三个年轻的脸庞就陆续出现。

"昨夜两点我还想着今天只有一个小时收拾行李，备忘录过了几遍，生怕忘了。""悲催！我忘记了放睡衣服。"这一声惊醒大家，大家开始各种支招，想着让华燕多带一件，电话打过去，她已在路边，家在山上，不便再往回跑。小白在龙门高速路口上车，还来得及回家拿一件他妹妹的。不承想，他妹妹也只有一套。最后只能带一套小白夏天穿的运动裤和T恤。大家还笑我，明明最早就收拾好行李，愣是把最重要的睡衣忘记了。

我有点懊恼。明明自己是一个有强迫症的人。几十年来出行无数次，小到指甲刀，我都不曾忘记过。这次竟会把那么重要的睡衣忘记带，是真的老了，记忆不如从前，还是要给我某种改变的提示，生活总是在各种意外和惊喜中过，并不是一成不变的。我还在深深地呼了口气，"纵有疾风起，人生不言弃"那样迸出脑海。就这样，在一路嬉笑中，我们很快就到达了机场，办理完行李托运和登机安检手续。

时间还充裕，我们几个好好享用出行的第一餐。丫头和欣欣一样，打趣说六十元一碗的面条，一根面条要近两块钱，要吃得一根不剩。我吃了一半就停下，这一群年轻朝气蓬勃的脸庞，好像是含苞待放的花蕾。这一刻，记忆中那个年少的脸庞也那样清晰地出现在我的眼前。我好像看到他睁着澄澈清明的眼睛说："猫咪，多吃几口，吃圆点。"这一刻的恍惚使得这简单的午餐变得生动有趣起来。

## 昆明

登机后，我刚好选到了靠窗位置。飞机起飞后，视野变得极为开阔，甚至可以一眼望见远方的地平线，在一朵一朵白云中躺下来。起飞往云南的方向，天气也变得晴朗起来，抬眼望去尽是轮廓清晰却不知何去的连绵云海。我注目凝神地望着这些云海，并将它们的脉络暗记于心。大自然对自己厚泽有加，这种从前只是偶尔产生的下意识的感觉，此刻却渐渐变得深刻清晰起来。

我并没有告诉她们，我毕业旅行的目的地就是云南，走的和我们这次的路线完全一致。

一下飞机，云南以太阳的温暖来迎接我们。五点多的太阳温度正适宜，永远有云卷云舒，有黄金时代一样迷幻璀璨的光，一下子扫去了旅途的疲倦。住处在最繁华的市中心，下楼不管是向左向右都是可以随意地闲逛。古街、美食、夜市，记忆中的云南就这样扑面而来。

我收拾一下自己那说不清的情绪，抑住涌上眼眶淡淡的酸涩，用最快的速度去洗了头发，让自己不再处于混沌中，便下楼跟上几个年轻人的步调去寻找美食。我在飞机上就做好攻略，想去"一朵菌"野生菌火锅好好满足味蕾的享受。可一到店，还是颠覆了我们的认知。虽早有隐约的感觉，这次的出行人多，但拥挤成这样，还是超出意料。到了晚上八点多，排队等候晚餐的竟还有八十八桌。看来这朵菌，今夜注定错过了。好在大家是带着一颗闲散的心出行，便选择去走走逛逛。

一朵菌错过，一碗米线的温暖还是要等到。上座的过桥米线，到十点我们依然在排队等着。有点饿有点累，逛了一圈后，就不再逛，安静坐下来等着这碗米线。

我坐着，无端把自己重置回到年少的时候。记忆中的他款款向我走来："本来就是带着一颗吃米线的心在此住一晚，不急，就是要放慢自己。"我又看到那时的他，总是那样悠闲着，嘴角上扬着，我有一搭没一搭说着聊着，时不时地念着我去吃点东西，先垫垫，不要饿着。这样涌上心底的柔软，让我等餐的过程也变得温情，肚子好像也不那么饿，心一直是雀跃的。

第一次路过昆明是在 2005 年，那次所有的记忆只是飞机起落。最近一次，应该是四年前，随到云南采风的干爷去大理古城，那次对昆明的记忆是鲜花饼。我喜欢的作家汪曾祺老先生在昆明生活过七年。他在他的作品里说："我在昆明待了七年，除了高邮、北京，在这里的时间最长，按居留秩序说，昆明是我的第二故乡。"每次读他的文章，读到他关于昆明的记叙，总会对自己说，有机会到昆明，一定要读着他的文章追寻一下他曾生活过的足迹，感受他笔下昆明的山水名胜、风土人情、掌故特产。

这次，怕是又变成路过。

"去云南，就是去放空发呆的。"记忆中的声音伴随着微凉的风从耳旁掠过。

是的，是闲散发呆来的，那就慢慢路过。

## 大理

关于昆明的记叙就慢成一个逗号，接着一路向西去大理。

"你们这次一定要去沙溪古镇走走，就是《去有风的地方》取景地。"

"白族八大碗你们也一定要吃。"

"还有烤乳扇、雪糕……"

小寸一开口便浓浓的白族气息迎面而来，黝黑中泛着红的脸庞无不告诉我们他生活的地方紫外线有多强，善谈热情又是他作为一个向导的特质，我们都不约而同说了一句："未来六天的行程一定会是舒服又欣喜的。"

一路上小寸告诉我们他做十年向导的见闻，他在这十年学会的各项技能，从最初的手机拍照，到现在可以媲美专业的无人机摄影，还有随口拈来的故事介绍。望着这个黝黑精瘦的白族男子，我不禁感叹，整个云南会成为一个旅游大省一定有它的底蕴和原因所在。

我在初中阶段就沉迷金庸武侠小说，"大理"这个名字在他笔下《天龙八部》中便是一个我向往的地理坐标。那里有凭"一阳指"和"六脉神剑"名扬天下的大理段氏、雄伟的大理皇宫、威武的段王府、神秘的皇家寺庙天龙寺以及卖茶花的美丽白族女子。

大理，此行已是第三次抵达，但依然觉得自己是初次到达。

我有一点熟悉，有一点陌生。熟悉的是古城还是记忆中那般繁华热闹，到达时虽是夜晚却没有丝毫的黯然，反而灯火通明，给我另一种不同味道的美。陌生的文献楼沐浴在金色的灯光里，横亘在苍洱之间，遒劲的"大理"二字的牌匾之下，灯光稍弱的青石门洞像一个幽深的漩涡，仿佛跨越它就能跨越大理的古与今。走在滑光的青石板上，"红尘藏有济世良方""我在大理很想你""等你的风吹到大理""唯有你喜欢，我的喜欢才有意义"这样充满温情的文字时时就窜到我的眼前，一下就钻进我的心里，触动我瞬间的情绪。那一刻，我仿佛置身于无边的漩涡中，软软的，淡淡的，涩涩的。

我记不住我路过的巷名和店名，但能记住那些能触动我的情绪或味蕾的惊喜。在古城不管我行走在哪一条街，哪一条小巷，沿路两旁小铺面总是密集相邻，鲜花饼、果酒、银饰、扎染等商品琳琅满目。夜晚下的古城，我穿梭在人群中，寻找着什么，追逐着什么，想要伸手去抓住什么，却又什么都没有找着。

"嗨，我好像认识你。"

"你很久以前买过我们的手鼓，学会了吗？"

"来，我们打一首吧。"

一家手鼓店的老板主动拉住我打招呼。我知道这或许是店铺的搭讪方式，或者是营销方式。音乐刚好是我喜欢的旋律，我还是被吸引住，驻足走进她的店铺。

"你和着音乐的节拍，咚哒，咚哒……"

我在店主旁边的位置坐下，和着音乐的拍子，学着她的样子打了起来。左手的鼓点右手敲，犹如两滴水落到手背上，还没来得及弹开，它就成了一道水痕。

我坐在手鼓店里，不打鼓只数着从店铺经过的人，看还有谁会走进来。

"第十个，第二十三个，第四十个……我想第一百个一定会走进来。"我对店主说，这一刻，我恍然有一种错觉，我是这个手鼓店的主人，她就是我，心底有一种从过客到归人的安宁。

"你会喜欢雀云裳。你身上有那股仙味。就在隔壁店，杨丽萍老师设计的衣服。进去看看，你会喜欢。"

我一句话也还没答上，卖手鼓的女孩又和着音乐的旋律，在轻敲她的手鼓，不再说话。冲着她那一句身上有那股仙味，我走进杨丽萍生活设计馆。简约的装修风格处处渲染着民族风情，颜色大体是鲜艳的红黄蓝白，我喜欢的色调唯有黑，便没有想试衣服的冲动，有点想转身离开。

在我抬脚踏出店门那一刻，街边突然又嘈杂起来，一群夜归的游人经过，挂在店门口的木板风铃也被风摇响。

"我喜欢我的猫咪可以大胆尝试各种颜色。"

透过风铃声，我耳边又传来那记忆中的声音像是召唤着我去试。果真一上身，每一件每一套都那样合身，像是量身定做，最后打包了四套衣服邮寄回安溪。

"还是留点念想。每隔一段时间，我就要出来透透气。"我低语着，不知伙伴有没有听到。

其实，我想说的是我需要暂时从生活中逃离一下。

## 洱海

"去洱海发呆，那才是真正意义上出来透气。"

那年一到大理，他就这样不停地重复这句话。

"透气？"那时我还与他争辩过。我固执地认为，在大理，在云南任何一个地方，"透气"这两个字几乎可以用"艳遇"来替换。

那一趟到大理，我们没有去洱海发呆。

这一次，我心里一直在想：为何去洱海发呆是每一个游客最朴实的想法？古人云"上关花，下关风，下关风吹上关花；苍山雪，洱海月，洱海月照苍山雪。"洱海有苍山为伴，也就变得温情缠绵，不再寂寞。

到达时，天气出奇好，天空是蓝色，海水是蓝色的，我也特意穿了一件蓝毛衣。欣欣为了拍洱海中的水草不小心滑了一跤，但她却说，《再别康桥》有一句"在康河的柔波里，我甘心做一条水草！"为了这一条水草，她也愿意把自己变成洱海里的一条水草。是啊，若是可以，就做洱海里的那一尾水草，只愿鱼虾戏游，无忧无虑。

香已住

我无数次想象过，洱海一定是要"执子之手，与子同游"的地方。总觉得一个人来，或者一群人来洱海有点落寂，总会在那些绵软温柔的风景里，感到会莫名的思念。幸好洱海是安静的。

准确意义来说，洱海是一个弯如耳形的湖泊，只是这里的人，把湖泊叫成了海。弯如耳形的洱海天生就是一双倾听的耳朵，在这片海前让人不自觉地沉静下来。我抬眼望向同来的几个小伙伴，包括丫头，或许这两天的路途疲惫，她们几个少男少女也同我一样，在洱海边安静下来。丫头一贯的话不多，只沉浸在她自己想要的风景里，偶尔举起手中的单反相机拍下她眼中的风景，拍到满意的会嘴角轻扬。我靠着洱海边上的石栏上，享受这一刻暖阳的眷顾，风吹过来还有点微凉。大理，就是这样的气候，早晚是冬季，中午是夏季。而在洱海，每个人都可以在这里，不论是过客还是归人，不论是开心还是彷徨，倾诉，洱海都愿意倾听。或许，这就是海的魅力。

时光总是沉默不语，却拥有抚平一切创伤的力量。在这点意义上，海与时光相似。

海上的海鸥也是安静的，无论你怎样召唤，它们不因你的召唤而飞舞，全凭自己的兴趣来，想飞就飞，想停就停。如同洱海，你对着它倾诉什么，它统统收下，还会时不时送来一排排的浪花回赠你。一排一浪，又一浪一排，像极那个童孩眨眼，像花朵次第开放。一起一落之间，仿佛过了很久很久。久到不仅初来时的落寞彷徨已经淡去，连那些记忆里陈旧的伤痕，也在逐渐淡去。

这一刻毋庸置疑，思念漫上心头。

想念那个轻声低语，唤我猫咪的人。此时七点，我在的洱海刚日落，早已消失在人海的你在做什么呢？我想应该也是和我一样，在洱海边经历一场关于你与我的地老天荒。想到你，关于洱海望夫云的传说便从心中走来。相传洱海的上空会出现望夫云，那是一位公主的化身。公主爱上了一位猎人，因为父王的反对，猎人被打入海底，变为石螺。公主愤郁而死，化为天上的彩，怒而生风，要吹开海面，与恋人相见。于是，只要此云一出，洱海便不再风平浪静，苦苦的相思激荡出滔天的波浪。今天我抵达时，洱海是风平浪静的，一如你。

去洱海的路上我们顺路逛了喜洲古镇。丫头说这几天是要把古镇逛个够，带着我们行走的小寸说，如果到洱海不去喜洲古镇走走，那也会有遗憾。喜洲古镇系旧时茶马古道和商贸重镇，拥有保留完好的白族群居建筑。历史上古镇出了众多商贾巨富，然后置地盖房留传后人。镇上有一批规模宏大建筑精美的富人豪宅完整保留到了今天，其中包括董府、严家大院、杨家大院等。想来每个能够保存下来的古镇，都会有留下那个时代古镇或苍凉或繁华的记忆。

香已住

"还是喜欢在洱海发呆。"丫头嘀咕一句，而我脑子却荒唐地出现记忆中的他。那年离开时他说："不去洱海发呆，会有遗憾的。"

会有遗憾吗？从抵达那天起，我们把苍山洱海，把大理的沧桑与温柔接纳进体内，不抗拒，不撕裂，不高声叫喊，只伴着思念的声音纯粹做那个追风的人。

洱海一直还在。

## 沙溪

"你们一定会喜欢上沙溪的。"

"真不是因为我是沙溪人，才一直要推介你们去的。"

小寸眨巴眼，一句紧着一句说。

"这和情感有关系。小寸，那就和你去沙溪看看。"我回应了小寸一句，小寸却有点不知所措地脸红起来。记忆中，到一个地方行走，我极少会按安排好的行程走，我常会慢慢地逛，发呆打发时间。

去沙溪古镇，实属突然。可这样的突然好像与云南这个地方更搭。

去往沙溪古镇的路上我们路过磻溪 S 湾，又驻足发呆晒了三个小时的太阳。海西的风还是有点大，或许是在告诉我们既然是去有风的地方，风便来挽留我们多晒一会儿洱海的阳光。

一路上，看着在风中凌乱的几个人，华燕调侃道："我总是穿错衣服，别人在寒风中瑟瑟发抖，我穿得很凉爽。别人很热的时候，我又穿得很暖和。"我们口中的杨教授一脸的萌稚地告诉我，她一次带班到广东，以为广东的温度会是和福建一样，没想到广东硬是温度高了5度，她穿了一身棉袄和棉鞋，内面的内搭又不适合外穿，硬生生把自己闷成了粽子。冬天去上海，穿错了鞋子，穿着一双坡跟鞋和同学踩大上海，累到不行，只能买了一双廉价的棉拖鞋，最后硬是穿着棉拖鞋逛外滩。我好像有点明白，她为何总是在冷冷的天气穿薄薄的衣服，而在热的天气又穿错厚厚的衣服。或许只有这样的简单心性才能一直如孩子般赤诚，才能成为一个如此年轻的教授吧。看着身旁这几个一路寻找美景拍照，拍到一张美景就会开心雀跃的女孩男孩，我也一下重拾了青春的记忆。

　　这也是这个春节给我关于温暖的最好记叙。

　　晒着太阳逛着，我们几个一路说笑着，多多就这样出现在我们的面前。多多是一家民宿老板养的边境牧羊犬，黑白相间的毛在阳光下，安静守在院子的摇椅边。多多很喜欢面朝洱海的小院子，那里有海可听，有阳光可晒，有路人可逗，就这样做一只幸福的狗。我坐到摇椅前，抬手去摸了摸多多的头，看它各种憨态萌姿，一会儿把头往我手蹭蹭，一会儿伸出它的前爪放到我的脚上，然后又退回静静卧在它的位置看护着。狗狗有神性，我对所有毛发动物过敏，在丫头出生之前，我都是避开着走。丫头属狗，她出生后我竟也不自觉地去亲近每一只狗狗，这十几年来养在茶叶基地的球球、皮皮这两只小土狗，从它们的身上，我更深刻地领悟到生命和爱。

今天是正月初五，是传统意义迎财神的日子。什么是财神，是金钱吗？我想应该是财富。生命中拥有深刻而广博的爱并给予，时时葆有一颗自由而赤诚的心，简单去应对这世间的人与事，便是我们生命中最大的财富。

"吃一根纯手工乳雪糕。"小寸在路旁一家小卖部停下，我们又下车每人吃了一根。旅行的过程中，或许就是因为带着一颗孩子的心四处走走停停，才会让旅行变得有意义与有趣。

我迷迷糊糊睡了一觉，醒来后就到了沙溪古镇。说真的，刚进古镇的村口，我有那么一点失望，好像不是我期望中的样子。尘土飞扬，一眼望过去天是灰的，房屋是土黄的。小寸明显感觉到我眼中的失落，安慰道："到古镇里，你会喜欢的。"我没有答，只笑了笑。

到了古镇里面，确实给了我惊喜。古镇里好像有完全不同的时空。在阳光下，所有的生物很迷幻，有恍若隔世的不真实感。我整个人一下子就放松安静下来，这里每一个生物都可以瞬间把人带入一种情境。行走在这座有一千三百多年文化历史的古镇，你会发现每栋木屋前，爬山虎蔓延如妖孽，给这个古镇带来安静的生机。丫头对这个古镇充满了热情，她拍几张风景照就会在随地可坐的座位上安静地坐一小会儿，再继续闲逛。想来也是身体里被封印的灵魂，有所触动了。到了这里，一瞬间，身体里所有的开关仿佛灵光一现全都打通了。每个人的眼神都是一样的，懵懂天真，可爱至极。

踩着青石板路，慢慢地、静静地穿越时光的恬淡，我恍然我不是初次到来，我好像早已在此生活多年。戏院、寺庙、寨门我都记不住是怎样的模样。这里更像那个治愈我一切的恋人。

沙溪，那个清朗的少年一样温暖，在风吹起的时候，不断诉说着故事，诉说世间的美好。

## 书店

"一到书店你人就活过来了，眼里有光。"同行的伙伴笑着说我。

小的时候，因为个子长得太够瘦小，奶奶和家里的大人们总告诉我：你站着都够不到灶台，连锅盖都拿不动，要努力读书。小时候起，我就比同龄人更爱与书亲近。那时，我不懂什么是书店，家里仅有的书除了小人书，就是父亲的关于医学的书。

幸运的是，小学二年级，十岁的我就到离家七十多公里以外湖头慈园读书。

湖头是一座文化古镇，更有"小泉州"之称。那时慈园算得上县里数一数二的花园学校。在这里，我第一次知道了什么是书店。在学校门口的两边店铺有十来家书店。那时书店相对简陋，几排书架上放满了各种书籍，多用来出租。金庸、梁羽生、古龙等为首的武侠小说，琼瑶、席娟、秦凯伦等的言情小说，一本书一天租借是一毛钱，押金在一块钱到两块钱之间。在我七年在慈园寄宿读书时光，那些书店成了我业余时光最温暖的去处。我常常为了尽快看完一本书，在上课时间被老师抓到，好在那时学业压力小，我成绩一直在前列，习惯了老师也就默许了我爱读小说这一件事。以至于那时我心中唯一的梦想就是长大后开一家书店，后来也曾一度对朋友调侃：谁给我开一家书店，我就嫁给他。

或许是从小到大这个梦一直在心里，这四十几年中，我无论是在异乡还是在故乡，每到一个地方，最能让我停住脚的都是各种各样的书店。或许书籍才是我心灵的归宿吧。

到了东方书店，我便挪不开脚。昆明的东方书店是我喜欢咖啡与书相结合的一家实体店。

这家位于昆明文明街的东方书店创始于1926年。书店保留了非常传统的设计，从装饰到书目，简直记录了半部西南联大史。

走进书店时，刚好遇到第三任店主李国豪在包盲盒。丫头一下子就坐到他的对面与他交谈起来，他推荐几本适合丫头读的书，还让丫头写下了书签。或许是丫头在谈论她的母亲也算得上一个爱书人，多少也喜欢写作。国豪竟放下手中在写的盲盒，到二楼来给我推荐一些他这个店的绝版图书。

从交谈中得知，他是 2017 年 6 月 30 日辞职的，之前是媒体从业者。创业开书店并不是他的第一选择，却是在机缘巧合下做了这家书店的第三任店主。

"我们书店有'八不卖'，心灵鸡汤类的不卖、成功学的不卖……实体书店要说它有真正的存在的价值，情感这方面是必须要的，很多书你到网上随便买得到的，但一个人不会对一个网络产生感情。哈哈哈……对当当网你会产生感情吗？你要和当当网谈一场恋爱吗？你会跟京东谈一场恋爱吗？不会。但是跟一个独立书店谈一场恋爱是完全可以的。可以爱上这个店里面的每一个细节，爱上这个店的选书情怀和品位，对吧？"他对我的介绍，更像是一种独白，我一下子与他、与这家书店的感情就亲近。我也明白了，在实体书店经营如此艰难的环境之下，东方书店会成为大家昆明之行无法割舍地方的原因了。

一进门就能看到黑白的胡适、闻一多、林徽因等人的画像，九十年前王嗣顺先生一家的照片，还有具有珍藏价值的1944年美国老兵克林顿米勒拍摄的东方书店全景图。从环境到书籍，这般情怀也是这个店主有趣一面的体现吧。

下午的时候在二楼靠窗的位置，点一杯名人同款的下午茶，翻翻喜欢的书，便打发了神游时光。书店有我喜欢的一些旧书，还有属于老板国豪特别推出新春的盲盒。这些都让我无法挪开脚步，我坐在楼梯上的一堆旧书旁，旧时光扑面而来，文人的精神和气韵都还在，如同那一杯时光里的沉茶，弥久生香。我期待邮寄回安溪的那一箱书籍，可以在未来一段时间里让我好好与前人对话。

突然拐弯来沙溪古镇，最美的先锋书店又给了我一个美好的半天时光。

我们穿过古城的烟火，还是停驻在先锋书店。同事笑话我，一到书店我整个人便活过来，眼里有光。这个书店满足了我对书店的期许，是我想象中的样子。长长的坡道、标志性的十字架，成为很多人拍照的背景，同伴也在打卡拍照。我依然是在挑我喜欢的书打包寄回安溪。

若说，一个书店让我无法离开，除了喜欢书店独特的设计和营造出来那种文艺的腔调，更吸引我的还是它的十字架，上面有这两句话"大地上的异乡者""人，诗意地栖居"触动了我灵魂深处的某个开关。

挑完书籍，我们又各自点了咖啡，享受短暂的发呆时光。

杨教授感慨："回去减肥，减完再来。"

欣欣说："那你永远都不用来。"

丫头端着一杯咖啡就坐在台阶上，暖烘烘地晒着太阳。

再见先锋书店！我想我们还会再遇见。

## 丽江

再次抵达丽江，再次坐在一米阳光里。

我第一次到丽江是在2005年，也同样是冬天抵达。那时的丽江古城相对现在是安静的。我行走在泛着青光的石板路上，穿过四方街，又穿过木府、五凤楼、丽江古城大水车、白沙民居建筑群、束河民居建筑群，转进一条幽幽的小巷，随地找一个地方，便可以坐上一个下午。这样的下午你可以细数古城房子的一砖一瓦、一木一石，想象着这里经历的百年风雨、讲述木府风云。或者就只是望着古城的天空，放空自己，发呆读书。

晚上到一米阳光酒吧，挑一个临窗的位置坐下来，点一杯鸡尾酒，听着歌，看窗外偶尔路过的行人，猜想着关于他或她的故事。

那时的丽江是我想要的样子，安静，迷离，慵懒。

十九年后再次抵达丽江时刚好是夜晚，此时的丽江到处霓虹闪烁，人山人海，热闹非凡。

"丽江适合找一个地方发呆去。"

四方街的上空又传来木板风铃的声音我又想起那一年在四方街他告诉我的故事。

他第一次来丽江时感冒了。同行的伙伴出去爬玉龙雪山，他就一个人到古城闲逛。闲逛中偶遇在丽江开店的一个同乡大姐。当时他路过这个大姐的店铺时，大姐发现他脸色不对，就叫住他，对他说："小伙子，你是安溪的吧？看你脸色不对，你是生病了？进来喝口茶。"他就这样走进了大姐的店，大姐还专门熬了粥，叫过来隔壁几个老乡，陪着他聊天喝了粥。

这一碗异乡的白粥缓解了他初到古城的不适，以致多年后他对我说起还一脸的温暖。或许，这也是丽江古城会吸引着我们一次又一次到来的原因。到了这里，可以清晰知道自己想要的是什么。自己真正想要的是什么。

再次走进一米阳光，音乐是沸腾的，酒是清冽的香。

我们在主唱舞台最中间的一张桌子坐了下来，点了精酿套餐，伙伴听着歌，喝着啤酒，暂时把自己放空交付给这座古城，交付给此时的迷幻与放松。

我在桌子最靠边的位置上，听着歌，拿着手机在记录着两次到达丽江的不同心情。我在热闹的音乐中安静地释放自己，心中的某个角落却被想念扯得有点疼。

我想起那一封没有寄出的信。

小兽：

昨晚听你话乖乖入睡，却在这个时候醒来。此时，窗外好安静，静得连想你都听得见。

算起来，我们有十天没有见面了，这十天，我的睡眠一天比一天少，我想我一定是生病了，得了最甜的那种病，相思成灾。就像此时醒来，给你写信是让我安心下来唯一的办法。刚过去的十天里，我一直在期待着年快点过去，我想见你。

倘若我没有出门远行，也许我们已经见面了。你的身影如在眼前，我最挚爱的小兽，分开的日子里你似乎一直就在我身边，触手可及。

在远行的日子里，不管是行走在昆明、大理，还是丽江，我都感觉时刻像牵着你的手，这些古街老巷、流水人家，都记住了我想你的样子。

遇见你之前，我总会问自己：我此生想遇见什么样的人？

心里总对自己回答：感觉对了的话，我一定勇敢去爱一次。

————————————香已住

我写到这儿，突然又来了睡意，那一定是你在梦里抱紧我了吧。

我坐在一米阳光酒吧，记不住这座古城的山山水水，记不住这座古城的烟火，只轻声问自己：择一城而终老，在丽江古城，我的故事是什么？

此时，我想起了你，你可与我同频？我在这里有一个山高水远的故事，你可是那个愿意听我讲余生故事的人？

# 陌上茶歌

## 1

那日，对面办公室的小许带回拐枣（学名枳椇），说是前天路过我老家树上摘下来的。当真稀有！我多少年不曾品尝到，登时毫无淑女形象可言大吃起来。眼前的拐枣，其貌不扬、弯弯曲曲、涩甜涩甜，带有一点酒香，仿佛有着诉不尽的往事。

家乡感德在此时蹦出我的胸腔。在此之前，我极少在夜晚梦到我的家乡。十岁之后，我总觉得自己是一个寄居者。十岁那年我离开了家乡到异地求学。我走过邻县田野，穿过城市，直至寄居县城，我离开它已经有三十年。

感德地处戴云山脉东南坡，常年蓝天白云。老家的清晨，像一枚沾满了露珠的青果，凉凉的，软软的，满是泥土的气息、茶叶的味道。

茶季的老家是沸腾的，好像整个镇都活跃起来，似乎所有人都投入到茶的相关工作中。采茶有技巧，不能采老，不能采坏，手法不当的话，手指很快就发疼，生出硬茧。

　　老家又是舒朗的，空气里是兰花清洌的味道，爽淡里暗藏了倔。有文人曾如此描绘："云蒸雾绕风光美，山清水秀茶叶香。"这里每一道山梁、每一个沟坎、每一条街道上空都充盈着兰花香气。相传，宋末元初，江西弋阳县谢枋得为了躲避出仕，潜居感德镇，因感当地村民淳朴、勤劳、好客，他从"教化传导"到倡导"垦荒种茶"。

　　茶，在几百年前，就成为这个村庄与人沟通情感的媒介。几百年来，这里除了制茶手艺潜伏于各家各户，更有先辈墓地、祠堂，世代相守的田地茶园相随，给人一种持久恒远的感觉，也是一个家族根深蒂固的依据。

　　镇上的人们日出而作日落而息，过着面朝泥土背朝天的耕作生活。镇上到现在还保留着一条三米多宽的，青石板铺成的弯曲小街，俗称"老街"。还有一条"半边街"在五日一赶圩的圩日上，是竹木、野禽、茶叶、烟叶等的集散地，每个圩日晌午前后，都有一阵子热闹。一到傍晚时分，赶圩的人散了又归于寂寥。

　　二十世纪八十年代初，茶叶几角钱一斤，后来几元、几十元、几百元、几千元一斤，价格一路飞涨。老家的群山上，张眼就能看到成片成片的茶园。清晨的茶园，我看见太阳刚从东方山峰间跳出，脚下的芳草还闪烁着晶莹的眸子，无名鸟儿开始一天的行程，顿时那沉睡的茶园即会醒来，风让叶片镀上金边，摇曳的身姿送来一曲曲爱的信号。那就是闻名于世的中国茶叶小镇。

乡村田间小路，树影斑斑，三两句蛙鸣响起。沿田埂前行，日子就慢下来，过往的风华鲜活如初，从前的日子并未走远。

## 2

岁月很长，茶园在山根上，故土和那一株神奇的植物折叠了光阴。那时，茶园就是我们的乐园。

开春一到，屋后的茶园，从山脚铺排到山顶，一株株茶树翠绿欲滴像孩子们无邪的笑脸，将狭小的天空染成柔润的绸带；不知名的野花藏在幽深的茶树中，默默散发着清香。茶园边上是高大的拐枣、山梨、柿子树和板栗树。

一场春雨后，漫山遍野的茶树探出一个个小脑袋，嫩绿可爱。或是阳光给大地镶上了金色的光芒，或是细雨给万物裹上了朦胧的轻纱。而我们小孩最喜欢的是，在小雨中戴着斗笠，穿着雨鞋，走在大人的身后。弯弯坑坑的茶埂小路，积满一坑一坑的水，我们雀跃着，或蹬着雨靴"吧嗒吧嗒"不时踩进小水坑，溅起一阵阵水花。有人叫，有人笑，有人拍，有人跳，童言铃声穿过群山，仿佛能给闻香人以香，给听雨人以雨。

采茶的日子一到，十点不到，我便背着茶篓跟大人们上山。一到茶园，我风样穿梭在茶园间的板栗树、野山楂树、山梨树中，偶尔也会仰躺在茶树下的草丛上，随手拔一根狗尾草对着阳光晃："阿娘，你看，燕子给白云钉上小黑丁字，在玩呢。"

阿娘在茶叶丛中采茶叶，不回应我。只是隔一会儿就叫声"狗儿"，我趴在树脚下捉虫子，听到叫声，仰起红扑扑的小脸应答，如此三番两次，阿娘不嫌累，我不嫌烦。等太阳下山，茶篓里装满鲜嫩的茶叶，阿娘便叫声"狗儿回家了"。于是，两个歪歪斜斜的身影相伴着走在回家的山路上。就这样，一年又一年。如今，我长大了，阿娘已鬓角苍白。

那时，做茶是纯手工。最有趣的是包揉茶叶，到了晚上，家里的大人就往锅里放满刚采摘下来的茶叶，用双手不停地翻炒。待茶叶炒软和了，有淡淡的茶香味了，阿公便会用茶巾布包起来放到板凳上包揉茶叶。阿公双手拢着包起来的茶叶，放在长板凳上，一遍一遍包揉，一脚站在地上，一脚放在茶包上从上往下滚动左右摆动，屁股也画着括号，整个人像个不倒翁。我和哥哥便会站在他身后傻笑，然后一脚站立一脚弯起学着阿公的样子。奶奶和阿娘会笑着骂"两个傻孩子！"

夏雷第一声响后，茶园舒展有情，无数只蚯蚓结伴出来散步，伏在茶园的田埂上。村里的小伙伴等不及放学，就冲向学校后山的茶园逗蚯蚓。绳子一样的蚯蚓，身体细长细长的，上面有黏液，还有一个很小很小的几乎看不见的嘴。小伙伴们会蹲下来凝视一只只蚯蚓，与蚯蚓对话。胆大的还会时不时伸出手碰它一下，再碰它一下，对我说："来啊，又不会咬你。"

"你看，我把它切成两半，还各自跳舞呢。"

我天生就莫名惧怕那长长的蠕动生物，每看到它，心总会紧一下，惊一下，不管伙伴怎么说，我还是无法去逗它玩。

秋天的茶园，山梨挂满枝头，形状都不同，小的像栗子，大点的像包紧的松球，更大点的像打开的松球。一放学，最紧要的事就是上茶园打山梨。我也跟着捡，捡了还要给取个名字，大头、海头、阿扁、阿细之类。回来放在竹筛上，很快会干枯成褐色，几天后想起再打开时，全都变成了晦暗的土黄色。

一到晚上，大人们收拾完家务，最惬意的是祖厝大埕上一家人的茶话会。老家的秋夜是安静的，温柔的，明澈的，不冷也不热。那时电视极少见，娱乐的方式极其简单，喝茶聊天。左邻右舍的老人、妇人、孩子总喜欢在这样的夜晚聚在一起，他们高谈阔论，奇闻逸事、各种见解、方圆百里的新鲜事儿,在此均能略听一二。我和伙伴最喜欢就是跳方格子。阿公最爱旱烟和茶水,总是烟袋不离手,他极少参与到闲谈中,总是在大厅里做着木工活。做木工活倦了,一袋烟,一杯茶,一副怡然自得的模样。

老家的秋夜,总是一家热闹,一家清静,一家人众,一家人寡,可都是怡然自得。

我想,在茶园,最快乐莫过于冬季烤地瓜。

一入冬,茶园边上柿子树的叶子开始发黄,树枝上露出橙红色的柿子。秋收后,大人们最重要的事情就是上山整理茶园,给茶园除草,再把杂草晒干,烧成草灰作为肥料铺在茶树底下。整个寒假的日子,我和哥哥最开心的事就是跟着大人上山。家里两只土狗也会紧跟在我们的身后,一到茶园便懒洋洋地在柿子树下晒太阳。

“阿公,你要开始烧杂草了吗?”

“阿公,一会儿你要记得把我的地瓜放进草堆里烧。”

“阿公,还有我的芋头。”

“别疯跑,小心摔倒。”阿公会把锄头立直,往手心吐口唾液,合掌抽了抽,轻轻对我们说。阿公说完继续抽口旱烟又低头除草。我和哥哥跑累了,躺到柿子树下,靠着土狗,晒着暖暖的冬阳,不到一刻钟就睡着了。

往往醒来的时候,阿公已经烧完杂草,给茶园铺上了草灰,我和哥哥便也有了香甜的地瓜吃。

"吃慢点！一点儿也没女孩样，小心烫！"我一边把烫手的烤地瓜左手右手地倒腾着，一边趁机撕上一块放入嘴中，自己手中那一块还没吃完，就去抢哥哥手中的芋头。那软糯柔滑的口感，温暖手心的回忆，至今都在我的记忆中珍藏。

## 3

庚子年这个冬天，风声一直很软。远山的树，在空旷中站立，虽然还看不清骨骼和脉络，只是那一株株挺拔的苍劲，仿佛吸足了水分，在阳光下折射出一小截绿。

"我带你回姥姥家，到茶园走走。"阳光明净的阳台上，已上初三的女儿在专注地拼着她的乐高飞机模型，脸上洒满了阳光。

那一刻，阳光洒落在女儿的头顶，一地软金碎芒。我看到儿时那个小小的我，奔跑追逐在满山的绿意中，追逐在大人修剪茶树的身后。

那一刻，童年渐行渐远，故乡的茶似远而近。

---

注：文中阿娘闽南语母亲；阿公闽南语爷爷。

# 阳光的锈味

## 1

差一点与祥华擦肩而过。

我出生的地方与祥华相邻，便天然地以为，同样是内安溪，同样是山，没有吸引我去的理由，以至于四十几年过去，我竟没有到过祥华。

"杜鹃花开了，有兴趣来佛耳山吗？"网络那端，到祥华任职不久的友人发来邀约。

"不追热闹。"

"你会遗憾的。"

看着微信对话框跳出的这几个字，我下了决心：去祥华走走，当回一次老家。

于是，四月，我捡拾起春天最后的一根秒针，抵达祥华。用一个傍晚和一个清晨，以一束光的形式，打盹及发呆，细品"闲扫白云眠石上，待随明月过山前"煮茶待月归的境界。

这个春末夏初的傍晚，临近五点，夕阳西下，我与好友开着车，从县城出发，特意弃高速拐国道，沿着一路青绿，醉人心脾的乡间道路，顺着戴云山脉脚下蜿蜒盘旋穿过十几个乡镇。

进到祥华，几乎每一个所到之处，首先看到的，是满目青翠欲滴的茶园。茶园边都是褐黑的石头，大小不一，形状各异，在蓝天下、白云间、青绿间，相依相偎，历经千百年不离弃，经过时间的风霜雪雨，最后氤氲成那一缕醉人的香。

祥华，不但有成为网红的杜鹃花海，还有开公县令隐居的文化名山。佛耳山是祥华地域的图腾；铁观音是祥华骨髓里的印记。形状各异的巨石展示祥华厚重的生命蕴含，散落在村居一角的大小庙宇，飞凤宫、龙德宫又显示它巨大的兼容性。在这个小镇，饮茶论道，感悟人生，把最日常的生活融进茶道的精神，为安溪铁观音文化的发展注入了生命的甘泉，打开精神的窗口。由此可见，不论是隐居佛耳山詹公的以茶养心，庙宇流传的以茶养身，还是民众信仰的以茶养性，均与安溪茶"蕴和寓静"的秉性相通。

在这个小镇，时间懒散地化作一缕韵香。

近百年来，茶已成为祥华最主要的经济作物，茶种以铁

———————————— 香已住

观音为主。

常会遇到老茶客说："就是这香气，就是这水路，喝过便无法忘记的味道。"祥华的铁观音就是有它独特的味道。祥华是安溪重要的产茶区，其种植的区域，海拔一般在600—1200米之间。在祥华，你会发现，茶园里石头很多，大的小的，形态各异。我虽长于茶乡，却也是一脸惊讶。《茶经》一书有记载：上者生烂石。是说好的茶长在碎石之上。走在身边的老茶人说，这就是祥华铁观音品质不同其他茶区，香味气息中有它独特石锈韵的原因。

祥华山里气候冷凉，早晚云雾笼罩，每天日照时间短，茶树芽叶苦涩成分降低，茶叶的甘味就提高。也因日夜温差大的缘故，茶树生长缓慢，茶叶芽叶肥厚柔软，采摘期会比其他产茶区迟缓，正好在每年的谷雨寒露前后，炒制出来的茶叶茶汤绵柔，香气高等，这些都是祥华茶所展现出的特性。此外这里茶园长期以山泉水滋养，甘醇美味，具有浓厚的冷冽茶味，可以说好的铁观音有很大一部分都产自祥华，在市场上相当抢手，就算是土生土长的安溪人要遇到一泡祥华好茶还得要靠点运气。

"鸭母算"这个名字如雷贯耳，一到茶叶上市，一天可在耳边重复听到不下十次。带着疑惑和好奇，此次到祥华，我第一个想见的茶人便是他。

其实在第一次听到此茶时，我并未放在心上。单从字面的理解，就失了茶叶的雅性。"鸭母"是闽南家家户户都会饲养的一种家禽，长大后可以用来下蛋、孵化小鸭，还能佐以老梅菜干炖汤，下火养肝，是一道餐桌上常见的美食。茶叶品牌取名为"鸭母算"可有什么特殊的含义？

到他家一眼吸引我的是那十一款包装袋，二十年过去了，从没更改过。只消看一下，便顿足不前，他索性不急着泡茶，和我讲故事。

他家管理着三百亩铁观音茶园，自产自销，从不收购。在自家的茶园，他能闻出菠萝味、荔枝味、龙眼味的茶，相应便能炒制出兰花香、桂花香、鲜朴花香的铁观音。他自己最喜欢的是一款石锈味的铁观音，每年他都把这款装入等级最高的那款袋子。

"来，你来尝尝，就是这款茶，你品到什么味道？"

"有黄泥土和石头的味道。"一听到我脱口而出的话，他不说话，只开心地大笑，又往我杯里添了添茶水。

我好像突然明白为何市场上那么多人为有一泡他家的茶叶而雀跃了。陈双算的茶以他独特的石韵香茶汤呈澄澈金黄，气味清香，入口甘甜纯润的石锈香独具气韵所在，吸引来自全国各地茶人的喜欢。一些复杂的、描述不清的感觉，用其祥华茶精纯的品质，加之纯熟的制茶技术与特有的产销管道，成为安溪铁观音的代表之一。

黄泥土加石头造就了祥华茶叶的气韵。春天的祥华，山谷层峰绵延，沿着镇区的主路走，处处可见采茶、制茶、泡茶人家，家家户户都有泡茶桌，就近走进一家，都可以品茶。

"鸭母算"亦是祥华茶中的一道美味奇汤。

## 2

此次到祥华，住了一个晚上。此时还没到茶季，几乎没有什么外来游客，我们几个的到来，反而有点打扰这个小镇的宁静。

晚饭后，七点不到，有些凉意，白天满目青翠的茶山也看不清。我一个人沿着镇区慢慢走，走到镇区桥头一家小吃店前，浓郁的猪蹄香吸引我。小店陈设简单，几张桌子，一口大锅，几口小锅，一台电视，一台落地风扇，一目了然。在小店门口，往里一看：一家人正在忙碌着，男人正切着猪蹄，女人正在洗着青菜，小孩也在帮忙收拾着碗筷。坐在门口的老者，抽着烟，气色很好，看起来顶多七十岁的样子，还不时往杯里加点茶水。他问我："你是县城进来的吧。吃晚饭了吗？怎么没来尝尝我家这个卤牛肉酱猪蹄，保证你吃过了还想吃。"

老者说话声音浑厚，眼睛也大，眼神清澈，眼角有几道深深的皱纹。说话时眼睛带着一点笑意，眼神如一个初生孩子般，还有一点淘气。从闲谈中我大概知道这家小店的身世。这家小店，在这镇区也是上了年份。这个老者今年九十多岁了，年轻时也是走南闯北的，最后发觉最忘不了的是家里的猪蹄香。后面在他快五十岁的时候回来开了这家小店，只做一道乳猪蹄，现在老了，小店他儿子接手。

"你尝尝，这是我留着准备宵夜吃的。"老者拿了一个小碗放到我面前，里面放着红彤彤、亮晶晶的猪蹄。冒着热气，生活便有了热烈的期盼。我夹起来放到嘴里一咬，软烂入味，香气浓郁，吃起来一点也不腻。

"确实好吃。滑、香、糯，清奇爽口。"

"慢着火，慢着时间，火候足时才能好吃。每日来一块，再来一杯铁观音，那个才叫满足。"

听着老者的话，我忍不住再次打量起这家小店。这个镇区主街道大约四五米宽，街两旁间或有红砖黑瓦的燕尾脊老屋，原本喧闹的小镇，大多外出谋生，只剩下老人，略显苍凉。街上没有几个人，偶有出来溜达的家禽及零星的老人，再有就是土生土长的守店人了。

我告别老者，继续行走在略显宁静的镇区，隐隐约约传来狗叫声，让我浑身充满了温暖。

一个声音在心底划过：老者是温暖，历经时间风雨烟火气的烹饪，何来不是慢熬细品，冷暖自知。

这是一个有趣的夜晚。

# 3

奢侈的不止是味蕾，还有祥华的山、祥华的水、祥华的石头和满山遍野的杜鹃花。

我真的没想到，会只看到杜鹃花谢。

抵达佛耳山，走近千年杜鹃王，枝头上不见红艳艳的花朵，是呈土褐色巴在树枝上，像在排队起飞的蜻蜓穿行树丛。说不遗憾是假，连风吹过都拐了弯，在你耳旁低语，错过花期，只能看了个寂寞吧！同行的好友或许是感知到我情绪的失落，半开玩笑，花在心里，心里有花，便处处盛开。与好友逗完，再抬头望向佛耳山时，满山青绿，叫不出名的树木枝头上长出红红嫩嫩的芽尖，远远望去也是红艳艳的一片。此时，眼前会自动浮现一团团，一簇簇，红艳艳在满目青山中，红绿相间地妩媚着、张扬着。脑海奇怪地跳出唐代诗人成彦雄的诗句："杜鹃花与鸟，怨艳两何赊。"

佛耳山的石头是有故事的。这里住过一个传奇人物，安溪开山县令詹敦仁。

公元 956 年的一天，一位衣冠整洁、俊朗清逸的儒者携介俺长老好友，来到佛耳山脚下。此时，山风习习，杜鹃花开，两人拾级而上，徐行至半山的石头中，在山路边平坦石头上，茶席摆开，铁观音泡上，棋盘摆开。"峭绝高大，远跨三乡。有田可耕而食，有山水可居而安。"茶泡来了，啜一口，齐曰："此乃归隐圣地也。"

千百年后的今天，走在这山中林荫小径，望着嶙峋的石道，形状各异的巨石，不免也生出"回首白云长在望"的感慨。

一方山水养一方人，山清水秀的佛耳山养育着众多勤劳的佛耳山先民，他们男耕女织，幸福安康。"春而耕，一犁雨足；秋而敛，万顷云黄。饥餐饱适，遇酒狂歌，或咏月以嘲风，或眠云而漱石。是非、名利、荣辱、得丧，皆不足为身心之害，此又所以为真清者也。宜乎斯堂以清目之。"千年之后，《清隐堂记》记载的景象一一在眼前回放。

我与好友边闲谈边沿着山间的石路小径往山顶走，在半山腰一块巨石下看见两个导演模样的中年人弯着腰在取景拍摄什么。他们一边往上爬，一边拍摄，走几步，停一停，拍一拍。

"您二位是在做什么？"

"拍摄，取景。"

"拍电影吗？"

年纪大一点，光着头，戴着帽子的中年男子直起腰，把手里的摄像机举过来给我看，并对我咧嘴一笑，露出一口大白牙。他的脸颊有点圆，身材也有点圆，穿着一件深灰色的棉衫，一条膝盖处磨得发白的棉麻裤子，一双鞋底和鞋帮都沾有泥土的布鞋。

"已经拍了不少镜头。"

"怎样!"

"美!仙!"

他挠挠头哈哈笑了几声。

"拍起来比实景好看!不虚此行,不枉我在山里蹲了这么长时间。"

"慢慢拍着!"

这些年来,随着自媒体的传播,佛耳山常吸引徒步者、拍摄者、瞻仰詹敦仁的追寻者到来。就像我此行遇到的这个闽派电影王导演,他同样是奔着佛耳山从省城而来。春末夏初,杜鹃花期已过,可山上依然开满各种叫不出名的淡紫色小花,谁也不注意,却也别有一番滋味。

爬上佛耳山的山顶、鸟语和香樟树浓郁的花香,一洗上山的气喘。我站在山顶,望见山脚下一垄一垄黑灰灰绿油油的茶园,也望见茶垄与蓝天接壤处,隐约可见一座坟墓的剪影。

佛耳山最高处,葬着慈顺夫人墓。

在慈顺夫人墓前一块平坦的巨石上,我们席地而坐。此时山风徐徐,好友拿出随身携带的茶具泡茶,我不由得想,隐居在此,实为幸事。可以每天一个人沿着林间蜿蜒的小径走一段,走向开阔处、望眼山脚袅袅炊烟和一垄垄碧绿的茶园,听石头唱歌。一声声鸟鸣从充满叶绿素的空气中穿过,叫声也被洗得更加清冽。循着这个声音,我看到了盛开的杜鹃花。春茶上市，客商、茶商在开满杜鹃花佛耳山上就地摆上茶席，抬眼是随风妖娆的杜鹃花，看杜鹃花飘落，轻抿一口茶，慢慢地等待太阳落山，等待下一个杜鹃花盛开的到来。

一定不止我一个人会感慨，这座山里藏着多么美好。

此乃隐居之地。

## 4

从山上下来，好友带我们寻找一个叫张一的男人。

据说张一就在八斗尾的土屋里。走到他居住土屋的大埕，五颜六色的小花随着清风微微飘动。泥墙外是一片竹林，稀疏的几棵翠嫩的小竹子已越过泥墙长到院子里来。也许，正是这片竹林和野草才显得的那一小洼格桑花别具一格。

一个自然村落，八九座老屋清一片的土黄色，三三两两的公鸡、白鸭结伴朝我们走来，冲我们"嘎嘎"两声，转身走进沿路的小坑小洼，啄食嬉戏。一团温暖的香气影子般掠过鼻尖，将我引向那个漩涡。

踏进土屋的大门，刚巧张一带着小伙伴从包子尖看杜鹃花下来。身穿一身黑色的茶服，头上还戴着一顶黑色帽子，精瘦且干净的脸庞还带着一点稚气，虽未开口，他自己就是一杯茶，让你喉咙就感到了干涸，渴望饮一杯茶来润喉。

正午热烈的日光里，滑过一声声犬吠鸡鸣，门外一朵朵格桑花在蓝天白云下默默无语。阳光穿过茶筛无数个细密的小孔漏进来，汇聚一串串圆形白光，洒在刚被张一采下的一朵朵芽尖上。

说起来也是缘分，和我家的情况类似，张一家里也有茶园。从小，他对茶叶并不感兴趣。小时候，家里为了让他帮忙采茶叶，只得奖励他赶圩时带上他，并让他吃上一碗花生汤加油条。那时他的愿望就是长大后离开家乡，能有多远就走多远。读书的动力也是为了离开，为了走出这座大山。高中毕业时，填报志愿看的多是外省的大学，想着离家里越远越好。

后来到大连读大学。大连是一个海滨城市，可以说和生养他的地方有着天壤之别。他来到了一个全新的地方，他以为他会特别开心，可事实上并不是如此，他竟然开始想念一直想逃离的故乡。故乡的山、故乡的茶成了他梦里的常客。忘记了从什么时候开始，他开始在宿舍里摆起茶桌，把家乡的这泡茶搬到大连这片海。事实上，就是这一杯茶，让他四年大学时光过得有点风光。现在回想起来，那就是那一份来自心底的虚荣。事实上，爱折腾应该是年轻人的本性。安静与躁动，懦弱与狂妄，在遗传基因里都有很高含量。

他在大学里组织各种各样的茶艺活动，还延伸到了学校之外。杭州、上海、北京、西安……只要哪所大学发起茶事活动，他都会去参加，甚至跑到浙江大学去旁听和茶有关的课程。

大学四年，因为年轻能跑，他走过很多地方，到过很多城市。每到一个城市，成为他路标的一定是茶馆或者茶艺活动。

"每到一个茶馆或者进行茶艺活动，你会发现铁观音总不在茶席上。铁观音好像成了一厢情愿的独舞。那时，我就想有一天我一定做出一款来自故乡的茶，告诉世人，这就是安溪铁观音。"

毕业后，他先是到一家文创公司上班。在一次茶事活动上，他遇到他现在的合伙人。年少时，他俩隔茶山而住，一个在八斗尾一个在谷春，一聊都是茶根深种，遂一拍即合，相约回到生养的地方，自己做设计，自己卖茶叶。

望着这个小我近一轮的年轻茶人张一，他娴熟泡着茶，说着他与茶的纠缠不清。我仿佛看到曾经的自己，看到自己年少时所有的梦想与愿望。那时的我也是盼望着长大后，能走出这座大山，离开这个贫穷的村落。

在读中师的教室里，来自八闽各地的同学聚在一起。写作课上，老师提及了地方名人的话题，问及每个人家乡的时候，我说出泉州的名字。我没有说安溪，故乡安溪被我用其所属的泉州代替。老师听了说："泉州是座文化古城，也是沿海城市，那里的人爱拼善闯，还有出产铁观音的安溪……"也是那个时候，我才知道铁观音是安溪的代

香已住

名词。

教授哲学的老师，总是空着手走进教室，开讲前，他不忘叮嘱想学好这门功课，要把喝茶的两个动作弄懂，拿起，放下。那时候，我的老师和同学们不知道，坐在下面听讲的我，内心是多么的骄傲。

师范毕业后，我背起行囊回到安溪。回家的行囊中多了两样东西：一是越发浓烈的乡情，二是不断涵养的诗意。

此后，学习之余，我习惯拿出一泡家乡的铁观音，约上三五同学或师长，告诉他们，我来自有着阳光味道的安溪，那里盛产铁观音，一半烟火，一半仙气。

豆角煮白米饭的香气从电饭锅飘过来，和正午的阳光互相映衬着，使得这间暗黄的土屋显得明亮异常。

"一代一代侍奉的茶园怎能不守住呢？？"

"一代一代相传的手艺怎能不坚守呢？"

是的，不能。

这是老天的恩赐。

## 5

天心古寨建于宋，位于海拔854米的山丘上，是祥华保留最为完整的古建筑物。上山的路上，不时有细雨飘过，雾蒙蒙的，不似山下的清朗。

好友说："现在虽然杜鹃花盛开时节已过，但古寨海拔高，杜鹃花开得迟些，你们或许还能看到盛开的杜鹃花。这个古寨的杜鹃花不是红色的，是少有的淡紫色。"正说着，沿路的护坡上就有了零星的杜鹃花开，于参天的古松树间，张开了灵动的眼睛。

整个古寨被石墙紧紧包围，作为寨中松树众多，满地是掉落的松花松塔。枯黄的树叶一层盖着一层，踩上去发出沙沙的声响，倒是一个怀古静思的好去处。

古寨里的老房子已被上千年的岁月消磨侵蚀得差不多了。青砖砌成的院墙，走到古寨中间，是一块平整的空地，便可望见一座典型的闽南红砖厝建在对面，那是祥华吴氏祖祠。

灰黄的石墙上依稀可见当年的辉煌。这一堵厚实的围墙，作为历史被保留了下来，如今经过几百年的风雨，石墙早已斑驳，长满各种不知名的野花野草，而一棵古树，更是在石墙的边上长成了参天的大树，为这个古寨遮着阳光，挡着雨，防着风沙，也给古寨带来勃勃生机。

从祥华村老人嘴里，我断断续续听到这样的故事。清代名相李光地的诞生地，陡然感到整个古寨上空飘逸着一股浓郁的文人气息。传说公元1642年，李光地母亲怀孕时回娘家，一天晚上突然要临产。因当时风俗习惯是"嫁出去的女儿泼出去的水"，李光地母亲的娘家生怕在屋内生孩子会抢去风水，于是就要李光地母亲在房后露天一棵桂花树下生产。据说李光地出生时，满树桂花一夜之间盛开，地上冒出闪光照亮着，整树桂花落满李光地一身给他裹上一身香气，故取名"李光地"。李光地生在茶乡下，从小就爱茶，就算后来官至宰相，家乡的铁观音也常伴左右，更有与方苞之间的茶叙。很长一段时期，二人把一间茶室、一杯茶、一本书、一弯溪水、一片山林，当成各自故乡的山高水长。

相传，李光地赏识方苞才华，并拯之于牢狱之中。方苞感其恩德遂对安溪儒生情有独钟。乾隆感佩方苞学问品德，君臣引为知己，所以一经举荐便欣然为铁观音赐名。这都成为后来的佳话，更是印证：君惠吾清风细雨，吾报君满庭花树。一种福报，一段因缘，便成就了一世名茶铁观音。

等云生根，雨生烟。祥华这个偏远小镇，钟灵毓秀、物华天宝，古老的天心古寨诞生李光地这样的治世名臣，而李光地又将铁观音推向华夏四夷。再看一眼古寨屋后的树，它站立在空旷中，虽然还看不清骨骼和脉络，只是那一株株挺拔的苍劲，仿佛吸足了水分，在阳光下折射出一小截绿。

山下传来老人小孩的笑声，笑声里带着浓重的鼻音。太阳快下山，我伸手轻抚墙上那一块块斑驳的石头，从指缝间望出去，画面绿油油的，发着光。

再啜一口铁观音，为一草，一木，为众生。

# 坐上火车去福田

## 1

与故乡感德是在鸡犬沸腾声中醒来不同，地处安溪西北部福田乡的清晨，是被一声声"哐当哐当"的火车鸣笛给唤醒的。

福田乡人口不足万，是戴云山脉脚下的一个诗画边城。

我不是第一次来，却总有常来常新之感。从住所的窗户向外就能看见铁路，这是福田乡与外界联系的纽带。漳泉肖铁路从境内穿过，有小舟、格口两个火车站。一天十几趟火车从乡政府驻地穿过，把丰富矿产资源运向远方。在二十世纪五十年代到七十年代之间，更有一批批知识青年坐着这绿皮火车来到福田，带来城市的文明文化，滋养着一代又一代人。山高路长，山环水绕，上山、进山、下山、出山。每次到来，我玩兴就起，总会在离福田不远的路边下车后

香已住

随性地走。不论走到哪里，总会遇见草木，遇见鲜花，遇见成群的鸡鸭，也遇见和我一样漫无目的游走之人。

晚饭后，我们三人在镇区河边走着，耳边不时有居民的闲聊声。

"口袋鼓了脑袋也要跟上，家整洁了生活的村庄也要美。"

"我们生活的地方虽然是个小镇，但天是蓝的，树是绿的，连空气都是甜的。"

…………

听着他们的闲聊，我和同行者相视一笑，我读懂他的笑，分明是告诉我：小陈，你看这些村民，他们不是诗人，但他们的话却富有诗意，他们的生活不正是我们所向往的吗？

夜的帐幕在路灯次第光亮中拉开。月亮洒落的冷光清辉、拱桥吉他形的灯圈蓝光紫晕、穿乡而过的洛河水波盈盈、横跨两边的吊桥流光溢彩……转眼之间，这个戴云山脉脚下的小镇就亮堂堂的了。

"小蔡，散步啊！"

"你吃完饭了？"

我望向身边的蔡，她挺拔俊秀的身影出现在村道上时，村民都停下脚步，热情地打招呼，就像是邻里间的日常对话。虽然蔡到福田乡任职不久，村民与她却毫不见外，可见她早已融入这片土地。

蔡告诉我，她是在这个地方出生的。当时她的母亲在丰田林场工作，她的童年是在这里度过的，手机里还有她小时候在丰田林场的照片。没想到有一天，自己会回到母亲曾经工作过的地方任职，这也算是一种久别重逢吧。

某种意义上来说，她对乡村并不陌生。到福田乡任职之前，蔡已在安溪另一个乡镇湖上任职两年。我时常会和她开玩笑，问到乡镇会不会害怕。她告诉我说，不害怕是假的，她怕自己做得不够好，若能通过努力拼搏，带领班子治理好一个乡镇，是一件极有意义的事。

"我们今晚闲逛的区域是福田乡所在地的镇区，近几年来建起了柑橘百果园、荷花、特色瓜果等多个农业示范基地、生态农业观光园，一筐筐鲜美的芦柑、香橙，从青山绿水之间送往了城市的大街小巷。当地村民人均收入比十几年前增长了好几倍。明天一早，我再带你们好好地感受一下福田的美……"

"哐当哐当……"火车的鸣笛声打断了蔡的话，刚好，夜已深沉。我们往回走，各自回去歇息。梦中一列列火车穿过小镇，火车疾驰而去，吹来的风都是甜的。

## 2

早晨，阳光洒在古榕树上，上了年头的古榕树已遒劲葱郁。树下，两个年轻人在往古榕树的枝干系红绳，系完后双手合掌朝古榕树鞠躬。我一脸疑惑挪不开脚步。

香己住

"我刚到福田时，看到往古榕树上系红绳，也是如同你一样困惑。后来这里的老人告诉我一个故事，相传，这棵古榕树是在一次大水灾中来到这里，从此在这里安了家，守护着这一方居民。上千年来，这里再也没发生过水灾。这棵上千年的古榕树也成了居民的信仰，他们逢年过节或者心里有所困惑时，都会来这儿祈愿祭拜。"

听完蔡的解惑，我也拿过一根红绳子，系到古榕树上。阳光下，一根根红绳子散发着光阴的气息，抖落一身尘土，祈祷世间一切所遇都逢凶化吉。

看到我一脸虔诚，旁边的人调侃我说："小陈，难怪京城也拐不走你。这座小城太有磁力了，就算是偏远的福田，此地山水依然看不够。我算是看遍山山水水的人，还是被吸引住啦。今天到福田，我总算领略你描绘的美了。果真是世外桃源。小溪边，鱼游蝶飞，果香甜软。"

继续往前走，途中路过伏虎渡，清澈见底的溪水下有欢畅的小鱼，几只白鹭翩翩飞起，它们并不怯人，看似要飞往高处，却又优美地折回身来，落在我脚下的石墩上，似乎是在与我打招呼。我刚想蹲下身子，伸手舀水洒向白鹭，蔡立马比了个禁止的动作。原来，这白鹭也是挺任性的，并不是每次都能遇见。今天，我们算是好运气，遇上了好几只结伴出来。同行的蔡告诉我们说，古时这里称"徐州圩"，是货物集散地，洛河的船只从这里经过，在这里停留。我站在溪水中间的石头，岸上的老房子已有年岁，即使是断壁残垣，也还能捕捉到曾经作为圩的繁华与热闹。

如今这里成了一座小湿地公园，吸引了一些从未见过的美丽大鸟。它们在溪边悠然自得、漫步觅食、相互追逐。特别是在夏晚，万籁俱寂之中，蛙鸣一声两声，跃入梦中。

"从小学到中学，我每天都要经过这吊桥。那时候，我常常打着赤脚走在这吊桥的木板上，双手触摸吊桥两侧铁索的温度来感知季节的变化。在我记忆中最深刻的是洛溪河畔上那几根残缺不一的枯木，枯木上承载着孩童求知的渴望，记录着知青们日出而作日落而息的勤劳。遇到暴雨天气，枯木被冲垮，便只能凝望着洛溪河的对岸，叹息不已。后来，知青们修了这座桥，这是通往梦想与憧憬的未来之桥。现在这吊桥每年都会检修好几次，尽管只有不到十米长，却成了福田的地标之一。"

刚走到吊桥桥口，我还没上桥，土生土长的明山同学就告诉我关于这座桥的过去。顺着他的话，在阳光下的吊桥，随着人走过去一摇一晃，竟然显示出几分古朴的神韵，呈现出福田乡的灵性。

## 3

离镇区几公里远的云中山是福田乡的另一张名片。从乡政府出发，拐几个弯就到。一入云中山恍若坠入异境，喧嚣

香已住

声一转弯就隔去很远很远。映着天光的鹅卵石小径和两边的参天古树似乎可以涤荡身心，就连空气也仿佛变得清新柔软了。我每次进入云中山都感到十分亲切，心境也随之沉静恬淡起来。

走在小径上，时不时有蝴蝶从两边的树丛飞过，我一时童心大起。

"运气好的话，可以碰见各种稀有品种的蝴蝶。上次我进山的时候就遇见了。今天就看我们的运气……"蔡的话还没说完，一只紫黑色斑点的蝴蝶就落在脚下的一粒鹅卵石上。我们三个人不约而同地停止闲聊，停下脚步，拿出手机准备定格眼下的惊喜。紫斑蝴蝶像是读懂我们的心思，抑或是对我们的欢迎，竟出奇配合，静静地立在小石头上。

继续往前，一条小溪蜿蜒曲折，顺着小径绕石穿林而过。水流潺潺，清澈见底，小鱼来回穿梭，悠闲自得。走入幽谷，瀑布如雷倾注而下，一潭清幽。我们三个迫不及待地跑向可供游人闲坐的石凳、石块。小溪旁边有许多奇石，圆润、清瘦、透亮、秀巧，各式各样。我伸手摸摸这个，捡起那个，扔向水中，溅起水花。一时间，黄色、白色、橙色等各种颜色相间的蝴蝶纷飞。我想，七彩云南的蝴蝶谷也不一定有这般景象，再也不用舍近求远了。戏文里，蝴蝶是会引来香妃的。这真是一个童话般迷人的境地，就叫迎溪谷吧。

云中山就是这样一片天然润泽的地方。

云中山大小瀑布众多，每年雨水充沛，这些瀑布像一张密织的网，将这片烟雨笼罩的原始森林连接起来。在云中山，处处层岩，处处山花，处处古树，瀑布更是有的，一不留神，就会被瀑布溅起的水花清凉一下。见到这些，我整个人一下子清爽起来，心里便会有这样的念头：山何以为横？涧何以为头？潭中不难有珠，屋内岂能有溪？

看山，看树，看水，看人，看着这个边远小镇，我被带回儿时的光景。儿时我最喜欢的就是往村里后山跑，夏日在大芭蕉叶的宽阔阴影下，我和小伙伴们光着脚丫戏水，讨论着从老家感德坐上绿皮火车到县城需要多长时间。秋天会枕着散发桂花香的落叶，说着哪家的果子又熟了，可以在一个月色好的晚上去翻墙。同样，会在某一个有着暖阳的冬日追逐翩跹飞舞的蝴蝶。一不小心，蝴蝶的翅膀会同我们的头发、嘴唇亲密接触，这些沾在嘴唇上的翅粉在多年的午后还闪着光。

风来过，从童年的地方；风已走，从来时的地方。洛溪河的水静静流淌，千年的古榕树，宽敞的文化广场，刻上时光印记的知青馆……这里的人们生活着、怀旧着、憧憬着。

回程的路上，我不禁脱口而出陶渊明《桃花源记》中的诗文："土地平旷，屋舍俨然，有良田美池桑竹之属。阡

————————————香已住

陌交通，鸡犬相闻。其中往来种作，男女衣着，悉如外人。黄发垂髫，并怡然自乐……"此后，在漫长的时光里，此次福田之行，总会以一种清凉的气息从遥远的故土扑面而来。

# 呷傻茶

## 1

上一次见面时，我和几个文友品尝了老树梅占。那天，对方拿出老树梅占，我就闻着一股花香味，茶经开水冲泡泛起了琥珀色，香味悠悠散开。我端起茶杯轻抿一口，但觉目明神清，唇齿留芬。

好茶！绝对的好茶，香气是会从鼻孔里钻出的。此刻，我还沉浸在上一次大伙儿喝茶的惬意里，再一眨眼，人已经到了制茶大师刘金龙的工作室。在他的店门左侧，有一间典雅清新的屋子。他说这里是这次获得百万铁观音大师荣誉的奖励，为授牌大师工作室新装修的泡茶室，他邀请我们在这里喝茶。

我刚坐下，泡茶的女孩轻放了一杯茶在我面前。我习惯性地端起茶杯，未饮先嗅，忍不住问这是一种什么香，味道挺陌生的，可又特别好闻。刘金龙说这是他准备新推出的一款叫"傻茶"的茶发出的香。我嘟囔铁观音的香似兰，那么高雅，哪来的傻啊？他亦似自叹："唉，我一辈子干的活儿，就是在茶叶这条路上做一个傻人，傻人做傻茶。"这句话被我听到了，心里莫名一触：这个精瘦干练的刘金龙茶师，竟以傻人傻茶自喻。"宿雨一番蔬甲嫩，春山几焙茗旗香。"窗外小雨，室内品茗。这个夜晚，我喝了一杯又一杯傻茶，额上泛了细汗，只觉自己化身成一曲婉转的山歌，从一个现代的城市忽然去到悠远的从前。一个充满唐宋韵味的月光小巷，如我的青春一般。流浪黛色的茶园中，人就一下子怔住了。

傻茶这个词，确实出自刘金龙之口，以前从没听谁这样说过自己家的茶。所谓的傻茶，即刘金龙自己茶园带有金龙味的乌龙茶。由他亲手做，价格还是平民价。他说的是茶，我却觉得是人，甚至还能想象出此人的样子。我没有问他这款茶名字的来历，但我再端起茶杯轻抿一口时，心里有了梅花的香味。我知道，做茶是刘家祖传的功课。孩童的时候，刘金龙的父亲就教他怎么做茶。在他珍藏的相册里，我看到了一张黑白相片，是早年父亲到过台湾阿里山留下的记忆。如果早年父亲没有到过台湾，或许他的今生也不会以茶为业。

上天有意，缘定此生。他说没有父亲从小的教授，就没有他的今天。茶与人相伴得太久，彼此就都傻了。茶是人的傻福，人也沾了茶的傻气，然后就有了这个词，不只是把茶拟人化了，也把人拟茶化了。我觉得自己再不到刘金龙的茶园去好好看一看的话，既对不起今晚这一杯傻茶，也对不起与他相识十年的情谊。

## 2

时值九月，茶园的青绿轻轻地漫上了山腰，这里比山后的蓝天还暖和。刘金龙约我到他的茶园走走。

他老家在龙涓乡的举溪村。龙涓位于厦、漳、泉交界处的一座小城，有"闽南边城"之称。龙涓自古就产茶，在明嘉靖《安溪县志》中就有记载"茶，龙涓、崇信出产多。"龙涓，即是现在的龙涓乡，崇信即指现今的西坪、祥华、芦田、福田等地。

刘金龙说对茶的记忆，始于老宅的边上，村里的祖厝，也是当时生产茶叶的加工厂。每到茶季，清幽的茶香就随着微风飘散，香气弥漫着整个村庄。他说自己总是被这样的茶香吸引，常常跑到祖厝看制茶的老师傅制茶。他家七个兄弟姐妹，他排行第六。

他儿时最大的游乐园就是茶园。那时候的茶树，每棵都有一米多高，不像现在这样，剪得矮矮的。他说儿时最快乐的时光，就是和小伙伴们在茶树底下玩耍。在忙碌的时候，

香已住

制茶师傅还会让他打下手。大人晒青时，就会叫他和几个小伙伴把成堆的茶叶散开摊平。他依然喜欢跑去茶叶加工厂帮忙。六岁那年，他便喜欢上了制茶这个行当。

从七岁开始，他就与父亲一起侍弄自家的茶园，跟父亲一招一式地制茶。他是个特别有想法的少年，念完小学就放下了书包，并不是害怕读书，而是发现茶园比课堂更吸引他。小时候的刘金龙总跟在大人身后，跟到田间去，学着大人的样子，捡牛粪羊粪给茶树施肥，给茶园除草除虫等。八岁那年，他发现生产队茶叶小分队去茶园梯壁除草时，都是用锄头锄草，连茶园梯壁上的草也挖掉。草的根须是伸到土壤里的，小分队的人东挖一锹，西挖一锹，直至把草根连须拔出，才善罢甘休。父亲还告诉他说，斩草要除根，不然还会再长。他那时还小，不懂什么是水土流失，可心里却觉得不对，这样一直挖，草根是锄了，可是梯壁的土都挖掉了，茶树的树头露在外面，茶树是要掉下来的。他一直被这个问题给困住，不知所措。他当时想的是，他长大后如果管理茶园的话，就不会这样做。他要让草来给茶树当被子，这样茶树就不冷。那时他也明白，这充满稚气的疑问，是一份沉甸甸的成长答卷。

十五岁那年，他已经是家庭的主要劳动力。哥哥教书，几个姐姐相继出嫁。父亲身体不好，母亲负责家庭的里里外外。那一年，他大哥二十六岁结了婚。农村固有的习俗，结婚了就分家。大哥举行完婚礼，就提出分家。父亲对大哥说，弟弟还没结婚你就分家，也不怕乡里乡亲笑？他却一脸轻松地对父亲说，分就分，我来分。他还提出了分家的办法：以家族祖厝后面的茶山中间那条路为界，里面和外面分好，里面的茶园跟哪块田，外面的茶园跟哪块田，顺其自然，让大哥先选。大哥有些不好意思地说："哪能这样？我是大哥，我不能这样。"大哥提议抽签。抽签的结果是，大哥的茶园在里面，他们的茶园在外面。

分家后，他就琢磨自己分到的茶园，怎样才能出最好的收成。这一琢磨，儿时困惑他的问题再次出现在脑海。他发现之前小队分茶园是按山头、山腰、山脚进行分配，以确保村里每家每户分到的茶树好坏均等，力求公平。这样是公平了，却因为各家各户各行其是，不利于管理。他滋生了一个大胆的想法：把自己的茶树换到一起，解决儿时的困惑。有了想法，他就付诸行动，一家一户地去说服。根据地段和质量的不同，采取以多换少的办法，比如用山腰五十株茶树换山脚三十株茶树。就这样，他把分散在各家各户的四五十处茶树，连片集中为三四处。茶树通过集中连片，既省工省力降低成本，又便于进行分类管理，精益求精，产出最好的茶。

七个兄弟姐妹，到头来就数他跟茶打交道的时间最长，做茶的辛苦尝得最多。即使这么累，累得几近绝望，他也从来没有后悔过自己当初的选择。

听着他的故事，两个小时的车程就这样过去了。说来也怪，以往到龙涓，我会晕得昏昏然，无精打采，这次还真的没有晕车。想来，应该是被刘金龙的故事给治愈了。

## 3

四十年前，刘金龙还是一个刚刚放下书包，初中没有毕业的少年，青涩而腼腆。十四岁的他，加入生产队茶叶小分队后，就能有板有眼地摇青。

摇青，这一道工序是制茶过程中很重要的环节，一般要进行两到四次。有时候摇完四次的茶青，都没有达到理想的发酵效果，还要进行第五次摇青。他说，每一次摇青，都要做出准确判断，需要等待，实在困得不行了，就猫在晾青房里打个盹儿。摇完青，公鸡都开始打鸣了，天边也泛起了白光。晒青摇青，时常要到天亮。他制茶的童子功，就这样在老宅里练就。

十五岁那年的秋茶，他绝对自信这一季做出的茶都是好茶。拿到茶叶收购站后，他充满底气地对收购员说："你看这茶叶，能不能给我特级？"收购员一闻一冲泡，不相信地说："你骗鬼，这茶叶是你做的？你明天还能做出这样的茶叶，就给你特级。"也许是因为从小就耳濡目染，以及对制茶有某种天分，他制茶很少失手，做出来的茶叶韵味十足。

说是机缘巧合，看似偶然，实则有着必然的联系。或许，这就是所谓命运的真相吧。

市场经济风潮来袭，他老家有不少人在广东开起了茶叶店，当上茶老板，他的邻居就是其中一个。到了十八岁那年，他在做茶之余，还会做父亲曾经做过的老本行去贩牛。乡里的农民会拿茶叶来跟他换牛，他再把茶叶卖给那个在广东开店的邻居，赚取中间的差价。其实，他也有机会出去开茶叶店，当茶老板。或许是对茶树的情感早已经渗透骨血，他还是尊崇自己的心愿，想成就理想中的茶园。他在辗转广州、汕头等地，走街串巷送茶样之后，还是回归故乡的土地，回归他的茶园。

二十三岁那年，他的母亲去世三年后，父亲又去世。农村有这样的说法，亲人去世百日之内要结婚，否则要等到三年之后。站在父亲留下的茶园里，他再一次明白，茶园是与他骨肉相连的地方。回到这里，他才知道自己是谁。就这样，他带着年轻的妻子，把家里的地收拾好，又开了五亩荒地种植铁观音。

二十世纪九十年代初，有一个台湾老板到龙涓举溪布岩山，承包他们小队的茶山，并且带来全新的茶园管理方式。他第一次到台湾老板的茶园参观，受到的震撼至今仍然清晰。清风迎面而来，映入眼帘的是，每一棵小草都在肆意舒展，每一株茶树都尽情地吐露芬芳，能够清楚地看见一只

香已住

只蚯蚓、一片片枯叶，草和茶树同生共长，和睦相处。从炎夏到寒冬，草给茶树以滋养，茶树给草以陪伴，互惠互利，有情有趣，尽显美妙。台湾老板经营的茶园，古老而年轻，传承着动人的传说，也孕育着现实的故事。

2000年后，他到魁斗承包了几十亩茶园。之后，他再次回到家乡龙涓，包茶山、做茶场。村主任看到了其中的商机，主动与他合作。他制作的茶叶颇受市场青睐，质优价高。高峰期的时候，供不应求。这便一炮打响，更奠定了他的制茶名气。村里每家每户做出茶叶，都请他去点评一下，遇到制茶方面的问题，也让他去把脉，给予指导解决。

接下来，在当时省派驻村挂职党支部第一书记带领下，由他担任技术总监的茶业合作社，统一管理、生产、销售等环节，实现规模发展、抱团致富。他被安溪县政府评为安溪铁观音制作工艺大师，合作社获评全国专业合作社示范社。后来，安溪举源合作社形象店开业，因其精湛的制作技艺，他做的茶叶更是供不应求。安溪的知名茶企争相预购。他做的茶叶很有辨识度，在茶都流传着这样一句话：好茶就是金龙味。

## 4

到达茶园，刚好是午饭时间。入秋了，厂房边的老柿子树的叶子已经发黄，树枝上悬挂着橙红色的柿子。两只土狗懒洋洋地趴在柿子树下。我的脚步在柿子树下停住，情不自禁轻吟出陆游的"九月十九柿叶红，闭门学书人笑翁。世间谁许一钱直，窗底自用十年功"。是否茶园也如学书般，需要时间的洗礼呢？

刘金龙说："中午，就请你们吃烤地瓜吧。"

烤地瓜？午餐就吃烤地瓜。天哪，我一时有点跟不上他的思维。烤地瓜是最温暖的童年记忆。我童年的冬天，最常做的事情，就是一边帮大人烧柴火，一边将地瓜埋进炙热的炭灰里。大人煮好了饭，小孩便也有了香甜的烤地瓜。至今，我仍然记得烤地瓜那软糯润滑的口感，有时候难免口舌生津。难不成，今天看茶园的时候，还要捎带着重温童年有关烤地瓜的记忆？

"在生活上，我追求平淡。但谈起种茶，我这个人比较有野心了。"他一边剥开地瓜皮，一边对我说着。我看那五十多个工人的午餐，也是一人一个烤地瓜、一碗清淡的冬瓜瘦肉汤，照样吃得津津有味。我不禁想起他给我讲过的一个故事。他以前在大坪茶厂做师傅。有一次，茶厂的工人因为摇青问题发生争吵，后来演变到打架，没有人敢去劝阻。他那时虽然还是个少年，却是这些人的师傅，他就义无反顾地去劝架。结果他一出现，大家便停战。一伙儿爷们，竟然臣服一个少年的管束，原因何在？他说，以理服人，平等对待，率先示范，而不是颐指气使。这是个物质并不匮乏的年代，他还和工人们一样，吃着如此清淡的餐饭，却用心守护着茶园。我想，所谓的傻茶，还真有清心寡欲、物我两忘在里面，这是一种境界，是一种情怀。脑满肠肥的人，大多利欲熏心，品不出好茶之真味，更是制作不出好茶的。

一个如同我母亲那般年纪的大婶走了过来，抱起树下的土狗，往我靠近了几步，和我打招呼。招呼过后，这位大婶便说起了刘金龙："你可知道，我在他的茶园工作十年了，从没见过他这样的人。一开始，我们村里人都以为他在外那些年受了什么打击，人变傻了。他的茶园不除草，不用农药，还要给茶园种草。前两年一到夏季，一拨一拨的虫子把他家的茶树新芽都吞噬了。村里人都笑他，笑他脑袋坏了，人傻了。满村风言风语，他听到就嘿嘿一笑，又继续让我们种草。后来我们才知道，他一点儿都不傻，精明得很呢。"

吃过烤地瓜后，我们迫不及待地上山。茶山上茶树成排，满眼都是湿漉漉的苍翠。隆起的山脊上，种着一株一株的松树。茶园里落叶堆叠，芳草萋萋，彩蝶飞舞。两只黄腹山雀在树上啁啾，相互呼应。时不时还有红毛鸡自茶园飞出。远看山花烂漫，近看茶树苗壮。比起城市的喧嚣杂闹，这里的情境令我们仿佛穿越古今，来到陶渊明笔下的世外桃源。

花能解语，因有怜花人；茶能传道，因有知茶者。

我们走向茶园深处。秋日的阳光，还带有暑气的炙热，走不到茶园的三分之一，汗水已经湿透我的裙背。他说，草根不能挖下去，我们这个茶园，只剪草不除根。他对工人和徒弟极有耐心。工人制茶的活儿做得不好，他可以手把手地教。但对茶园管理不上心，敷衍塞责，他是不能允许的。其中一条要求就是剪草不除根。有的工人为图方便而偷懒，剪草的时候连根除掉。遇上这样的事情，他断不会留什么情面，会立刻开除了。

他对茶园管理的执着，精细到每一株茶树，每一寸土壤，甚至每一棵草。他从一个懵懂的茶农到制茶大师的脚印，在这片茶园的密码库里，都可以找得到。

怀着一颗敬畏之心，他从不让每一棵茶树受委屈。五月的闽南正值梅雨天气。气温高，阴雨绵绵，对茶园管理是一种很严重的挑战。山头的草还没剪完，就下起雨来。等到雨停了，刚剪过的地方，又长出草来了。这样反复几次，草没剪好，给工人的工资，已经额外地支出好几笔，管理的成本在不断增加。疯子，傻子，怎么带领合作社的成员致富？说什么话的人都有。他不为所动。他是平常人，也有七情六欲。但他比平常人更有定力，这定力来自敬畏之心。这跟卑微的出身无关，跟修炼有关；跟物质的欲望无关，跟情怀有关。他有时候也会感到自己很孤单，很寂寞。但他更孤绝，更执着，要一心一意地当傻瓜，做傻茶。

名山出名茶，自古如此。凤凰单枞茶有凤凰山，龙井茶有西湖，云雾茶有庐山，毛峰茶有黄山。我们的铁观音，应该也有我们的名山。从那时起，他对自己承包管理的举源村布岩山茶园进行大胆更新。首先是挖，狠挖老旧的品质差的茶树；其次是留，他的茶园不仅不除杂草，还根据不同季节，在留出来的空间种上大豆、油菜、花生、金盏花等，给土壤提供所需的绿肥。他还间种海棠、青梅、马桂木等落叶乔木，也是为了给茶树提供它们喜爱的散射光。他说，传承就是把好的东西留给下一辈，无论是工匠精神还是管理方法。做有情怀的传承者，就是让下一代还能够在这片土地上种出好茶，种出更好的茶。

我在茶山茶树里深呼吸，听他娓娓诉说。满眼翠绿，一身茶香，甚为感动。这里离天空很近。是谁伸出热情的手，拽着我往前走？是谁，已经不重要了。"暖暖远人村，依依墟里烟"，已经铺展在天地间。我站在风中，静静地接受这茶园的拥抱，这就是现实的世外桃源，似乎并不比五柳先生描述得差，甚至更有人情味。

# 洁白的铃兰花

## 1

铁观音茶树还未染尘的嫩叶，一瓣一瓣开在四月的老厝前。冬季没有霜雪就这样过去了，初春来了。初春和冬天之间的区别不大，只不过是多了雨水，反而更寒冷，夜里须多盖着条毛毯睡觉不可，有时会冷到胃疼。

老厝弯弯的燕尾脊，像旧船票一张一张别在沉睡的老墙上。乡间最具烟火气的茶室就在老厝的对面，铃兰娴熟地泡上一杯陈年铁观音，端出一碟软酥的绿豆饼。她面对巨大的落地窗迎街而坐，仿佛自己是旅人，正观看橱窗里的一段历史，走上橱窗的燕尾脊也仿佛正与她对望。

老厝位于戴云山脉的国公山下，被禅意的绿、舒适的山包围，是铃兰童年至少女时期的家。戴云山脉，地图上能查到地理位置：福建省中部，包括永泰、大田、德化全部、安

　　　　　　　　　　　　　　　　　　香已住

溪的大部分等。国公山，是铃兰他们当地人给这无名山峦起的俗名。安溪这个小山城人多地广，映入眼帘的尽是山。因地域的原因，山城分为内安溪和外安溪。内安溪的山，平均海拔 500 米以上，一座连着一座，目之所及的除了山还是山。

山下约二十分钟的脚程处，便是铃兰家的老厝，不依山近水，熟田熟地的阡陌之中，犹如遗失的一堆黄泥。铃兰的家中，她满头白发的奶奶坐在门槛上无力地睁着眼，空洞地望着屋檐上空。不远处，一株缀满十三朵洁白花瓣的铃兰花热热闹闹绽放。

铃兰从小就在这老厝前哭喊着要阿爸。

铃兰一出生，阿爸便离开了，在一个很遥远的地方被监禁着。

铃兰的奶奶六岁便没有了娘，八岁又没了爹，十岁做了童养媳，她一生嫁过两次人，每一次生育下来除了女娃还是女娃，命运仿佛注定要与之挣扎一生，最终这个招上门的女婿，留给她的还是无力的凝望。

男尊女卑的思想根深蒂固地入侵到祖祖辈辈的血液里：男孩子是一个家族的希望，是香火的延续，再困难也要供其好好读书，担负着光宗耀祖的重任；女孩子只是家庭中的意外，长大后便是别人家的，更是信奉女子无才便是德。女孩子从小学会的是上山采茶及料理家务，读书成了那个年代小村落女孩子的奢望。养育了六个女孩，终是铃兰奶奶灰色的忧伤的宿命。

风吹的一生，是铃兰奶奶能说出疼痛的过往。

铃兰从记事开始，童年的每个夜晚都是跟奶奶一起度过。临睡前，铃兰奶奶总会轻轻抱她入怀，用瘦小的臂弯给她做枕头，用独有的闽南口音给她讲故事。讲宝生大帝，讲茶王公谢枋，也讲何仙姑；讲七夕喜鹊搭桥，也讲白蛇传；讲听来的闲人趣话，也讲她自己过去的经历。铃兰家比较特殊，铃兰阿爸是上门女婿，所以铃兰的奶奶也是铃兰的外婆，铃兰是孙女也是外孙女。因为这，奶奶对铃兰总是多了份宠爱。在铃兰九岁那年得了天花，治愈后，奶奶对铃兰的阿妈讲，让铃兰去念书吧。

命运为铃兰关闭了一扇窗，又开了另一扇窗。

过往的年历，几乎在以同样的方式翻阅。活着的意义就是活着，一如土地上的庄稼，与满山遍野的铁观音茶树。

1989 年，铃兰在村口的学堂读小学一年级。小学第一次期末考的成绩出来了，人生的第一张奖状也将随着这次考试成绩来决定。考试成绩会张贴在学校的公告栏上。张榜那天，公告栏前挤满了学生，铃兰穿插其间。"啊，铃兰你考了双百，是第一名，三好学生肯定是你。"同学惊呼，铃兰也开心着，想着拿到这第一张奖状一定要寄给远在几百公里外的阿爸。

"你这个没有阿爸疼的孩子就是考第一名也没有用，三好学生还不是评给我！"灵兰挥了挥手中刚刚领到的奖状，不耐烦的神色愈加浓郁，见铃兰不吭声，她高傲地将教室的门狠狠一摔。这个名字与铃兰同音不同字的女孩，是铃兰的邻居也算是堂亲姐妹。只是灵兰的阿爸那时是那个小山村的村支书，灵兰更是那个小山村最骄傲的公主。

铃兰被巨大的关门声锁在教室内，同学投以同情的目光。铃兰在这样的目光下有些难堪，内心的慌乱不安像是从石缝中溢出的沙尘，突然间铺天盖地席卷而来。她用力绞着手指，直到指尖滚烫。她把苍白的小脸轻轻贴在玻璃上，绝望地盯着外面那棵没有枝叶的枯树。

1993年铃兰小学毕业，第一次收到阿爸从一个叫三明清流的地方寄来的信，随信寄来的还有一株长着十三朵小小白白的花。阿爸信中告诉她那白色的小花，叫铃兰，是拥有幸福的意思。"丫头，对不起，你人生的第一个毕业典礼我无法出席。"阿爸在信中说。

1996年，夏天。暖暖的阳光晒得人懒懒的，课桌前趴着一个个黑黑的小脑袋，像每张课桌上摆着一顶小黑帽。铃兰初中毕业了，手里捏着阿爸寄来的信，还有一起寄来的铃兰花："这花是我种的。丫头，让它替我陪在你身边！"

"阿爸，你可知道，明天毕业典礼上台发言，我多想你在台下，这样我就不会害怕了。阿爸，你可听到了我的呼喊，听到了我的害怕？"铃兰对着窗外向西的方向低语。她想，阿爸肯定是听到了。她似乎也听到阿爸的声音："丫头，不要怕。阿爸相信你是爱笑的孩子。"

那一天，亮堂堂的礼堂坐满了人。她作为毕业生代表上台发言。走下台，铃兰才发觉她的手是冰凉的，双脚不停地打颤，头顶上空暖暖的阳光把同学晒得额头上微微冒汗，而铃兰却如坠冰窖。

人生第一个毕业典礼后，铃兰便懂得阿爸常说的那句话：女孩子不水（漂亮）也要笑。

铃兰的童年，大部分的时间是老厝墙头与屋檐之间废墟的三角地带度过。铃兰时常与小伙伴爬到废墟的墙头，争辩着前面的田埂弯弯细细地伸向不知道的远方，到最后还是没有弄明白到底是伸向何方，更想不明白不认识字的奶奶，为何一个人躲在夜深露重的暗影里，总是拿着阿爸的来信，很认真地看，悄悄地抹眼泪，双手托着下巴朝一条不知通向何方的狭窄的马路眺望。

## 2

"我也要有一个阿爸。"大埕上，一个女孩抱膝而坐，将头深深埋进自己的臂弯。

屋檐下，她的奶奶正埋头编竹畚箕。编完一圈半弧形

香已住

的竹条，她一只粗糙的手停在半空中，轻轻地唤了声兰儿，又无限慈爱地摩挲着小女孩的后脑勺。

小铃兰永远都不会知道，奶奶所喊出的是一个乡村的隐痛。铃兰奶奶清楚记得，那是 1980 年。那一年，那一个夏夜，满屋的星光，以及随着星光漫上来的这满屋夜色，冷冷地笼罩整个村庄的上空。铃兰家里来了一群人，四周是一片恐怖的叫喊声。奶奶感觉到了自己急促的呼吸声。虽时值夏天，这个家凉气浓重。

铃兰的阿爸就这样被带走了，带到一个离家几百公里外的地方进行劳动改造。

"你这个招上门的儿子再也回不来了。"

"你就是没儿子的命。"

…………

村里的人一句又一句地冲着铃兰奶奶喊。

这样的喊声充斥着铃兰整个童年。在这小小的山村，"你是没有儿子的命"这句话风一样地传播，让铃兰一家走到哪个角落，都能听到议论。

这对于空虚、无聊、单调的村民来说是何等的大事啊！村头村尾都在演说着铃兰阿爸被抓的事，转述铃兰奶奶多可怜，感叹铃兰的命有多硬。各种话语充斥整个村庄的上空，小小的铃兰变成了孩子反面教育的例子。

那晚，铃兰奶奶抱着铃兰站在燕尾脊下，抬头望向天空，眼泪簌簌流下。

村里的道路是泥土拌着石子铺成的，石子经历天长地久的踩踏，变得光滑，地面干干净净，弯弯细细长长的一直伸向未知的远方。成年后，铃兰才知道一个年代的命运与一个群体的命运，向来是维系在一起的。

那十九年的甘苦酸甜被岁月压扁，从容得只剩一声低语。

## 3

记忆是张泛黄的纸，不同的人留下的墨迹浓淡不一，深浅不一。

铃兰成人以后，常听大姐讲她们的童年趣事和过往的经历。在一个浅夏的夜晚，与几位老大姐的聚会中，大姐们轻捏着葡萄酒杯，顺时针轻摇，左晃一个小弧形，右晃一个小弧形。这一摇，记忆也随之晃来。

大姐说，那是 1972 年。那一年，一整个夏天太阳都在偏西，大人烧晚饭的时候，她们几个小伙伴就聚到村口空旷的晒谷场上密谋。目标一致，就是村里那个农场上的红柑园。每个人身上都似装了时钟，到了点，一撅就走。

二十世纪七十年代的山城，土地里刨出来的除了水稻，就是地瓜。水果是那时绝对的奢侈品。红柑园是她们的童话城堡。村里的小孩做梦都想做一回城堡里的公主，尽情地品尝红柑的甜。走的时候衣兜、裤兜顺带装满红柑，碰上农场的主人追来，伙伴们跑得非常快，一个个从柑橘树与柑橘树间隔的地方跳了出去，后面的看到前面的跑了，也跟着一溜烟跳了过去，跑得快到不能想象，在村口和农场之间的泥土路跑成了一阵旋风。

这场与红柑追逐的戏算是达到了高潮，每个参与其中的人没有不笑的，没有不诚心愉快的，就连那被她们带在裤兜里一起跑回来的红柑，再品尝时也变得更加甘甜。"那时的红柑大粒，甘甜，满满是太阳的味道……"

时间长河里春夏秋冬，一年四季来回循环地走，自古是不变的。同样是童年里孩子相约的淘气，对于大姐她们来说是最柔软的美好，而到铃兰这便成了火焰的烙印。

铃兰出生在二十世纪八十年代初，山城从土地里能刨出来的，同样是水稻、地瓜、茶叶，玉米成了那个年代富有和身份的象征。

铃兰儿时家对面是不同宗的陈家，因媳妇是外省嫁过来的，带来的不仅是衣着的变化，还有饮食的不同。二十世纪八十年代初，在那个自然村落里，祖祖辈辈的女人没有一个穿裙子，没有一个人开口就是流利的普通话。她的到来，在这个自然村成了神一样不可侵犯的存在。同时，不可侵犯的还有她那片不种水稻只种玉米的玉米地。

那片玉米地成了全村人神秘的向往。特别是在玉米压弯腰向你招手时，玉米地像宝藏那样引诱着全村人的心，老的少的，男的女的，总是要在闲暇之余，走到那玉米地，围着玉米地走上一圈，议论着，兴奋着，好像那玉米地是自己的。

村里的孩子觉得最了不起的就是能掰一个玉米回家，那是一件比考了一百分还值得兴奋的事情。铃兰的哥哥和他的几个小伙伴，突然决定要去做这件很兴奋的事情，而且要带上铃兰这个尾巴。

在太阳正偏西，大人起火烧饭的时候，大家有拿镰刀的，有拿竹篮的，有拿竹子的，约好在老厝背后的大埕上集合。这是一场密谋已久的邀约，正当他们掰得起劲的时候，不知道是谁先说了句"那个穿裙子的女人来了……"

"嗖！"一个，两个，三个……大家从玉米地跳出来，撒开腿没命地跑，一个跑得比一个快。铃兰跑到小河边被绊了一下，凉鞋掉了。凉鞋掉了绝对是一件比偷玉米更恐怖的事情，铃兰折回去寻凉鞋的时候，就这样被穿裙子的女人逮了个正着。哥哥为了找铃兰，也折了回去，被抓住了。原本天蓝云白的上空，顿时黑压压地向大地扑来，乌鸦成群地飞过，太阳也假装睡着了。人都不见了，也都睡着了。猪、狗、鸡、鸭，也都回到自己的窝里睡着了，玉米须也不再招摇摆动。

那个穿裙子的女人，一手拿着竹棍敲得村中泥土路左

香已住

右"啾啾啾"乱响，一手揪着铃兰哥哥的头发往村祠堂前走。"给我跪下去！跪在这里，让全村人看看偷人东西的下场！"铃兰哥哥死都不跪下去，穿裙子的女人硬是转到哥哥背后，对着哥哥的膝盖一踢一压，哥哥这个十几岁的少年终究是扛不住她的一脚。

天还没有完全暗下来，炊烟慢慢地落下去，山村上空发着微微的白光，泛着丝丝的凉意。红裙子的女人把竹棍敲得特别响，嘴里像个播报机不停歇地大声怒吼着，祠堂左右的人家都听得到：

"小小年纪就偷我玉米，长大了不是要抢银行？！"

"这就是有爸生没爸教的孩子才会做出的事！"

…………

一句比一句高的语调混合着竹棍声，从祠堂前的泥土路传了出去，传遍了村里的上空。村里的一切都醒了，好像这里发生了大火，所有人赶着去救火的样子，非常紧迫地踢踢踏踏地向他们兄妹跑来。

先来的王大爷，后到的三奶奶，没有一个把他们兄妹拉起来，只是挤上去蹲在那里冷冷地旁观着。铃兰奶奶找来村里最老的陈爷爷，拿来针，把他们兄妹俩十个手指头逐一扎完，才让他们兄妹俩站起来。

村庄里不知谁家的公鸡咕咕打鸣，折腾一夜的玉米事件以铃兰奶奶手中那一张百元账单而完结。这是铃兰他们一家一整年的收入，这意味着在接下来一年里，铃兰奶奶要攒下十只母鸡下的所有鸡蛋和外加养一头猪才能还得起这笔债务。

回家后，铃兰奶奶拿出一根竹鞭子。那种竹鞭子，软软的，细细的，弹性非常好，抽在身上任意一个地方都会留下很红很痛很明显的印记。铃兰的哥哥因为性子比较偏，不求饶，铃兰奶奶打断一条换一条，直到她自己精疲力尽为止。

那晚，铃兰奶奶唯一一次动手打他们兄妹俩。

那晚，铃兰的哥哥浑身是一条条红杠杠。

那晚，铃兰发现哥哥久久地坐在墙头上，远方的世界是朦胧的，有连绵起伏的山。

那晚，铃兰痴痴地看着哥哥，在老厝的墙头上，他们并肩坐了下来，满屋星光冷冷地笼罩着他们兄妹俩。

"阿哥，你能一眼认出哪颗星星最亮最闪吗？"

"哪颗离黑夜最近就是最亮最闪的。"

铃兰还是找不到哪一颗星星离黑夜最近，只是在心里不停地问自己：坐在墙头上看，山上会有什么呢？山的那边还是山吗？那晚，铃兰第一次感悟什么是人情冷暖，什么是生活的不易。以至于多年以后铃兰仍一个字也不敢提及童年。玉米，成了烙印在铃兰身上的一块伤疤，成了她往后余生的禁忌。

# 4

生于山中囿于山中，走出大山的路唯有依靠读书。

1999年铃兰中师毕业。她想着可以洗去脚上的泥巴，做一个城里人，可一纸政策让她回到又弯又硬的山路。这一年，铃兰所在县出台了一项政策，所有中师毕业生按户籍地等距离分配，优秀毕业生可以近户籍地一个乡镇分配。铃兰是优秀毕业生，被分配到隔壁乡镇一所小学任教。

铃兰的阿爸在被监禁的岁月里，把俗世的一切都看淡了，唯独看着一别十九年，再见已是少女的女儿，这个坦然的汉子心里的伤痕更深一重。这累累伤痕让铃兰的阿爸不舍得再远离其左右，他决定到铃兰工作的小镇，重操旧业开一家小诊所，在周遭给人看病并照顾铃兰。

听到他的这个决定，里里外外的亲戚第一时间赶来劝他放弃，毕竟一个刚刑满结束的人在自己熟悉的地方想要重新谋生都非易事，更别说到一个陌生的乡镇，更是会被排挤。每个人都提出他们自认为最好的安排建议，有的人很慷慨，要给他一笔钱，感谢他曾经给过的帮助，有的人要帮助他在村里开一间诊所。他对亲戚的各种安排一一谢绝，说监禁那么多年都能挺过去，还有什么害怕的呢？

他把整个家搬到了铃兰工作的小镇，开始低调地经营他的小诊所。小诊所门口是一个年久失修的旧粮站，倒塌粗糙的墙壁，荒芜丛生的杂草，尽管如此，他在门诊之余，还是像施了魔法般地把这里变成了菜园。茄子、黄瓜、豆荚和小葱子，一季过去，又来一季，都是铃兰爱吃的时蔬。这块废墟变成了他的乐园，他用自己特有的方式向铃兰表达着缺失十九年的暖意。

每周日，从鸡鸣叫第二遍起，他便钻进菜园子。铃兰妈劝他不用这么早起，外头凉，别冻坏了身体。他总是说，太阳出来了，摘的菜容易晒蔫了，兰儿一周就两天在身边，得给她多摘点菜带到学校，自己种的吃着放心。

铃兰清晰记得她第一次见到她阿爸的情景。

铃兰从小在心里呼唤过上万次的"阿爸"，但当这个陌生的阿爸真实地站在她面前，她只能静静看着。他的背是弯的，头发全白，身板清瘦。铃兰想象中的那个阿爸应该是话不多，个儿高高，身板直直，总是笑呵呵的，清澈的眼睛满是慈爱，与面前的阿爸无法叠合。

"兰儿，你过来，你长这么高啦？"铃兰点点头，张了张口，很想叫一声"阿爸"，可不知怎么了喉咙突然发不出声。铃兰心里清楚那是一时不懂怎么去亲近这个阿爸。"没事，习惯了再叫阿爸。都怪阿爸，你一出生就不在你身边，让你这些年受委屈了。"

铃兰阿爸回来后，碰上小镇圩日的日子，他会丌着摩托车载着铃兰，沿着小镇的街头到街尾去兜风，从清晨第一缕阳光到落日余晖，他一直带着铃兰在街上逛着，买玩具，吃小吃，看热闹……老想自己是不是还有什么没带铃兰去体验，骑着摩托车来来回回找，最后遇见卖风筝的小摊，他停下来很认真地挑，一会儿说小鱼图案的好看，一会儿说蜻蜓图案的好看："兰儿，来，你自己挑一个，回头阿爸带你放风筝。"然而，他一转身，才发现他的兰儿早已长大。他还不习惯铃兰已经长大，如同不习惯这十九年过去后，他已经老到跑不动，没办法放风筝了。

从夏天到秋天，某些改变在悄悄地发生。从家里到工作的学校，这段几十公里的路又弯又窄，一个坑接着一个坑，坑里经常收集着云朵汪汪的眼泪。本就只能通过摩托车，如果遇到下雨天，只能靠着步行了，遇到这种时候，他总是陪着铃兰，慢慢地往前走。

那个周日下午，雨大得似盆泼，他以征询的目光看着铃兰，铃兰明白阿爸的心思，是不是等周一再去学校。铃兰却倔强地撑着伞，把裤子撸到膝盖以上，提着鞋子，光着脚丫，深一脚浅一脚地出发了。他还是无声地跟在她的背后，几十公里，一个单程，要走近三个小时。他就这样，一次次送铃兰到学校，在风雨交加的黑漆漆的夜晚，再走上三个小时回到家。等一步一滑地回到家，他满脸糊着泥污，腿上摔出不少伤口，把自己弄成泥坨子。

铃兰周末回到家，阿妈总是告诉她，她阿爸那天回来又是一身泥一身痛……每次阿妈一说完这句话，铃兰总是轻叹一声，但是那条山路竟然变得平坦温暖起来。

如今，铃兰的奶奶年纪已经九十有四，辛勤操劳了一辈子，养大了自己的六个孩子，又带大了孩子的十多个子女，却依然眼不瞎耳不聋，思维清晰得很。天气晴好的时候，几个老婆婆坐在院子里，晒着太阳拉拉家常。

"你总算熬出来了。"

"铃兰的阿爸回来了，这下你也可以歇歇了。"

"你这个家总算完整了。"

…………

突然下起雨来，村子的天犹如人生，总是这样无常。雨水从屋顶上流下来形成优美的水帘，雨滴或急速或缓和地落在某一个位置，墙角下那朵小小的白白的铃兰花迎着这风雨盛放。

每一朵铃兰花总有一片属于自己的天空，在一个你想不到的午后，缓缓地，缓缓地走来。

香已住

# 骆驼梦见的沙漠

## 1

冬日的暖阳来了，滞留在我的梦境的边缘。

从县城回到儿时那个叫槐川的家，有一段弯弯长长的路，长久地蜿蜒在我的梦境里。

我挎着一篮子地瓜叶回到家里，土屋大门敞开着，土墙黛瓦的屋檐下浮动着秋冬的枯枝，它们像陈年的老茶一样有着岁月的影子。

我放下地瓜叶，喊了声："阿娘（闽南话母亲的称呼），我放学回来了，摘了地瓜叶。"又喊了声阿姐，可土屋里静悄悄的，没有一个人回应我。

我走进大门，从土屋下厝走到上厝，到处都空荡荡的，像是不曾有人在此居住过。我又走出门外，走到门前的大埕边缘上，看见我的对面、后面、左右两边都盖了红砖黑瓦燕尾脊的闽南古大厝。我们家的土房子孤单夹在中间。夕阳的霞光投射到它的身上也拐走了羞涩，只空洞地张着眼。

这么些年，梦境唯一不变的是儿时放学回家的冬日暖阳。

据说梦境有灵，我惯性地在某个夜晚逛荡在回忆里，一定是辜负了梦境的虔诚。今夜，我梦到了躲在被窝打着手电看金庸小说的从前，长发轻舞飞扬的青春星空，手机里单曲循环的不变旋律。

"和梦境的主人打招呼了，别打湿了暖阳。"梦低下了头，我听到它的低语。

一滴带笑的眼泪，它酸酸涩涩地从我内心滑落，拾起时四周都很温暖，没有染色，消融着喧嚣里的孤单，而我一时忘记我是个喜欢流泪的家伙。当我和儿时的家在梦境里相遇，我们又将以何种方式相逢？

我的阿娘是个大字不识的文盲，看不了书，却极其聪慧。我怀念那个空气里充斥着暖暖稻香的夏季夜空。

"香哟，你算错了，第三袋是五十三斤，你少加这一袋的重量，总数是四百六十三斤，不是四百一十斤。"阿娘淡淡说完，晒谷场又恢复了平静。

儿时候收割稻谷的夏季，那成片的金灿灿的稻浪带给我的，不只是田园丰收的诗意，更有灵魂深处的颤动。插秧、耘禾、割禾、打谷、挑担……尤其是割禾，由于和叔叔家田地是合着耕种，一起收成，统一晒干再平均分。每到稻谷成熟的季节，大人们忙不过来，我们这些小孩放学回家的第一件事便是集中到屋前的大埕上去帮忙。

阿娘、叔叔还有爷爷奶奶，他们把放在大埕上晒干的稻谷装袋子，再一袋子一袋子称重，看共有多少斤，最后平均分成两份。而在这个过程中，我总是做那个小小的统计员，大人们称完一袋，报一袋稻谷的重量，我在旁边拿着本子有模有样记着算着，可到最后，阿娘往往会准确地说出我哪一袋子的重量加错了。阿娘说我和她之间埋着一根针，一根无形的针，针头在我这边，针尖在她心上。

黄昏和黎明一同吻过那世俗的土地。

"变天了，别爱水（爱漂亮的意思）。衣服要多穿件。"阿娘浅浅的声音变成了梦境里那一缕暖阳，我的旧日幻梦被打碎了。

拐进家里的玫瑰，身上没有了魔术，呈现褶皱。今夜我身上也没有了魔术，书读得慢翻动得快，心种植了秋的思绪，索性合上书推开书房的玻璃落地窗，对上的是丫头一个晚上的学习光影。从日常的课业规定完成，到自行学习的钢琴……丫头学习的背影让我看到了星辰，陪伴的长情，恒定的分寸，兴趣的悦耳，平等以及光芒四射的睡眠。

"你又笑着从泪中醒来啦。"丫头习惯性拍了一下我的头。

童年里长满了刺，是会让人泪流满面的。我从哪里来，我的出生地也是短暂的，在时间的长河里，时空流淌着叙述。不必在意那些黑暗，料理好心境硬着头皮向前。也许会犯错，会伤心，但时间总会治愈一切。

在丫头的琴声里坐下，我抬头望天，秋夜星辰更空更远，我想起了我的阿娘。

阿娘若是也识字，是否也会在无数个身心疲惫的夜里，看我学习的背影，记录那时的星辰呢，就如同今夜的我。

"老仙女妈妈，为什么你叫外太奶奶，有时是叫奶奶，有时是叫外婆呢？"

丫头一句顶调皮的问话，悄悄撕开阿娘的一生。

我想起过去，我和阿娘也这样对坐着，阿娘看着我，像是很多话要说，最后只剩下一句："三餐要多吃一碗，要早睡。"

阿娘一辈子都在跟命斗。出生时遇到的饥荒，营养不良让她弱不禁风，但后来硬是像男人一样撑起一个家。把家里家外操持得井井有条。

成片稻浪，一阵风吹过，蹲下深吸一口，都是阳光的味道。

阿娘在与阿爸撞卜眼光的那一刻，一定也曾深信：若是人真的有前世今生，她和阿爸（闽南话对父亲的称呼）在前

香已住

世一定见过面。是曾一起在拐角屋檐下躲避过风雨，还是曾在某个红袖添香的夜晚对饮过的那杯有时间味道的老茶？那天，清凌凌的天空和天空下面成片金灿灿的稻浪都让阿娘想起，她已经不是独身一人。有人从她身边经过，似乎是看了她一下，她并未抬头，仍然沉浸在自己的思绪里。以至于后来无数个稻浪成片的午后，阿娘总要那样在天空下静静地站上一会儿。

身为医生的阿爸那天正好是上门为村里陈二奶奶看诊。

"你可有娶亲了？"陈二奶奶看着阿爸有一句没一句闲谈。

"我找不到老婆了，你看我都三十好几的人，还是一人吃饱全家不饿。"阿爸点了一根烟，淡淡地说。

阿爸轻弹了一下手中的烟灰，深吸一口再轻轻吐出，那一圈圈的白色烟圈在一红一闪的烟灰中，阿爸又来到那个梦境。

天是蓝的，地是黄的，无边的沙海中一位身穿红色裙子的女孩的伴着驼铃起舞。一股一股的旋风把黄沙卷起好高，把女孩的红裙子卷起旋转，阿爸伸出手想抓住那个红衣起舞女孩的手，向他袭来的却是黄沙里的熊熊火焰。

阿爸不知道生在南方的他为何会有北方的梦境，在遇到阿娘的这个午后，这个梦境是那样真实，他清晰看到梦境中那个红衣女孩的脸重叠在阿娘的脸上。

"你可愿意倒插门把自己嫁到我们陈家来？"阿娘端着一杯刚冲泡好的茶进来，放置阿爸的面前，拘谨地揪一下自己的衣角，低着头出去了。陈二奶奶看看阿娘，又轻声地问阿爸。

"我是一个有父母，却没有地方可商量事的孩子，我的事情我自己做主。你要给我介绍哪家姑娘，我怕是会委屈了人家。"阿爸抬头望向燕尾脊的屋顶，正看到一轮暖阳缓缓西沉。

那时阿爸刚结束一段恋情，从永春逃回来。阿爸没有急着表态，也没有拒绝。

那一年阿爸三十一岁，正是而立之年，阿娘十九岁，正是如花的年纪。

## 2

窗外岸边，万家灯火，有微风经过。

熟悉的琴声入耳，我抬腕看一下手表，正好八点整，我整个人微微一颤。

《G小调夜曲》是我最喜欢丫头弹给我听的曲目。惊惧、不安、苍凉，如清冽的晴空下成片金灿灿的稻浪，将一切都吞噬。

阿娘每次来我家小住时，她每每听我让丫头弹这首曲子给我听时，总是要皱起眉，然后说："你怎么老是听这样的曲子，夫宝宝，你不要弹这样的曲子了，像家里谁死了一样。"阿娘的声音清晰、果断、决绝，就像她每次对我说："变天了，别爱水（爱漂亮的意思）。衣服要多穿件。"

阿娘给我取名为"香"，希望我能远离乡下面朝黄土背朝天，远离天天闻着泥土与粪便臭味的日常，能走出大山，一生过上城里人的美好生活。现在终是在城里安家了，自是不愿我听这样悲伤的曲子。

有点冷，我第一次点燃了一根烟，让那一点星火温暖自己。

我跌入阿爸曾来临的那个梦境。

天是蓝的，地是黄的，无边的沙海中一位身穿红色裙子的女孩伴着驼铃起舞。一股一股的旋风把黄沙卷起好高，把女孩红裙子卷起旋转……我看见沙漠里仙人掌开出一朵花。我走出了梦境，闭上眼，听见风声从耳边掠过，苍凉、绵远。

"三餐要多吃一碗，衣服要多穿件。"寒意袭来，我蓦然一颤，裹紧大衣，耳边的呼呼的风声变成了阿娘的低语，清醒了几分。

我如同一只乱飞的小鸟，游荡在寒芒和阳光充斥的山城边缘。我睁大眼睛看回家的路，看着那条通向儿时的家的公路慢慢变得不清晰，阿娘来时的路慢慢清晰。河对岸万家灯火幻化成串故事的泪花，封锁许久的记忆如蓝溪湖里摇曳的寒芒，稍一打开，就是蔓延的针刺，扎得彻骨生疼。

"唉，一个家就这样碎了。"

"那三个孩子可怎么办。怕是要成没爹养没娘疼喽。"

"还那么年轻，肯定是要改嫁。"

空气里尽是些稀奇古怪的声音，夹着稻梗味儿和猪粪味儿再加上炊烟味儿，令人心里咚咚乱跳，不知如何是好。

阿娘二十四岁那个冬天，平淡美好的生活被打碎了。阿爸被戴上手铐夹着走出大门的那一瞬，那个明晃晃又硬邦邦的手铐轰然亮起了一道冰冷的银光，那一刻，阿娘赤着脚又哭又喊地想抓住阿爸的手，奶奶抱着我跟在后面。

阿爸被带走的那一晚月光不再温顺，天空也变得苍白。蓝晶晶的天空和泪眼汪汪的月光把那个冬天所有的成就和缺陷清理出来、雕刻出来、凸显出来。掌心的触感，如同一根针藏在柔软细腻的棉花里，不露声色地，深深地刺进你的血液。

阿爸被带走后，爷爷和奶奶整日坐在门槛上，一会儿唉声叹气，一会儿低声讨论："以后你去和阿锦睡一个屋。"奶奶看看爷爷，点了点头。爷爷和奶奶都不怎么敢大声说，也不敢大声叹气，怕阿娘会想不开，怕她随着阿爸进去而选择离开。有时阿娘想到田边走走，看看地里的庄稼，他们两

香已住

人会吓一跳，总是让我姐和我哥跟在后面，直到阿娘带着俩孩子进了家门，才舒了一口气。

那段日子奶奶与阿娘的对话只有简单的：

"阿锦，这是你的命。"

"我和命斗。"

"阿锦，一根草一点路，会走过去。"

"我和命斗。"

不说伤痛，只有阿娘那一句浅浅的"我和命斗"。那个冬季，阿娘突然做了一件古怪的事。阿娘把家里的每个门叫木工来进行加固。自阿爸被带走那天起，白天黑夜阿娘紧闭门窗，不管谁来敲门，都要问三遍以上："你是谁？"

一到晚上的话，谁来敲门，阿娘总是隔着门板："孩子他爸不在家，有事就隔着门板说，不急，白天再来。"

家里放摇椅的位置有整片的落地窗。蜷缩在摇椅里，头倚靠着窗，视线正对着蓝溪湖，湖两边榕树葱郁，明媚的冬阳下人们悠闲散步。窗帘的蓝色调带着平静的忧郁，反衬着窗外的喧嚣。

摇椅轻轻一摇，便把心慌得疼。从阿爸梦见那个在沙漠中起舞的红衣女孩与阿娘的身影重叠的那一刻起，红色裙子成了阿娘此生最重的嫁衣。

阿爸被带走后，母亲不顾所有人的劝告，没有选择丢弃阿爸再嫁。她才二十四岁，以她的芳华和风韵，始终有人牵线搭桥的，木讷固执的爷爷也曾开口劝阿娘再嫁，阿娘不是沉默不答，便是只回爷爷："我和命斗，也认命。"

阿娘交付那一颗心，那一个抬眼便低头浅笑的瞬间在阿爸被带走那一天起，成了沙漠里枯竭的水源。这一颗心，交与不交都是在半空中悬荡，那一个梦境中的吻，是个预谋的赌注，输了纵然心伤，赢了也依旧忐忑。

丫头也蜷缩着挤在摇椅里，对面亮晶晶的万家灯火从落地窗的缝里钻进来，我心里又踏实又暖和，我伸手摸摸丫头的脚，摸摸丫头的头发，我一遍遍对自己说："阿娘，现在你不用整天紧闭门窗了。"

阿爸不在家那十几年岁月，阿娘只怕"寡妇门前是非多"，只怕那个闭塞的村里就这样发生了一件不大不小的事情，硬是给阿娘眉眼上描了一朵红杏出墙的桃花。

我又看到稻浪袭来，田埂边上的布谷鸟被那金灿灿的黄激动着，扑闪着暗褐色羽翼冲向天空，泛起了霞光在母亲身后织出一朵朵美丽的桃花。

花开的声音如此恍惚陌生，一个"命"字，不宜与人说起。

### 3

"出行的日子大吉。"

阿娘又在灯下翻旧黄历。

———————————— 香已住

南方的冬季，没有雪，却时常有霜冻，墨绿色的茶树枝丫于冰清玉翠的白霜中，而远处有一二拍摄相机浮动，于我是一种暗淡得不见任何光华的悲寂。腊月是喜悦、丰收和团圆，是家人团聚的月份。腊月的日子数着过得快，好像上一秒还在一个拆洗棉被、准备年货的普通晴天，一转眼年关已至，家人的影子在窗前晃悠了。

"娘，你要去坐绿皮火车。风带你走吗？"

我倚靠在阿娘的膝盖上，玩着阿娘手里正在织的毛线。

我童年直至我初中毕业那十几年的腊月，阿娘每年一到入冬开始，特别是接近腊月，总是忙里偷闲地用眼角的余光，丈量窗前的时光。我站在窗前桂花树下，听到一句来自于冬季的叹息。一朵、三朵桂花次第飘落，这个冬季里错生的痛楚，不等霜雪敲击，只等宿命执笔。

那是日子渐长的季节，却是一年中最寒冷的时分。寒气威逼着阿娘不住地呵气，她从一开春就为了那天准备着，每天忙碌完后坐在暗黄灯下一针一线编织毛衣毛裤，变卖一个个鸡蛋积攒起来的一角一元就齐齐整整地枕在枕头的下面，睡前都要一张一张地数上一遍。越接近腊月阿娘越忙碌和焦躁不安，总提上一只篮子数次往返于镇上与家之间，有时会跑上一整天，姐姐每天喂养的兔子和鸡鸭，一只只被阿娘装进篮子里，拿到镇上换回一张张绿色白色的零钱，最后还要卖掉家里养了一年的小猪崽。而阿娘做这些只为凑足路费，等待腊月小年那天能站在阿爸的面前。

这样的腊月站成了阿娘的一生。

午间醒来，窗外下起的水晶雨，一粒粒，圆圆的，晶莹剔透，落到房屋的瓦片上，如同一个个调皮的孩子，跳着，翻滚着，你躲我藏。风轻悄悄，天冷冰冰。

"阿娘，当年阿爸为何要去改造那么多年？"

"噫……"

听阿娘这一声轻叹，我打了个寒噤，不敢再问下去。

阿爸放着大医院医生的饭碗不端，捧着自己的纸饭碗回到村里开个小诊所维持生计，担起一家十几口人的温饱。

每次问起阿爸的过往，阿娘总是一声轻叹，然后便沉默了。好像那十几年的甘苦酸甜多给岁月压扁了，单薄得只剩一声叹息。

今日又是腊月的第一天，先是红灿灿的柿子变出点枯槁的意思，慢慢从树顶落在瓦房上，红里带着暖紫，风吹过来，有一种冬日的惊异。

这里是南方一个边远山城。南方的山城，冬天里除了柿子树，满山的茶树都是沉默的绿，它们用这样的方式把自己隐藏起来。

楼下转角处倒是有两株三角梅，是小区一开始就栽种的，红得多少有些孤独。

"又到一年腊月了。"

　　　　　　　　　　　　　　　　　香已住

"有事吗？我和你阿爸刚给菜地的菜浇完水，我还比阿爸多挑了两担水，你阿爸才挑十一担。"阿娘似乎早已忘记了过往的腊月，那段非同寻常的旅程。

走不出腊月的好像是我，而不是阿娘。

## 4

上天若借给我们一副翅膀，便也会赐予我们飞翔的阻力。

丫头挽着我的手从三角梅树下走，火红的花丛里蹿出一只白猫，身边的丫头发出惊叹，这孤独里跳动的音符。

这个有着暖阳的腊月都让我感到冷寂，我不愿走出门，成了宅家懒猫。

我无法想象那些孤冷的腊月，阿娘一个目不识丁的妇人，是怎样一路经过乘坐手扶拖拉机、汽车和火车的辗转去探望改造的阿爸。

一想起前尘过往，岁月静好的眼前又会揪起淡淡的痛楚。阿娘一生从水深火热中走来，踩着黄土和一梯一梯的茶园走向云端。阿娘是家里的老二，或许是应了那句顺口溜："公妈疼大孙，父母疼么儿，中间自己长。"

我又习惯性蜷缩在摇椅上，九点不到，凉凉的风，凉凉的天，窗下的几株茶花都开了，散发淡淡的香甜。

"阿娘，当初你一个农村妇人，大字不识一个，你是怎么去看阿爸的呀？"

"不是有嘴吗，不认识字就靠嘴问！"一句话又把阿娘问得轻叹一口气。阿娘在视频的那端忍不住深呼吸，又仰起笑脸。

"夫宝宝呢？你一边去，我要和我的乖金孙说话……"阿娘在视频那头又向我耍起孩子气。

阿娘就是这样，每次提及过往，她不是说早已忘记，便是云淡风轻的一句。

我慢慢去想阿娘的那一句话，曾想过仔细询问阿娘是怎样走过那十几个腊月往返近一千公里的旅程，现在却不敢了。腊月是阿娘的全世界。我听见她在我梦里的腊月总是对我说："不是有嘴吗？"

越过山丘，阿娘脚印深陷孤寂，却不说酸涩。而今我们三姐妹按照她的愿望各自走出深山，在县城安家，也有了各自的孩子，她亦不说甜蜜。

我伸出一个手指头，轻点与阿娘那个视频结束键。对面的浅浅灯火印在窗上，窗外茶花的影子摇曳。街上传来车来人往的嘈杂声，听不清车碾过水泥路的声音，总拖着长长的尾音。我看见阿娘一眨不眨地睁着眼睛与蚊帐对视。

"阿娘。"

"哦？快睡吧。"阿娘把我头往她怀里紧了紧。

窗外带来的凉风，出窍的灵魂睡进儿时阿娘的臂弯。

听奶奶说阿娘从小就特别地乖巧懂事，只是从小话就特别少，不爱理人，也不怎么爱笑。别人家的孩子在一起玩"救国""跳方格子"，她从不参与，总是一个人在一旁，不是扫地，就是给弟弟妹妹洗衣裳。奶奶若是夸她了，她还是一声不吭。

阿娘一生事迹，至此也连成一片了。

"……唉！唉！'水人没有水命（闽南语天妒红颜）'，刚觉得老陈家二女儿长得好，又孝顺招了个好女婿回来，谁知道年纪轻轻，丈夫入狱那么多年，这是守活寡。"

"眼看着要过上好日子，这下男人不在了，还有三个年幼的孩子，日子可怎么过啊？""唉，唉，这都是命。"

我有一些梦境，一些那样凉凉的，忧伤的，重复的梦。梦里总有同一座孤单苍凉的土屋，总有那个黄黄的、淡淡的冬阳。

阿娘从村前的田埂走过，身后是大家的惋惜也罢，讥讽也好，她望了望天空，深吸一口气，依然抬头挺胸地往家走。

阿娘未必知道她的悲寂经过大家咀嚼，早已成为隔夜冷茶，只值得叹息和丢弃。但从她们刻意的安慰中和眼底抑制的笑影上，阿娘才恍然觉得那耀眼的阳光又冷又尖，自己往后要从淤泥中走出干净的脚印。

"阿娘，阿爸改造那些年，那么苦你怎么总还要我们笑？"

"笑是一天，不笑也是一天。"

阿娘又习惯性摸了摸我的头，把我散落在脸颊两边的头发往耳朵后拨，再拉拉我的衣领："女儿都比你还高出一个头，怎么自己还是孩子一个？"阿娘轻轻对我一笑，低低叨念着。看到阿娘这个轻轻的笑，我心里却针扎酸酸痛楚。

我在我的梦里寻找温暖的存在，童年的刺只是一道影子，藏进密不透风的黑暗。

外面亮晶晶的月光从门缝里钻进来，我又拿着小板凳坐在阿娘的身边。阿娘在月光下将哥哥穿小的衣服有破洞的地方剪掉，重新缝制成我穿的衣服。

"俗话说没有水的面容要有水的笑容。你们俩丫头给我记住了，越是你阿爸不在身边，你们越要努力笑着……"阿娘说完这句话，拿起手中缝补的针，往头发里划了划，然后伸手去摸摸姐姐的头，摸摸我的小脸，又一遍遍地对自己说："会过去的。会好起来。"

是谁滞留在童年梦境的边缘？

阿爸去改造后，家里十几口人就只剩叔叔和爷爷两个壮劳力。阿娘也天天下地干活，天天做和叔叔爷爷同样的活儿。

那一年，金灿灿的稻穗压弯了田野，天空就下起了没完没了的雨，中间天晴没出两天又阴了。到头来雨水往上涨，稻穗往下压，眼看一大片一大片的稻子就这样泡水里了。那可是一村子人口一年的口粮啊。一有天晴，村长就组织大伙儿下地干活抢稻子。

或是太过劳累，那个夏季阿娘生病了。

阿娘生病了，只能干些轻活儿。阿娘惦记着家里三个孩子一天的口粮，心里难受，她就去央求村长说，她虽然病了，还是能干重活儿。

"家里还三个孩子等着我养呢。"

队长看着阿娘梳得一丝不苟的头发，叹了口气，对阿娘说："那你和你弟弟去割稻子吧。"

阿娘拿起把镰刀下到稻田里，刚开始速度不输叔叔，叔叔还诧异是不是昨天医生弄错了。可割了不到前半洼地，阿娘身体就有些摇晃了，割后半洼地时就落后了叔叔好多。爷爷走过来问她：

"你还行吗？不行就让孩子少吃点，又不会死。"

阿娘那时满头是汗，却不回爷爷半句，还继续往前割着稻子。

爷爷摇摇头，只好走开。可刚一转身，就听到身后扑通一声。阿娘摔在地上了。

爷爷转过身来，阿娘虽是站起来，可右脚直哆嗦，血从脚弯流了出来。阿娘摔下去那一瞬间，拿镰刀的右手往前一刺，镰刀就那样割断右脚脚弯的血管，血管割断了两条。

叔叔一句话不说，背起母亲就往诊所跑，走了一段，阿娘第一次在叔叔面前哭了。

近四十年后的这个午后，叔叔把这个情景描述给我听，他眼眶湿润了。

我一字一字敲打着这些关于母亲的过往，我觉得在酸楚中要痛哭出来。然而眼泪没有滴下打疼键盘，我只是眼前火花一闪，又轻轻拨通母亲的微信视频。

我又梦见儿时放学回家的冬日暖阳。

## 5

青春的岁月弥漫在年少特有的疼痛里。

每每我一觉醒来，屈腿抱膝把头深埋其中，等待着太阳照进窗棂，等待着阿爸迈着稳健的脚步来到床前，掀开被窝抱我起床。这样的期待自我五岁有记忆起，总是恍恍惚惚地从我梦境碾过，给我留下那一声从未叫出口却在心里默念千遍万遍的"阿爸"的余响。

十七岁那年的梦境喑哑成阿娘一滴泪。1996年那个夏天，太阳是否炙热，凤凰花是否火红，我全然不知。我记得初中毕业考结束那天，屋檐下的雨滴不停。刚考完最后一科走出考场，哥哥着急牵过我的手，一句话不说，直奔汽车站搭回感德的班车。

香已住

"哥，都没回去和寄宿老师说一声，怎么就回家？"

"哥，我肚子饿。"

"哥……"

那天哥比任何时候都沉默，一路任我怎么叫都不回答。只是那年夏天那个傍晚虽雨滴不停，班车上闷热嘈杂，车厢里像个火炉，车上的乘客一个个如同刚从雨中走进来，头发上的水一滴一滴往下淌，也分不清那是汗还是水。那天我没有淋到雨水，到车上不到十分钟，我的头发也如同他们一样，有一滴一滴的水往下滴。哥哥一路沉默着，从学校回到家里近两个半小时的车程没和我说一句话，一直抓着我的手，双脚抖个不停。

"香，叫阿爸。这是你的阿爸。"刚踏进家的大门，奶奶便着急指着一个身板清瘦，头发全白的小老头儿对我说。阿爸，我无数次在梦里哭着叫醒的两个字，我在信里描绘过无数次的阿爸就这样出现在眼前，我却怎么也叫不出那一声"阿爸"。

"叫啊！"奶奶走到我身旁，把我往小老头儿的方向推前了两步。

"你怎么变哑巴了？这是你阿爸啊！"阿娘走过来把我的头发往两边拨了拨，轻轻责备我。

"这是香儿，我离开才刚出生没几个月，现在都是个大姑娘了。来，阿爸看看。"那个说是我阿爸的小老头儿，想伸出手来摸摸我的头，我却转身跑了。我看到呆愣在原地的奶奶、阿娘还有哥哥，那一瞬间我的眼泪一滴一滴地掉进地板上，最后无声地痛哭。

在一个毫无防备的夏季，在我生命中缺失十七年的阿爸突然站在我的面前。我急切地想去拥抱这个温暖，却怎么也叫不出声。

伸向未知远方的细细长长、弯弯凉凉的山路，它偷走了阿娘一生最美的时光。阿娘赤着脚，穿过一座又一座巍峨的大山，额上的皱纹收藏成相叠的日月。

我穿过这日月，搜寻阿娘的记忆。

我习惯了在每次远行中重绘阿娘那些年一路乘着拖拉机、汽车、绿皮火车，辗转去探望父亲的画面。

窗外半枯的凤凰树和怒放的三角梅重叠着，在久待的焦躁中，一声颤抖的问候触着夜空的空虚依旧。

"这趟车是开往三明清流的吗？你也是要到清流吗？"

我看见了带着笑涡的蜡黄的脸、细瘦的臂膀、发白的外套、土黄的裤子，阿娘又带着大包小包等在冷风中。

腊月的冷一寸寸刺入肌肤，绿皮火车载满冬天绵延的心事，驶向未知的想念。

一个完全不认识字的农村妇人要转一次火车又一次汽车，到单程六百多公里外一个完全陌生的地方。阿娘在寒冷的深夜排着长队买火车票，在人群中大包小包赶车。为了

香已住

节省几块钱，她每次只买站票，只能在狭窄的火车车厢过道占一足之地，从始发站一直站到终点站，不敢睡觉不说，还要随时提防着车厢中的小偷。

成年后，我无数次在远行中试着感受阿娘当年的腊月之行。

那一年，早秋的凉同样一寸寸刺入肌肤。我记不住云绵延的心事，只记住了落叶、绿皮火车，以及那张来自南平师范的录取通知书。

十七岁的我搭乘村里的拖拉机到镇上转汽车，在县城乘火车辗转才到达那个闽北山城。我们结伴一起的有十几个，都有父母陪着。那一天坐在火车上，我幼小的身体被挤在人群之中，我呼吸困难，却要拼了小命往前挤，跟着人群往火车车门的方向挤。可是人太多，加上我的劲儿太小，根本没有任何缝隙可找。我行动艰难，内心迷茫，不知道要去哪儿，还没离开家乡就开始了想念。

那些坐在绿皮火车去往远方的往事，就这样一路铺满了我人生的花季。我的火车轨迹是驶向美好的明天，可那一路旅程都让我迷茫、无助、恐惧。而阿娘那十几年的火车轨迹是期待、落寂、心酸，是阿娘一生从最美的花朵走向枯草，她却不曾说过一句苦。每当我问起她的那段过往，问她是怎样一个人在腊月给阿爸送去温暖和希望。

"有脚就有路。人啊，都是命。"阿娘深吸一口气，又对我浅浅地笑，仿佛说的是另外一个人的故事。

而我分明看见，一块块叫岁月的旧伤疤，依靠着最初的温暖，正在练习忘记那一个"痛"字。

## 6

拿起，放下。人生如同喝茶，时浓时淡，这时重时轻的一生就在那一念间。

丁酉年腊月的冬季，安溪这座山城特别的冷，一夜之间变成了白色王国。远的，近的，冰天冻地，雪就那样款款走来，落在茶园，落在屋檐，落在瓦片，落在我的心里。没有惊喜，有的是凉凉的冷。

"香啊，这周你要回来吗？园里的辣椒、茄子都可以摘了。"阿娘在视频那头又浅浅笑着轻轻说道。

阿娘早已不用像过往总要在地里刨出粮食来养活一家，阿爸回来后干起老本行，开了一家诊所，足够他们安享晚年。阿娘却说自己种的菜味道好，她还是保留着一块小小的地，在那块地里种上当季的蔬菜，有我爱吃的空心菜、茄子，有丫头爱吃的上海青、萝卜，还有阿爸爱吃的地瓜、淮山药等，硬是把那一小块地变成了青青乐园。

这一刻，我似乎明白了阿娘一生桑蚕化蝶，她把眼泪留给自己，而土地承接了她一生的日月。

我试图穿起阿娘的每滴泪珠，可有记忆的一次是因我，

香已住

一次是爷爷的离去。

"阿娘，明明就是我考了第一名，三好学生奖状上本是我的名字，为何木夕的阿爸去见一下校长，奖状就改成她的？我的阿爸呢？我也要阿爸去见校长……"那我是读书的第一学年，刚考完一年级的期末考。

那天太阳的耀眼延续了空阔，而美好只盛开一瞬间。我考了人生中第一次双百，第一次第一名，还有第一次应该属于我的三好学生。就在木夕的阿爸踏进校长室的那一刻全部消失，都成了往后回忆堵在心口说不出的酸楚。

还没踏进家门，我便嚷嚷着对阿娘吵闹要阿爸。那是我第一次懂得阿爸不在对我的伤害，对阿娘的伤害。那一天，我第一次看到阿娘那样无声地痛哭，阿娘那压在肚子里的哭声，如同一颗呼啸的子弹射进我九岁那个腊月。

从山脊穿越，阿娘的那一滴泪珠严寒拂过，阳光拂过，拂到我命里纹路的每一方寸。

不能拒绝这个现实冷酷的社会，在面对爷爷离去的一刻，阿娘似乎耗尽一生积蓄的内功。

我刚满十岁那年，一向强壮的爷爷突然间病倒了。先是上吐下泻好几天，走路腿都是软的，突然间消瘦下来，没几天就无法下床。在乡下，生病总觉得是休息不够，在床上躺几天就好，实在不行了再叫乡里的赤脚医生来看一下，赤脚医生根据经验随便开点药，没有任何实质性的检查。在我们这个风雨飘摇的家更是生不起病，爷爷就那样在床上躺了几天，一天深夜肚子像气球一样慢慢大起来，阿娘和叔叔拉来板车给送到赤脚医生那里刚打完点滴不久，爷爷就死在回家的半路上。

"那时如果你阿爸在，家里如果稍微宽裕点，或许你爷爷现在也和你奶奶一样还在，多少能享点福……"三十几年后，阿娘一说起当初爷爷过世那日的情景，又是那样无声地痛哭。

这是我穿起阿娘的另一串泪珠。

山路弯弯凉凉，细细长长，我能想象那日阿娘与叔叔是他们这辈子所走的最彻骨悲伤而无望的路程。

疼，是阿娘这一生给予我们的糖。

而今岁月静好，楼下的三角梅开得热烈，开得红艳艳，太阳从我的窗口缓缓照射进来，天正空着，没了云，我疼痛的阿娘如阳光一样走来。

丁酉的腊月，不只是冷，还调侃了我。2018 年 1 月 29 日，天寒地冻的冷，冷到我浑身无力。我很想入睡却一直无法闭眼。我怕一闭上眼再也无法睁开。肿瘤，我总觉得只是很遥远，只是听说，听说关于谁的故事，没有想过有一天我是故事的主人。我不小心滑了一跤，这个腊月最冷的时候却在我的脖子上开了一刀。我就这样生病了，病到需要住院动手术。

香已住

母女连心。哪怕我是瞒着阿娘去做了手术，在我手术回来第二周，阿娘因为连续几日给我打电话，而我无法接听，她心里隐隐不安，整日恍惚。在一天去摘木瓜的时候分心而摔折了左手。

"阿娘，你手怎样了？"

"我刚从菜园摘菜回来，手能不好好的？你啊，三餐要多吃点，不要总这不吃那不吃。"这次阿娘没有像往日那样总是故作很凶的语气，我能感受到她强忍无声的哭泣。

阿娘还是隐瞒了她手骨折的事情，如同我隐瞒她我做手术的事情，她装作不知道我刚做完手术，我也装作我不知道她手骨折。在这个我生病，阿娘接着骨折的新一年腊月里，我收集了我和阿娘之间另一串眼泪。

所谓命运，自是一切上天都有安排。人间一回总是要扮演各种各样的角色，上天让你只是其中之一，无法选择之一。

我的阿娘叫陈锦。

# 叔叔的手艺

## 1

车行走在回家的路上。从窗口向外望，天色昏暗，雨雾迷蒙，车窗玻璃上凝挂着泪珠般的雨点，远山近水显得十分模糊。

那天太阳在雨的背后歇着，云朵没那么白。初秋的露水刚擦洗过黎明。我一回到家，第一眼看到的便是我儿时坐的那只小板凳，上面还有一片片鱼鳞般油漆剥落的痕迹，洒满薄薄的夜色和时光。

"回来了。"奶奶的招呼声我其实没听到，只是习惯性地走向那块小板凳坐下。

"一人只能专注一事。"又听到叔叔淡淡地对我说。

与舅舅相比，叔叔这个词的解析要宽广得多。当叔叔和舅舅这两个身份重叠在一起时，往往可以替代父亲这一角色。

我带着童年里的慰藉，是这个我叫舅舅又叫叔叔的男人带来的，他给了我父亲这个角色的温暖。

每年夏天，叔叔习惯让婶婶炖一锅防暑的食补汤。不是自家养的鸭子炖多年咸菜干，就是买个羊肚炖他从山上采摘回来的草头，有山葡萄根、石橄榄、虎尾轮……各种我无法叫出名的草头堆满了叔叔家的厨房，喂养了我们的味蕾。每每炖食补汤，我们一家及他自己的儿女，总是一个不落喝上一碗。

再过些日子，叔叔就要回到儿时的家。

最初关于陈家进城，叔叔定下一个原则：住得要近。房子不是同一小区的楼上楼下，就是隔壁栋，顶多买在隔壁小区。所谓一碗汤端到不凉，便是亲人相处最好的距离。既有一家人的亲近感，又有属于自己小家的私密感。我想，这便是叔叔守护陈家的一种方式吧。

叔叔是一个农民，是被省政府授予称号的"最美农民"。在我的定义里，叔叔是一个有手艺的农民。

叔叔排行第六，前面五个姐姐，还有一个妹妹。我的母亲比叔叔年长十二岁，她招了上门女婿。从此，二姐变成了大嫂。

四十年前的安溪是一个绝对贫困县。县城只是巴掌大，从城里走到城外只需一盏茶的时间。四十年前的内安溪更是一块荒板地。在这块荒板地上，即使爷爷与叔叔带领全家白天黑夜、晴天雨天地劳作，轮番耕种早稻、晚稻、地瓜、芋头，一家十几口人的温饱还是勉强维系。

那时的铁观音只是一种农作物，是农民种来自己解渴的一种茶。茶园多的人家，就会把茶叶拿一些卖给镇上的茶厂，用来贴补家用。

最吃香的是手艺人。荒年饿不死手艺人，这是村里的大人小孩常挂嘴上的一句话。

想来，叔叔不是出于对木工活感兴趣而从事，而是想靠着木工多一份收入。我二十岁之前的记忆里，叔叔在农闲之余，总是背着斧子、凿子和锯子，到四乡里做木工活儿。雨天和晚上的时间也总在老屋的厅堂做一些小板凳、方桌子、小木箱，等赶集的日子一到，便让爷爷拿去镇上卖。

听母亲说，叔叔极其聪明。父亲出事后，刚满二十岁的叔叔草草成了家，无师自通地成了木匠，挑起整个家庭的重担。

叔叔自学而成的木工活儿，做得精巧细致，方圆几十里都有名气。他打的八仙桌结实漂亮，桌面上用凿子刻上一枝竹子，清雅俊逸，中间端端正正写个"和"字。庄户人家，谁不想有张结实漂亮的八仙桌？每年都有外村的人来请叔叔去打一张八仙桌。本村人打八仙桌，叔叔一般是不要工钱的。

"人呢，不要把钱看太重。心要宽，咱穷点不要紧。"

"乡里乡亲的，要什么工钱？不怕笑死人？"

叔叔在老屋厅堂做木工活儿时，常听他说这几句话。

同村女孩的名字与我只差一个字，她的父亲是我们村唯一吃公粮的，是镇上茶厂的评茶师。她是父亲的掌上明珠，也是我们村的公主。

"我们小山村，教育实在差。连个正式的老师都没有。香丫头也是个聪明孩子，让她和方做伴，也去慈园读书吧。"方的父亲隐在老屋柱子背后，对叔叔说。

"你家出了一个爱读书的，真是你老陈家的福气啊！这孩子也可怜，刚出生，父亲就出事不在她身边。你是她叔叔又是舅舅……"方的父亲又说。

透过窗户，我看见叔叔的眼里有了泪意，他一边擦着眼睛，一边认真地盯着手中的锯子，最后一句话没说，只是深吸了一口气，点了一下头。那样认真，那样坚决，昏暗的灯光投射在他的后背上，显得孤独而清瘦。

二十世纪九十年代初，在偏僻的农村，女孩能读书是一件很稀罕的事。能交起一学期二十几块学费的家庭，少之又少。就算是能交得起学费，觉得女孩子应该读书的家庭也是少之又少。到五十多公里外的慈园读书，别说学费，每个月的寄宿费、生活费就是一笔庞大的支出。

"阿叔，我不到外面去读书。我不想离开家。"我说。

"叔叔会打小板凳，会打方桌子，能卖钱。你好好读书，我多打些小板凳就是。"叔叔拍了一下我的头，轻轻地对我说。

我还是到全县最好的慈园读书了。全村只有我和方两个女孩子，在小学阶段就到山外面的学校去求学，这在偏僻的乡村是很稀罕的事。

"女娃子家，一肚子文化也用不上。长大了还不是别人家的？"也有人这样说。

"你那锯子能锯出几块钱？还送她去外面读书。真是猪不肥狗肥。"村里的邻居对于叔叔送我求学这件事，总是议论纷纷。叔叔却像没听见一样，手中的锯子舞得更勤。

叔叔会对着几块废弃的木头说，这几块木头能打一个板凳、一张桌子，又能换回几块钱，香丫头的学费又积攒了点。面要多大，腿要多高，他都说了尺寸。回头爷爷把那几块木头捡回来。结果，真的打成一个小板凳、一张方桌子，木块不剩不减，刚刚好。圩日一到，爷爷拿到镇上卖，拿回的钱和叔叔说的一分不差。

叔叔做这些小家具，裁剪木块，从来不用弹线，也不用木工必用的墨斗。叔叔做小凳子、衣柜和桌子，尺寸都在他心里。这块木头要抛光，那块木头要锯掉一角，他都心里有数。邻里这家需要小板凳，那家需要方桌子，请叔叔打才心

　　　　　　　　　　　　　香已住

安。主人看他背着工具朝着自家走来，就会对着隔壁家说："来了，两固，头角都固。"是的，他来了，打出来的小板凳就是坐得稳固。

不仅本村人，路过的外乡人也要停步看看，连声赞叹："地道！真是心细手巧！"

"阿叔，你怎么都是只打小板凳、方桌子？你会打漂亮的床吗？"

"人心不能贪。能把小板凳、方桌子打好，就能有饭吃，你就有书读。这已经足够好。"

"你还小。但你要记住，一人只能专注一事。"叔叔嘴上与我闲扯着，手里的锯子急速起落，锯下一块块各种多余的角，他的锯子有力地穿梭，木屑纷落，我常调皮地伸手去接那纷落地的木屑。

太阳光从树梢里射过来，金灿灿的让人眩晕。我如往常一样，一早吃完饭，就跟在叔叔的后面。

每次回溯我曾经的过去，我的头脑里就浮现叔叔弓身打家具的背影。

## 2

多年过去，乡里再没人家找叔叔打家具了，他便专心侍奉他的茶园。

多年之后，我生活的这个县城不再只有巴掌大，不再是贫困县。闽南安溪靠铁观音这种神奇的植物，改变的不只是县城扩充的版图。这种神奇的树叶香飘万里，改变了我生活的这座山城，改变了在山城里生活的每一个人。

"妈妈，晚上又在电视里看到叔公啦！他带着十七个不同国家的人探寻铁观音。叔公怎么这么厉害呀！你给我讲讲他的故事吧。"

丫头搬过那把我从老家带回的小木凳，坐在我的身边。刚洗过头发，空气中有一种淡淡的湿润与清爽。窗下凤凰花早已经落尽，隐隐约约能见到些影子，地上满是枯零落叶，窗外灯火璀璨。客厅的灯亮着，爱人在与叔叔煮水泡茶对饮，显得那样满足。

岁月很长，我最初的回忆是不能够和叔叔分开的，我尤其不能忘掉叔叔亲手做的茶的味道。

进入茶季的老家是沸腾的。叔叔盼望茶季的心情复杂焦急，好像整个镇都活跃起来，似乎所有人都投入到茶的相关工作中。村里的妇女们全部上山采茶。采茶有技巧，不能采老，不能采坏，手法不当的话，手指很快就发疼，生出硬茧。

茶季里的叔叔也是沸腾的。他做茶通宵没睡，午后晒青犯困的时候，靠在夕阳映照的墙根下，慢慢地伸着懒腰，那种舒坦，烟气一样柔和。慢慢地，他打盹了，好似入定了一般。我们几个小孩嬉闹他是听不到的。就算爷

香已住

爷对着他说，前天做出来的茶叶卖了好价钱，他也是听不到的。

那一刻，你会忽然想到，屋是祖屋，手艺是祖传，还有心性，都是一脉相承。叔叔用一辈子的人生，做一个有手艺的农民。

那个时候我们不懂什么叫晒青、凉青、摇青，茶炒到什么程度可以起锅，似乎只有叔叔一个人知道。从山上回来的我们，虽然略带疲倦，在叔叔的指挥下来到自家大埕，就着夕阳余晖的热度，将一簸箕一簸箕的茶青铺到地上晾晒，即把青叶均匀摊开，让太阳照晒，不但要快，而且要匀。

"用手摸一下，如果觉得茶叶还脆脆的，就要再晒一会儿，如果觉得有些柔软了，就可以收起来了。"叔叔对哥哥说。

"制泡一杯好茶就如做人。需要踏踏实实去用心做，不用话多。"等茶叶发酵的时段里，叔叔会搬个小凳子，坐在老屋大门边上吹着风、数着星星，给我们娓娓道来，如同我在学校，老师上课般。

"做茶是件严谨的事，不许你们胡闹。"茶季里，这是叔叔最常对我们说的一句话。

叔叔的手掌很神奇，茶在他手中活了。我凑在旁边总想参与一把。叔叔总是严厉地说："不要捣乱。"

夜幕降临，一家人聚在老屋的大堂间，将晒好的茶青放在一个悬挂着的竹筛上，双手扶着竹筛边缘摇动。这看起来简单，做起来却不轻巧。力气太大，茶叶都撒出来了；手太生硬，竹筛前后摇动，里面的茶叶滚来滚去。

"阿叔，我摇得好，还是哥哥摇得好？"

"阿叔，看青做青，看天做青是像我做数学题一样，有秘诀的，是吗？"我对着忙碌的叔叔喊。

"简单地说就是要把茶青摇得死去活来。"叔叔手里摇着茶青，淡淡地回答着我的各种问题。

一抬眼，借着那淡淡的灯光总能看到叔叔的额头渗出了汗珠。

茶很慢，有心情捧着就好。一泡茶叶要先经晒青、凉青、摇青，使茶青发生一系列物理、生物、化学变化，走过那一段死去活来的历程，才有了它独特的韵味。人的一生亦如此。

当茶叶散发的一丝丝淡淡清香，欢喜的光彩便从叔叔的眼里照映出来。他捧起做好的茶叶，嗅着嗅着，仿佛自己就是那一株株神奇的茶树。而这时我也总被茶香所吸引，离开了温暖的被窝。

茶园在山根上下，叔叔和那一株神奇的植物折叠了光阴，青翠的茶园是叔叔掌心里的纹路。

许多年后，儿时跟着叔叔到茶园种茶去，中午在山野间生火煮食的那段时光，依然是我向前的勇气。

“好好吃饭，吃完找个草丛躲着，午后阳光晒！”叔叔说。

“好好在草丛里躲着，女孩子，别让炙阳晒着！”叔叔又说。

叔叔说完这两句话，他又去给茶园翻土、修剪。我总能睡上一个安逸的午觉。

“茶叶有着太阳的颜色和时间的味道。茶园是我的根。”我仰躺在茶树下的草丛里，随手拔一根狗尾草对着阳光晃，叔叔摘上一芽三叶轻轻对我说。那时我不懂叔叔说的是什么意思，只知道每次在侍奉茶园的时候，他比谁都用心。给茶园翻土、除草，别人家都是随便灭草灵一洒就完事，叔叔却是拿着锄头一下一下翻土，除下的草铺在茶树底下，从不用灭草灵。

“每一株茶树都是我的孩子，要制出一泡好茶就像呵护孩子的成长一样，从根开始。”在叔叔看来，每片茶叶都是有生命力的。

日光里，小丫头将满山绿意抱进怀里，风样追逐叔叔修剪茶树的身影。

“跑慢点，别摔了。”我对着丫头的背影喊。

老家的清晨，像一枚沾满了露珠的青果，太阳出来了很多，却没有多大的威仪，阳光凉凉的，软软的，空气中满是泥土的气息、茶叶的味道。

茶园中间，一株高大的板栗树，秋日里落光了翠叶，此刻枝丫光露、舒展有致。秋阳落下来，一地软金碎芒。欢跃的满山的绿意，微笑着吻向我的脸，我从懵懂中醒来。丫头那浓黑若墨的长发，在山中轻舞飞扬，就像很多年前我小时候的模样。

"你又疯跑！慢点，别又摔了！"

"阿叔，你看，燕子给白云钉上小小的黑纽扣，在玩呢。"

同样的茶园，同样的绿意。

当时的阳光是那样明亮，照在我身上。风轻，云暖。小小的我，奔跑追逐在满山的绿意中。

"茶叶是我的另一个孩子，同样要用心来照料。"

而今我长大了，也成了一个孩子的母亲，才懂得何来方外世界，所谓世景至好是静心喝一杯茶。我似乎懂了儿时叔叔说的话。

旧时余韵，尘梦内外。味道是重要的一道线索，茶的味道可以忆往昔。叔叔是家的味道，茶是叔叔的味道。

你看，那回忆被遗忘在夏夜的木屋，还依稀记得头顶上的明亮星光吗？那些关于夏天的童话里，有谁的影子，还在驻足仰视那晚的星空？

叔叔合作社的门口，一位走路颤颤巍巍的老先生，老泪纵横。"多少年了，多少年的找寻。喝过此茶，此愿已了，终生无憾。"

一口茶，一段回忆。原来这位老者五十多年前就已经移居海外。他不下二十次回到安溪故里，就是为了寻找漂泊在外时不曾喝到的铁观音那儿时的古味，多少次遗憾地登机返程，呢喃："此愿未了，抱憾终生。"

一次偶然的机会，老先生意外品尝到两杯名茶，一杯"野实"又把他带回到了五十年前的回忆。铁观音的香气和味道浸润着他回忆里的每一个片段。从一个不清楚自己漂泊在外将要经历什么的青年，到定居印尼的成功企业家，再到如今已儿孙满堂的耄耋老人。在老家的祖屋，在一个午后。他捧着这杯全手工炒制、用心守护的铁观音，除了沉默，还是沉默。

一泡茶，自从它滋生出芽叶的那一刹那，就在等待，等待着经历光与火的蜕变，等待着在水中复活。或许有人读懂了它的种种，或许只是随便喝掉，或许泡过了却忘了喝。等待仿佛是茶的宿命。

叔叔做茶不怕等待。如今，叔叔也收获了自己事业的春天。为做好传帮带，他成立安溪首个铁观音制茶大师工作室，开展国家级非遗乌龙茶安溪铁观音制作技艺传习活动，先后有五千多人慕名前来学习参观。他为高校授课超过一百场次，培训茶农超一万人，并成立合作社带领茶农致富。

# 3

与往常每个日子一样，天色熹微，我回到家。

只是今天刚到小区楼下，那一袭动人的桂花清香，令人心生依恋。

原来明天又到中秋。连着三天小假期。显然丫头是轻松的。

"有一个好消息和一个坏消息。你要先听哪一个？"丫头开心的声音，夹杂在我转动家门钥匙咔嚓声里。

"我还是先听坏消息吧，在我心脏还跳动着的时候。"我故意这样说。

显然，她所谓的坏消息，无非是和考试有关；所谓的好消息，亦是和考试有关。

我忘记了自己成长岁月里是否也有过这样定义的好坏消息。只记得小时候对父亲的渴望，每次看到邻居家女孩的父亲，让她骑在脖子上坐大马，从田埂走来，那一串串笑声叫醒整个村庄的黄昏，我就会一整晚坐在门槛上，连晚饭也不吃。

叔叔看得出一个小女孩对父亲宽厚怀抱的向往。依恋对于正在成长的孩子来说，是一种不能抹杀的天性。叔叔会停下手中忙活的事，轻拍一下我的头："香儿，你爸是咱国公山头最有文化的人物，他是个医生，治好很多人的病。"说完，他会抹抹额头上的汗珠，冲我笑，嘴角却是一个苦味道的弧线。

叔叔话少，大多时候如同村口废弃的枯井那样，深深缄默在更多的农活和操劳之中。

"Siri，我美吗？"

"Siri，快夸我！"

"Siri，你，呵呵……"

丫头又让平板电脑一个娱乐软件化成了一个声音温润的晴朗帅小子，与她对话。

此时我的心竟是那样的柔软温热。我又看到那个如丫头般年纪的自己。在叔叔掌心轻拍下，老屋门槛那个忧伤到不吃饭的女孩，又旋入追逐的笑声里。

# 金燕的茶

1

堂妹离自己的梦想越来越近。

堂妹金燕，小我五岁，是我叔叔最大的女儿。这些年来我陆陆续续写了奶奶、母亲、叔叔、哥哥，尚未写过她。我知道，我肯定会在什么时候把她的故事写出来的。是什么让我现在就开始写她了呢？她夫家所在的村，要编一部关于他们村的山水人物的书，而堂妹是村里选定的入选人物。她的故事我不得不马上就写。

今年三月的一个午后，牵连老师在微信里告诉我，他正在筹备为老家白乡寨坂村编一部《记住寨坂》，我堂妹是村里的媳妇代表，他邀请我写我的堂妹。这让我无法拒绝，入选者是我的堂妹，舍我其谁？我不是一直想把我家族的"茶人故事"写完吗？堂妹，我迟早是要写的。

我决定从堂妹小时候写起。小时候的我像只小刺猬，几个堂妹总被我欺负，金燕也是其中之一。当我准备下笔时却发现，那个儿时被我欺负过的妹妹长什么样儿，我怎么也记不起来，这把我吓了一跳。青少年时期的我们，相处的时间并不太多。她上小学时，我上初中；她上初中时，我在闽北读师范；她到外地求学时，我又回了家乡工作。假期我们应该有交集，可我们又总各自忙。我终于释怀了，想不起她儿时的模样是有原因的。

　　后来，我们各自结婚，都客居在县城，这才有经常见面的条件。我们的往来让我们明白了亲情的含义，尽管我们或许不记得儿时的模样，但不影响我们是姐妹。

　　"我知道你今年忙，我给你买了条裙子。"堂妹一进我家门，等不及我给她泡杯茶，就对我说。想来她见步入中年的我，上有生病的老人，下有正值青春期的孩子，疲惫得如同那将要凋谢的豌豆花。她说："你需要一件新衣服慰藉，洗去这一年的烟尘。生活多少还是要讲究一点。"

　　那一刻，阳光洒落在堂妹的头顶，一地软金碎芒。我看到儿时那个小小的我、小小的她，奔跑追逐在漫山的绿意中，争抢奶奶煮的那一碗地瓜粉团。

## 2

　　我始终怀念那些朝侍茶园暮看云的日子。

在曙光乍泻的清晨，在夕阳归乡的黄昏，我和堂妹们躲进茶园，伴着那一股成熟的、浓浓的、暖暖的茶香，我们走进奶奶淡淡的目光里。

"香儿，你这死孩子，全身是汗。快去冲一碗盐米茶喝下去，这样就不会中暑，不会肚子疼。"

"燕啊，还不回来？你再摘茶花，地瓜粉团快被你姐吃完了。没吃到，你不要哭鼻子！"

奶奶半恐吓半认真的呼喊声，堂妹此时是听不到的。她穿行在茶园中，随手拔一根狗尾草对着阳光晃："长大了，我要让很多很多的人喝到我们家的茶叶。"拎着一只竹编茶篓的她，于行行绿丛中摘一粒粒绿色的梦。

2005 年，她二十岁，我二十七岁。她在城里开了一家属于她自己的茶店，我在乡村小学教书，我们几乎同时埋头于自己想要的方向努力。

那年春节，我们都回到出生地，回到那间老屋，回到奶奶的身边，在闲话家常中我忽然发现我这个堂妹已经长大了，仿佛她是姐姐，我是妹妹一样。她和我谈她喜欢的茶，谈茶文化，甚至还谈起她闲来所读的哲学书籍《查拉图斯特拉如是说》《人性的智慧》《理想国》等。我惊讶于印象中不爱读书、贪恋美食的她，对这些经典著作拥有独特的见解。

这晚，在老屋的大埕上，我们趴在水泥做成的埕栏上看

　　　　　　　　　———— 香已住

夜空。

我们的眼睛最初就在这儿开始了对茫茫宇宙的打量。老屋的大埕最初是没有做水泥埕栏的，我和堂妹她们几个小时候就直接趴在大埕上看夜空。那时年龄小，嬉闹时会有人不小心掉进大埕下面的小溪里。奶奶怜惜我们这几个孙女，做了埕栏。一开始是用泥土块叠，后来是用小石块码，再后来才有水泥埕栏。

老屋的大埕对面是常年苍翠的茶山。我和堂妹们的童年岁月便是面对茶山，展开无穷无尽的遐想。我们什么时候能走出这一座又一座茶山呢？这是我们当时经常思考的问题。出山有一条隐隐约约的路，常见大人挑着茶青、稻谷在那条飘带一样的山路上蠕动。

山那边是什么呢？是集市？是大海？是庙宇？是戏台？是神仙和鬼怪的所在？

我们什么时候可以出山看看外面的世界呢？走出去，走出去的念头在我们姐妹的童年时光中，不断壮大。

儿时茶季的夜晚，是山里人家最热闹的时候。

那时候，家家户户都做手工茶。吃过晚饭，收拾好锅台，奶奶用滚烫的开水将灶上的两口大铁锅一遍又一遍清洗。奶奶洗好锅，将锅烧热，叔叔和我母亲就开始摇茶青，等茶青摇出香味来就下锅炒，待茶叶炒软和，叔叔便把茶叶放到包揉机的圆桶里。叔叔和我母亲一人站一边来回推动包揉机。包揉机来回揉捻茶叶，等茶叶开始散发出香气，叔叔再用茶巾布把茶叶包成一个个茶球，放到板凳上进一步包揉。

那时我们总觉得叔叔包揉茶叶的姿势特别有趣。叔叔双手拢着包起来的茶球，放在长板凳上，一遍一遍包揉。在包揉时，他的屁股画着括号，整个人像个不倒翁。堂妹经常站在他身后傻笑，然后一脚站立一脚弯起地学着叔叔。奶奶和叔叔会笑骂道："真是傻丫头！"

"来，试喝一下这泡茶。这是我今年自己最满意的一泡茶。"

堂妹坐在大埕中间，临时搬来的一张茶桌摆在那里，她娴熟地泡着茶。水在壶内沸反盈天，茶香氤氲，随热气不动声色地轻拂我们每一个人的脸庞。我分明看到堂妹的额头有一种细润的微亮。我想起堂妹说过的一句话："每一泡亲手拼配出来的茶，都是另一个自己。品茶品的也是自己每一个时间段的心境。"

"茶汤幽香，如屋后那株兰花的香。"

"汤色也好，但没有一入口就甜。"

"等着你把'茶王'的称号拿回来，这样我们家就出女茶师了。"

奶奶正关注着我们几个人喝这泡茶的表情。最后，奶奶端起茶杯轻抿了一口，淡淡地说了一句："还差了那么一

香已住

点点。"

..........

当晚，夜已深，我们都没有睡意。我们烧了炭火，趴在
埕栏上看夜空。像小时候那样，奶奶拿出一床已经晒了一天
太阳的被子，披在我们身上。闻着满是阳光味道的被子，我
们一下子便安静下来，都不再说话。此时，月光洒在国公山
脊的每一个起伏、每一道弯。

我们还会离开这里，离开才有归来。

每当想到曲折的离乡路，我们知道，即便夜行，头顶也
会有星月之光照耀。

### 3

"金燕的茶，够狠。"

某日与友人品茶时闲聊，谈起对安溪各品牌茶叶的印
象，一位在茶叶界有一定分量的前辈说了这句话。一时，我
一脸纳闷。

我第一次听到有人把"狠"字与茶联系在一起，而且说
的是我堂妹的茶。

"别人挑出一成、两成茶作为精选好茶，金燕只挑出一
成都不到的茶来作为精品好茶。"

那一刻，我才恍然明白，所谓狠，其实就是在精选好的
铁观音时不怕浪费。堂妹就是这样，你若与她相处时间久

了，一定会常听她说"好茶是精挑出来的"。

她常说茶是她的第三个孩子，茶有生命会呼吸有灵魂，还会闹情绪。

"从植物的叶片到一泡茶，要经过采摘、晾青、晒青、摇青、炒青、包揉、烘干、初选、精选等十八道工序才能成为茶。一年也就春秋两季可以制茶，制茶确实像精心抚育婴儿。从茶树发芽的那一天起，一泡茶便开始被呵护，它怎么可能不是我的孩子？"堂妹说。

她精选好的成品茶，外形肥壮紧结、匀整洁净，色泽翠绿乌润。冲泡后的茶叶，叶面肥嫩柔软，叶底肥厚软亮。汤色金黄明亮，口感香气幽雅馥郁，滋味醇厚，音韵明、喉韵悠长。喝后回甘生津、齿颊留香，香气浓郁持久，耐人寻味。

她把茶叶精选出来，推向市场，总会受到茶客的热爱与追捧。在茶季，她茶店的泡茶台边总是里一圈外一圈围满人，大家就为能在第一时间品上一口她的茶。

我突然想起，这几年安溪茶叶界的茶人追捧的一款茶——顶贰。此款茶，从茶叶初制到最后一粒一粒精选，都由我堂妹亲手完成。

我还闹过一次乌龙。

那年秋季，这款茶刚推向市场，堂妹拿了两盒放到我的茶室给我喝。我不知此茶珍贵，随手放在茶室的茶柜里，谁来我就泡给谁喝。

一天晚上，茶室来了几位客人，其中有两位是第一次到我的茶室喝茶。

我随手便冲泡这款茶，喝到第二泡茶，其中一个客人说："我喜欢这茶，价格怎样？"

"五百八十元。"我隐约记得那天堂妹说，"这茶五百八十元一盒。"

"给我拿十盒。"

我打电话给堂妹说，有个客人要买十盒的顶贰。

堂妹一再和我确认，确定是十盒？

我感到纳闷，要个十盒茶，又不多，至于吗？

堂妹忍不住问我："价格你报得对吗？一泡五百八十，不是一盒五百八。客人来我这里拿这款茶，极少有一次超过五盒的。"

茶是会自己说话的。

为了制一泡自己满意的茶，这几年她一到茶季就每天跟在叔叔身边学习。从学茶到懂茶是一个悟的过程。堂妹极有天赋，她是叔叔五个孩子中学得最快的。茶季到时，整个茶乡是沸腾的，家家忙制茶。这时，堂妹的心里也是沸腾的。每每听说哪个茶农做出了好茶，她就快速出发，直接追到茶农家里去学习。

披星戴月去追茶，她无疑是辛苦的，但每年都会上演几次。一次我们在喝茶时闲谈，她笑着说道："每天天不亮就出门，深夜才回家，小区看门的大爷还问过我是做什么的。"在学习阶段，堂妹全身心地回到了乡土里，她前往合作社向各家各户茶农请教，接触各种鲜活的人。

终于，堂妹制出了顶贰。

人人皆知顶贰狠，世间谁懂金燕忙。

## 4

春雷始动，那田边，那山间，那屋后，又是一年桃花开。

记得那天是惊蛰，我在茶室里和一位长者闲聊，我的手机一直"叮咚叮咚"响着。这声音是提示我，微信上有许多新信息正陆续抵达。堂妹发来许多图片，她说："我的'茶馆'布置好了，茶馆周边的花也都开了，你要不要过来走走？"

图片里茶馆的布置清雅，是我所喜欢的风格。我在图片里还看到了陆羽的《茶经》，屈原的《楚辞》……

堂妹小的时候常说，她有一个过茶仙子的生活的梦。她希望有一个自己的院子，院子周围种着自己喜欢的花，她就在花海里喝茶，什么也不做，就只是喝茶就好。

堂妹梦想的生活好像和在农村生活没什么不同，但却是不同的。她梦想的生活看着好像简单，实则是一种具有长久

香已住

诗意的简单生活，具有一种出世入世的超然。

对很多人来说，这样的梦只是梦，可堂妹真的让这个梦实现了。2019 年，她在溪禾山遇见了一个让她满意的场地，于是她开始画设计图，找装修公司，创办歇会茶馆。

这一张张图片，让我看见了堂妹追逐梦想的执拗。

更让我意外的是，她的茶馆生意挺不错——人们需要有一个这样的地方，停下来歇会儿。

我偶尔也去歇会茶馆，每次去都看到这样一番情景：来这里打卡的人，进进出出。每个人又都像这里的主人，泡茶，喝茶，甚至替主人招呼客人。客人身份各异，稚子有，耄耋老者有，外国人也有。

我还常在她的微信朋友圈看到歇会茶馆在举办各种活动，茶话会、文化沙龙、团建，还有各种小型会议，甚至有人在歇会茶馆求婚有人在歇会茶馆举行婚礼……

我诧异，歇会茶馆真的是我那个从小贪玩的堂妹在经营吗？

我堂妹不只把茶馆经营得很好，她把自己的家经营得更好。

我堂妹夫是和我们隔着两个乡镇的白濑乡人，他和我堂妹是读中专时的校友。白濑乡是个小镇，人口不足万，村庄沿着一条河的两边延伸，这河仿佛让那里的人得到过洗涤，他们大多品性温良。我堂妹夫就是这样的白濑乡人。

叔叔家算不上富裕，但做茶有一定名声，是不可忽视的制茶师。叔叔本就有到县城开一家茶叶店的想法，于是他们两个小年轻替父辈实现愿望，而父辈也帮衬他们开茶店。

女婿是半子，堂妹金燕是叔叔的第一个孩子。叔叔不只是手把手教他们两个年轻后辈学茶，更为他们打理茶店出谋划策。

茶店就是一个江湖。店名最初是直接用我叔叔的名字——两固。店名叫两固，意思就是这家店要诚信为本、质量为源，固本固源。开了茶店，不能三天打鱼两天晒网，要守店好。茶店是大家一起喝喝茶聊聊天的地方。聊得开心、对路，就是朋友；聊得无趣，客走也笑着相送。

在茶店，只聊茶，不谈国事为好。

这句话，是叔叔在两个年轻人开茶店后告诫我堂妹，一定要谨记的。于是，二十岁那年开始，我堂妹开始经营她的茶店，也开始经营属于她自己的家庭。

从我小堂妹就比我们任何一个人都讲究。每次吃饭前，她都要先把桌子擦一擦，然后把碗筷摆放整齐。这习惯很好，经营茶馆的人，就是一个讲究。

我们小时候，每到茶季，学校会放农忙假。我和堂妹也穿梭在茶园中，说是帮忙采茶，更多的是在茶园里玩。我们满山地跑，吃鲜红的野草莓，尝酸甜的野山梨，摘长成一朵小花的桃金娘……

———————————香已住

夕阳西下时，茶篓里装满鲜嫩的茶叶，大人们循声找我们回家。于是，两个歪歪斜斜的身影相伴着我们，走在回家的山路上。此时，我的头发早已乱成鸡窝，上面沾着各种草籽。堂妹的头发依然是整齐干净的。多年后我才知道，堂妹会在下山之前先整理好自己的头发。

注重日常事体的细节，做生意如她的生活一样讲究，一直不曾忘记心中的梦想，我堂妹有经营生活、生意及梦想的精气神。

## 5

某天，一位在她茶店喝茶的长者突然问她："你和你爸爸的茶有何不同？传承怎样体现？"

她依然娴熟地泡着茶。霎时间，大脑一片澄明，她觉得没有什么时候比那一刻更澄澈，同时充满力量。

那位长者走后，她把自己关进二楼的茶室，泡上一杯店铺里最好的顶贰。后来她告诉我，那个下午，她和自己有一次长谈。她可以一辈子在父亲的庇护下生活，可以永远打着"两固大师的女儿"这个标签，但这不是她真正想要的。

此后，堂妹一度瘦到了八十几斤，她全身心地投入到了她的事业版图中。

从2003年创立的"两固名茶"到2020年创立的"两固·金燕的茶"，堂妹守正创新，在传承的基础上开新篇。堂妹用对待孩子的心对待她所钟爱的茶，她让经她手的茶有温度，会呼吸，在味道上有属于她的辨识度，让喝过的人记住一年，十年，乃至一生。

"两固·金燕的茶"声名鹊起，我堂妹的身份因而越来越立体。国家一级评茶师、一级茶艺师、两岸斗茶茶王赛清香型铁观音茶王、泉州高层次人才，以及各级各种协会的副会长，这些身份一起在描述我年轻的堂妹。

今年，我堂妹联合著名雕塑家陈文令，办了令茶界瞩目的"金谷溪岸杯"安溪铁观音茶王赛。

今年国庆假期，她给我发微信，让我在国公山那片茶山等她。

我的几个堂妹都回来了，我们到了国公山的茶山，她给我们每人一个茶篓，她自己的那个已经束在腰间。

一看这阵势，我便知道了，她这是要让我们一起采茶，一起回味儿时在茶山嬉闹的光景。

国公山整个山头的茶园，几乎都可以说是我们家的。从我爷爷那辈人开始种植及打理这里的茶园，到我叔叔手上时才变成广袤的一大片茶园。现在整片茶园温润丰盈，人走进茶园，一股清甜袭来。

堂妹明显比我们都兴奋。她如同一只燕子在茶园里穿来穿去，身姿轻盈，像个小孩。我竭力回忆，她上次状态如此是在什么时候。

八岁，七岁，还是更小的时候？

我知道，自堂妹二十岁开茶店后，她每年茶季都会回到这里。每一株茶树上，都曾沾过她的汗水。多年后的今天，她如愿做成了自己的茶叶品牌、开了茶馆，这都是时间和汗水浇灌出来的。

# 四时茶序

## 1

从县城出发，不到一小时就可以到老家。高速出口拐个弯就能到国公山，那里有哥哥的茶园。

庚子年深秋一个周末，我驾车缓缓地驶离县城。看到"感德出口"四个字的时候，我知道，老家到了。这是我旅程的第一站。我曾经在这里，和哥哥度过无数个有着漫天萤火虫的夏夜。那时每到夏夜，天色将暗，月亮和星星还没结伴出来逛银河，我便跟在哥哥的身后，躲进屋后的竹林，躺在茶树底下，等着萤火虫一盏一盏点亮夜空。

那是一种慵懒的鹅黄色，如柠檬，正是青春的样子，有着欲语还羞的细致。

十月初，正是采茶最好的季节，几十个采茶女散落在国公山的阳面，虽然不及电视里挥手万人的做派，但也算得上壮观。采茶季节，人工紧俏，山上的几十个采茶女，大都是从临县永春来的，大多是多年的熟手，一天可以采摘到三十斤茶青。她们会在上午太阳的天光中上山，傍晚日落前下山。现在的采茶女一天的工钱高达三百元。

国公山的秋天，是一个掌上独舞的精灵。洗去一个夏季的燥热，洗出它原有的骨质和性感。阳光是那样明亮，照在一梯又一梯绿意葱茏的茶田上。风来了，整个上空都氤氲着兰花香。国公山的茶园是哥哥二十几年的全部心血，茶园不小，有好几座起落不齐的山头。茶园两侧的桂花树，是哥哥一棵一棵种上去的。他真的如同我时常逗他的那样，安置了国公山上的茶树，也把自己安置成了另一株茶树。

哥哥中医大学刚毕业，就选择回到山里，在老家开了个小诊所，平时看病，茶季做茶。哥哥和茶的缘分来自他出生的那一刻。国公山脚下的陈家世代做茶，从爷爷那一辈开始，一家人的生计来源都是种茶、炒茶补贴家用。哥哥的童年是在茶山里度过的，大人上山干活儿，他就跟在后面可以打发时间。每到茶季，清幽的茶香就随着微风飘散，弥漫着整座老屋上空。哥哥就总被这样的茶香吸引，常常跑到老屋，看家里的长辈制茶。

茶香易散，茶味难学，种茶制茶，从来不是一门朝发夕至的营生。要做出一泡好茶更是一件不易的事。如果茶叶有生命，首先是从摇青开始的。摇青能活，茶叶方有命。铁观音更是有心门的。摇青前，铁观音沉睡着，需要我们用手把它摇醒，把心门打开。摇青是一门很大的学问，摇好的茶青，有张力，有呼吸，心门全开了，这时铁观音死去又活来，可以开始下锅炒青了。制茶时，茶农的心性、气质、天分、领悟能力，会毫无保留地融入茶中。

和每一个茶农的日常一样，哥哥制茶的经验也是在满山遍野。因着市场的纷乱及味蕾的喜好，铁观音的茶色也纷杂繁复。

不经意间，村里的年轻一代茶农被他引导着，也一个一个回到老家，侍奉着那一垄又一垄的茶园。

做茶，哥哥是严厉的。在村里，传授制茶技艺，也是严厉的。他第一遍教你的时候，态度是好的，讲述也很清晰，但他只讲一遍，需要专心才能记牢要点，需要自己去悟。

后来乡亲们都知道，在他这里，凡事都要问个为什么。每句话都要动脑筋。

那个瘦高的身影，在老家年轻一代茶农们心头，有时，像一堵高墙，有时，像一盏指南针。他们只要紧跟在身后，就能看到未来的路。或者，根本就不敢靠近。

陈氏一脉的传人，永远记得他对制茶秘籍的理解。

## 2

深秋的天空柔暖灿烂，洋紫荆妖娆着，慵懒迷离地发

香已住

着呆。

我和他坐在一块，喝茶两三杯，享得数响的闲，相互说话不多。

哥哥说话的口吻构筑了我们儿时另一幅图景。祖屋傍着一条河。河从祖屋的脚下走过，亲密地搂抱成一个较大的河湾。河湾边多有茅草，也有杨梅树。杨梅树长得茂密，像祖屋天然的屏障，有一两棵长得特别高大，如守护祖屋的卫士，长矛长戟地武装着。

多年前，我还是个小姑娘的时候，特别顽皮，特别馋杨梅。

就是那种紫得发黑，糍粑一般大小的，普通得不能再普通的水果。现在我寄居的县城，去往凤山公园路两旁的山上成片成片的。五六月份的时候，杨梅多得挂树上无人问津，只任它挂着，成了一道风景，这般普通的杨梅，那时候却是稀罕物。

那时读中学，要到镇区感德第十一中学，两地直线距离九公里，没有可出行的工具，需要步行往返。哥哥住校，每周回家一次，背上咸萝卜干和米，再沿着山路回到学校。那时候学校食堂只提供给学生蒸饭，不负责做菜。镇区的同学可以回家，哥哥只能带着一罐咸萝卜就着米饭吃，一吃就一周。冬天还好，夏天那萝卜干捂着一周酷热，吃到后面总是有一股泔水的味道。以至于多年后，哥哥一提起咸萝卜干，就条件反射地反胃。

哥哥每周周末都会走上九公里路回家。一回家我便是哥哥的小尾巴。那年，我十一岁，读三年级，哥哥十四岁，刚读初一。五月上旬的周末，哥哥刚吃完一周腌制咸萝卜干就蒸饭，顾不上刚走完九公里路的疲惫，一到家就直奔祖屋河边的杨梅树。我这个小尾巴更是尾随其后。杨梅圆圆的，滴溜溜像一个个小绒球，在那物质极度匮乏的童年，红彤彤的杨梅每一颗都那么诱人。哥哥不管三七二十一扑了上去，一摘一个往嘴里塞。我也急不可耐地往树上爬，越爬越高，已然忘记了杨梅树上在河岸边上，底下是小河，河里都是石头。我越爬越高，全然不知危险在一步一步向我靠近。正当我一颗一颗往嘴里塞，脚下的树枝发出了"咔咔"的声音，哥哥大喊："不好，树枝要断了，赶紧下来！"可是已经来不及了，树枝一下断成了两截。我随断裂的树枝掉进了河里，摔得头破血流，只差一厘米，石头的尖就能戳破眼球。现在每每看到左眼眼皮上那个粉粉的疤痕，哥哥依然心惊胆战，也总不忘说一句："你啊，小时候可顽皮了。"

我现在又回到我出生的祖屋了。祖屋是一种心理蕴藏。这个祖居的屋院现在只有奶奶一个人住着，父亲和叔叔都各自盖了新房子搬出去住。每到茶季哥哥还会回到老屋来做茶，用来晒青的竹筛还是爷爷留下来的。爷爷早已离开这个村子，在国公山茶园的南坡上安息了多年。我每次回到这个祖屋，我的童年、我的哥哥、我的茶园，还有茶园里那刻有我青春记号的一垄又一垄的茶树，就浮现在我眼前。

我慢慢喝着哥哥泡好递过的清茶，童年劣迹斑斑的过往便走到茶杯里。夜深人静的秋夜，我跟在哥哥后面去村里果园偷摘橘子跑丢了鞋，回来后耳畔一整晚都是母亲沉重而又无奈的唠叨；追着哥哥从老屋的下落跑到上落，跑出老屋的大埕，只为吃哥哥碗中那难得一有的炒饭；还有放学后，拿着自制的秋千在老屋后板栗树荡秋千，摔断了左胳膊。我在童年就接受着这种生命乐曲的反复熏陶，大部分的奏鸣师都是哥哥。这些早已化作手中的这一杯茶，在深夜熟睡时萦绕在这个屋院里，依然在熏陶着我。

从我第一次走出这个村子，要到临镇慈园里念书的时候，哥哥每每送我出家门时的眼神，都像是给我一个永远不变的警示：怎么出去还怎么回来，不要忘记自己是从哪里来。在我长大、结婚、为人母，寄居县城扮演各种角色的几十年里，每逢休息回老家，哥哥迎接我的眼睛里仍然是那种神色，仍然是默默倒给我一杯清茶，话依然少。他从不问我干成了什么事干错了什么事，一直忘记了我早已长大了，早已到了不惑之年。

"香仔，回来啦。吃饭了没？"

"没吃，就进屋喝碗粥再走。"老家依然保留了最初的简单和纯粹。隔壁房子的陈婶路过看到我，如儿时招呼我的方式。

国公山下，茶园、祖屋、农田，还有小溪小河，那一段段红黏土中藏着曾经的烟火漫卷。鸡鸣犬吠，炊烟暮归，茶园在望，岁月有痕。哥哥依然守着茶香讲述着新的故事，而我走近的办法，是闭上眼睛，听他的心，听茶的心。

## 3

在感德通往剑斗的绿皮火车铁路上重复着一个画面：一个十二岁男孩和一个九岁女孩一前一后走在铁轨的枕木上，枯黄的头发上滴下沉重的水滴。许多年过去了，这幅画面还在我的脑海中，我还总能清晰听见水滴滴落在枕木上的回声。

"长大了一定要努力赚钱，再也不受这种气。"男孩说。

那个男孩就是哥哥，那个女孩是我。那是一次不算温暖的回忆。我九岁那年，到了上学的年纪。家里大人为十九块钱的学费愁眉紧锁，大我三岁的哥哥像一个沉稳的老人，一吃完早饭，抓过我说："跟我走，我带你找学费去。"哥哥带着我从国公山出发，往镇区的火车站走。沿路我屁颠跟在哥哥身后，蜻蜓飞过来，青蛙跳入水沟，路上一个人也没碰上，只有哥哥领着我朝火车站走。后来到了火车站，哥哥去售票窗口一问才知道，到剑斗一个人要一块五的车票，两个人就是三块。哥哥在售票窗口走了两圈，问我："想读书吗？"我还没点头，哥哥就下定了决心："想，那就走路去。"

————————香已住

哥哥不是个话多的人，那天他的话却出奇多。他说，剑斗是生养父亲的地方，那里有我们血缘上的叔叔，他还是个小学校长，婶婶还在汽车站开了一个小饭店，做着小生意。他们家是一栋两层的小楼，堂哥和堂姐都有属于自己一个房间。他让我安心了，说肯定能借到学费。后来走过一个很长的洞后，遇到迎面而来的绿皮火车，哥哥立马带我躲进铁轨边上的洞，火车经过带起一阵旋风，吹起满地黑沙，我觉得身体也变成一粒粒黑沙，马上要被风卷起来。透过这股旋风，剑斗变成充满向往的宫殿，好像走到了那里，就再也不用听母亲因为筹不到学费而发出的叹息。

我们拼命跨过一坎又一坎的枕木，躲过两趟绿皮火车。在正午一点的时候我们总算走到血缘上那个叫婶婶的人开的小饭店。我开始惊慌害怕，我不敢说出此行真正的意图。精干利索的婶婶身上有一种陌生的气质使我不敢走上前去，在她的摊位上，我们兄妹喝了一口水，哥哥犹豫了好长时间，才开口说了想借钱交学费的事。我隐约觉得，婶婶不会借钱给我们。

撒上葱花的米粉汤，旁边供销社刚扯回来的翠花布，还有要让我们带回来的罐头。一切都是血亲才有的样子，一切都充满了温暖的希望。若干年以后，我才懂得就算是血亲，人民币也可能成为剪断血管的双刃剑。

"你一个女孩子家读什么书？不用读了，在家学点家务，以后照样嫁人。"

"你爸既然出事了，你就认命。再者，你看看你邻居，有几个女孩子读书？"

"不是我们做叔叔婶婶不帮你，我们也有一家老小要吃喝。"

"钱呢，是真的没有。一会儿我买两张车票，你们兄妹俩吃饱了坐车回家。"婶婶一句接一句地说。

我还没来得及把那碗撒有葱花的米粉汤美美下肚，哥哥就拉着我一句话不说地走。从婶婶的饭店到剑斗的火车站，哥哥的手紧紧握着我的手，小跑地逃离。

"哥，你怎么就走了？"

"哥，我饿死了，脚也走不动。"

"哥，没借到钱就回了？"

这个有着太阳的正午，哥哥浑身发抖，一句话也说不出来，只一直睁大了眼睛朝天上望。现在想起，才明白那时是哥哥过早尝尽人性的丑陋而悲凉。

这是一个不可思议的冬天，我站在我镇和邻镇之间的铁路上。

第一次到邻镇去找爸爸血缘关系上的弟弟，我们称为叔叔的人。第一次哥哥带着我算是出了趟远门，距离老家一个三十多公里的地方。第一次见到火车，第一次在铁路上行走，也第一次感受所谓人情冷暖。邻镇给我留下的第一印象就是那冰冷的铁轨，还有和铁轨一样冰冷的婶婶。现在想来，婶婶或许也真的没有多余的钱可借，或许于她来说我和哥哥也只是一个陌生人。虽然叔叔和父亲是有血缘上的关系，可父亲早已在多年前就上门做了陈家的儿子，和他原生家庭并无过多的联系。特别是父亲出事了以后，更是除了血缘上关联，早已是陌生人。

回来那天晚上我又看到哥哥又坐在祖屋房瓦龙脊的石埂上。我也爬了上去，和哥哥并肩坐了下来。

我悄悄地往哥哥身边挪了挪身子。那个屋顶我也曾爬上去过，在上面看满夜星空，便能一眼认出那颗最亮最闪的。

哥哥从小最喜欢攀上屋顶。他总是说，屋顶是最自由最浪漫的地方，这里离白云最近、离天上宫阙最近，可以让自己的思绪随着空中的云朵四处流浪。

那时我还不懂什么是最浪漫的地方。只是在心里不停地问自己：坐在屋顶上看，山上会有什么呢？山的那边还是山吗？

我还没弄清这些问题，但却很清楚一个道理：屋顶能够收留哥哥所有的寂寞和忧伤，还能收留哥哥一个人的泪水。

记忆是张泛黄的纸，不同的人写下的墨迹浓淡不一，深浅不一。而今，哥哥守护他杯中的四时茶序，成为陈氏一脉血缘里作为长孙的荣光，新一代制茶名匠。

# 石门问茶

## 1

我一直在自问，吴光研的茶与市面上的茶有何不同。保生大帝庇护的茶，每天听禅说佛，是否有了灵性与慈悲。

山城的雨季，与顽童的心情图颇为相似，你还感叹着晴好天气，来不及找出雨具，来不及转身，雨便来了。

因为有一家完全属于自己的茶室，又加上爱茶，我上班之余的时间一半是在茶室里度过。

想来应该有不下十人推荐我写写吴光研的茶故事。几年时间下来，种种原因没有动笔，倒是他的茶喝过不少。听了不少关于石门，关于保生大帝的传说。

此时，坐在茶室里，室外雨声潺潺。雨点落在玻璃上有种说不出的感觉，声音有点喑哑，却传得远，加上风的作用，会一下就揪住你的心。

目光穿过雨帘，那个关于保生大帝的传说从雨中走来。979年，一个叫吴夲的男孩降生在石门这一小村庄。童年时期的吴夲就时常步态轻盈地穿过石门村的祖厝，手中捧着看不懂的书，喜欢踩水花。特别是在雨天，他会在祖厝的天井从这一小洼积水，跳进那一个小洼积水，水花四溅，清亮的笑声飘过燕尾脊，消失在岁月里。成年后他悬壶济世，医德高尚，民间称为"吴真人"，被朝廷追封为"保生大帝"。就这样，石门村将他生活过的祖厝保留下来，建成保生大殿，让他保佑着这一方子民。

石门位于中国茶叶第一镇感德的北部，这里群山环抱，常年云雾缭绕，四季山清水秀。

十九世纪末到二十世纪初，随着保生大帝信仰文化的兴起，石门得到了外界的关注。保生大帝的殿重建，香火的旺盛使石门成为感德的一颗明珠。随着民俗故事的流传，给石门这世外桃源的村庄披上神秘的面纱。

1997年8月，吴光研出生在石门一个朴实的农民家庭里，他是家里的老八，有两个哥哥和五个姐姐。光研的父亲是一个非常勤奋而又朴实的茶农。他一辈子守着保生大帝，守着石门的山。光研的父亲在石门村很有威望，是石门村的活字典。

光研的母亲是一位贤惠寡言的女子。她是隔壁村的，家里也世代种茶。结婚后，与光研的父亲一辈子守着石门的山，照顾着家人。

光研从小就很个性鲜明，聪明好动，精力旺盛。在幼儿时期他就喜欢跟在父亲后面到保生大帝殿上香，并且从中找到了乐趣。这个到保生大殿上香的习惯一直保留至今，以至他现在每到茶季做茶前，都要带着几个茶农到保生大帝殿上香，以祈求这一季的茶叶能丰收。

2

改革开放后，沿海的石狮成为当时内安溪热血青年心中生机勃勃的热土。吴光研也来到这里，他期待着自己的人生轨迹可以在这里发生转折。

在部队磨砺三年后，光研回到家乡。父亲告诉他，学一门技艺是作为农村孩子除了读书之后另外一条出路。既然无法靠读书走出大山，那学一门技艺谋生成了他的必修课。就这样，他和村里几个年长一点的伙伴到石狮寻求自己的出路。

初到石狮，吴光研的感觉并不好，甚至可以说糟糕透了。石狮作为沿海城市的经济中心，这里最多的是服装厂，选择摆在光研面前，要么进服装厂当学徒，要么在服装厂当保安。可这都不是他内心的选择，最后，他选择去豪杰摩托维修店当学徒。

九十年代初，能拥有一辆摩托车是身份的象征。

维修摩托车是一件苦差事，到维修摩托车店当学徒更是一件苦差事。白天忙了一整天，晚上也不可以正常休息，常常有烂车胎或甩链条或者打不着火的故障车，半夜来敲门要求维修。特别是那些贩鱼的人，都是晚上出来，差不多天亮就满载上成千斤鱼回程去市场卖，运气不好赶上车坏了，就要推着行走很远的路程来叫门维修。没办法，怎样困都要起床维修，还要帮手装卸呢，的确不好受。还有，既然是要学艺，学徒年初一至年三十晚也不可以休息。

做学徒除了没有休息时间，也是没有钱可以领，只包吃包住。露天的维修厂，冬天特别冷，每次给师傅递扳手的时候冻得手都不敢伸出来。最痛苦的事就是清洗零件，当手伸到汽油里时，那种刺骨的寒冷，让他至今仍然心有余悸。

"手都是黑的，再怎么清洗还是整个人混着汽油的味道。特别是冬天，手上是这个伤口还没愈合，新的伤口又来。"光研私下和工友说，"我要想办法找到其他营生的技艺。"

听到他说这话时，工友们都很纳闷。在十几个学徒里，光研年龄是最小的，也是最不像学修车技艺营生的。白净帅气的脸庞透露出读书人才有的文气。可他却是学得最好，师傅最看重的。看着他平时学得最用心，却是一心寻找另外的谋生技艺。

多年后，曾经一起工作过的工友才明白，光研后来能把茶叶经营出自己的一席之地，就是在于他认真专注的品性。

回忆起这一段做学徒的日子，光研说："有一次师傅要我拿给他直径为 16 毫米的螺母，我认不清尺寸，给师傅拿了好几个不同大小的螺母，师傅气得把我手里的螺母全部打掉。我蹲在冰冷的地面上捡，强忍着泪水不掉下来。"

还有一次师傅让他给一台启动不了的车换一个三十 A 的保险丝，他不小心给安装了十五 A 的保险丝，司机车开走后，一会儿又把车推回维修店说没有修好，又打不着火了。他和师傅跑过去一查，发现了问题。那天他得到了人生中第一个耳光。

那晚，他连夜骑着摩托车，从石狮回到石门家里。他不想继续摩托车店当学徒，宁愿回老家来种地。父亲不同意，他们辛苦一辈子，就是为了不要让孩子再和自己一样在土里刨食，就是想要孩子能走出大山。

家里唯一支持他的，是他做茶的两个哥哥。

## 3

必须要换一种活法。

二十岁那年，光研这样的想法特别强烈。

虽然喜欢石狮这座沿海城市的现代气息，但是他对于自己所从事的职业，却一直无法真正的喜欢，也无法投入全部精力。事实上，骨子里充满浪漫因子的光研更向往自由闲淡的生活。

他也很清楚，故乡才是他最后的归途，他是要回去的。

他在做着各方面的准备，在学艺的这个过程中，他认真观察这座沿海城市。就是在这一时期，他结识了自己人生中的一个挚友——林大哥。林大哥是这座沿海城市土生土长的人，身上有着商人的敏锐，也有些石狮人敢拼善行的精神。遇到他当于打开了一扇了解石狮的门。

那时，铁观音刚刚盛行，他时常让光研在春秋两季回家时，帮忙带一些铁观音回来。一趟来回，能赚到的钱可以足够半年的生活费。对于这段时间的生活，光研曾感慨："经常在夜晚骑着摩托车行走在石狮到安溪，安溪到感德，感德再到石门的路上。那时一次就是骑十几个小时，第二天带好茶叶又骑行十几个小时到石狮。或许是年轻，感觉这样的生活充满了新鲜与刺激。"这时的光研每天早起晚归，努力工作，并且一直抱着"把卖铁观音当作一生的事业"的念头，充满了生活的激情。

他也将家里哥哥做的茶叶带到石狮，在闲暇之余去服装批发市场，店一个店地问过去，通常是还没走到服装批发市场沿街的几家店铺，带出的茶叶就卖完，并且价格卖得比在老家要高出好几倍。

开一家属于自己的茶叶店，以卖茶叶为谋生。这样的想法比任何时刻都来得强烈。

"现在，喝铁观音的人越来越多。我每季做出来的茶叶很快就会茶商定走，价格一季比一季高。"哥哥的话更加坚定他卖茶叶作为谋生。

有想回到家乡的念头，父母再催他要解决成家的问题，他就不那么排斥了。

那年春节过后，在媒人的牵引下，他到了感德镇区与一个女孩相亲。见面时，第一感觉并不是想象中要的，他喝完第一杯茶就想走：

"我这人有一点不好，喜欢与茶待在一起。就是结婚了，我更想的是开一家茶店，做茶叶营生。你认同了，我们可以相处看看，不认同就不用多说。"

"我们一起开间茶叶店。"

一个不大但有力的声音拽住他的迈出的脚。这时，光研看到一张白净，但算不上漂亮的脸，乌黑的长发简单地绑着马尾，眼神里透着一股韧劲。

光研心里惊愕：这个女孩倒是有点意思，想法竟然和我不谋而合。

就这样，他从摩托车维修店辞职出来，回到感德扯了结婚证。同年春季，就在老丈人家临街店铺开了一家茶叶店，开始卖茶叶谋生。

　　　　　　　　　　　　　　　　　香已住

自己开茶叶店，光研浑身都充溢着兴奋的因子。作为一个从小被茶滋养长大的人，天然对茶有着不同常人的敏感度。而天性就想获得个人成就感的光研，似乎也一直都在期盼着这样一个活跃的舞台。

　　在自己做茶叶营生的第二年，光研就买了一辆豪杰摩托车，这可是当时小山村的第一批拥有摩托车的年轻人。"当时我头戴安全盔，驾驶着黑色豪杰摩托车，穿梭在老家的各门各户收购茶叶，心头划过阵阵快感。"光研此后如此描述道，似乎一切都是那么精彩。

　　日子如同墙上的日历，一页一页翻过。在茶叶的氤氲香气中，光研慢慢摸索出自己一套经营理念，生活也变得一天一天殷实起来。

　　如果不是遇见他生命中的另一个挚友周先生，他可能不会去研究做有自己辨识度的茶叶。那时的铁观音正盛行，在感德开一家茶叶店，特别是茶季一到，常常是当天收回来的茶叶当天就销售一空。

　　一件小小的事情，奠定他往后在茶叶界的位置。

　　事情发生在 2008 年的一次茶话会上。周先生在石狮荣誉酒店宴请一位重要侨商，让光研送茶叶下去。吃饭前，习惯了先喝泡好茶，光研主动坐到泡茶的主泡位置上，并拿出自己新带上的茶叶来泡。那天泡的茶赢得了在场所有客人的赞赏，一切显得很愉快。

茶喝过三杯，香港回来的侨商的话使光研陷入了深思。宴席散后，好友将光研扯到一边，轻轻与光研说道："刚老侨商的话，不无道理。能让每一个爱茶人都喝得到茶王品质的茶，都喝得起茶王品质的茶，那你的茶就不愁卖。好茶不出安溪，你要去做到好茶带出安溪。"

好友语重心长的话，光研后来回忆时说道："当时给我指明我在茶界立足的方向。让我非常清晰自己要走的路在哪。在众多的茶企里怎样去拥有自己的话语权。"

经过这件事情以后，光研逐渐改变原来单纯贩卖茶叶的经营策略，目光开始慢慢回到茶叶的身上。

## 4

茶都有韵味。

好茶的品质特征，取决于三者：品种，产地，还有工艺。不同品种的茶肯定特点不同。

光研回头细想发现，这几年，自己从茶农收回来的茶叶再销售出去，经手也有几十万斤，他发现其实每一季最抢手，价格卖出最高的还是家里茶园父亲和哥哥做出来的茶叶。

他自己家里在石门尖山下有三十几亩的茶山，在村里算是大户，除了当年土改分田时家里人多，还有一个原因就是从爷爷开始就喜欢开垦荒山种植茶叶，父亲更是把无人

香已住

管理的茶山接手过来种上了铁观音品种。哥哥小学毕业后，就跟在父亲身后种田种茶。光研说，他哥哥从小做茶就比别人有悟性，加上勤劳，哥哥管理的茶山做出来的茶叶，总是比别人好。

熟悉茶叶市场的人都知道，最容易让自己出名的就是参加茶王比赛。

那次石狮回来后，光研就暗暗下决心。不再这样批发贩卖茶叶，也要做自己的品牌，并且要把好茶带出安溪。

茶品如人品，人品如茶品。任何事情都要做到极致。这时候，做出茶王一样品质的批量茶成了光研的执念。

无论做什么，都还得先了解一下市场需求。在走访了几个常常找光研买茶的客商之后，他了解到，当时石狮晋江一带的老板喜欢品饮铁观音，时常为追一泡好茶亲自到茶农家等。但茶农每天做出来的味道每天都不同，再者一泡好茶常常要几个人分。在当时铁观音盛行之时，只要能弄上一泡真正的好茶，那是一件很有面子的事。他一直在寻找自己想要的那方天地。

2008那季春茶，他就开始把自己从茶农手中收购回来好的茶叶留下，自己家茶山的茶叶也全都留下。自己认真钻研，准备参加那一年的茶王赛。

第一次参加茶王赛虽然只得了优质奖，却给了他动力。一次茶王赛要交上去十斤或者六斤茶叶，评比用两斤，剩下得奖被包销。如果能评上茶王，不止奖金很高，也会带来很大的影响。

连续几年，他都潜心研究茶王赛。直至2012年开始在镇上拿上茶王后，光研走上开挂的茶王之路。从镇上、到县里、到市里，直至到2016年到2017年连续在含金量很高的市级茶王赛上，拿下三连冠茶王。

吴光研三连冠成名后，他家的茶叶就此奠定了茶叶界的地位。他也从感德镇区的茶叶店开县城，有了自己品牌的茶叶零售店。

说到这儿，他拿出一泡三连冠冲泡。冲泡中，一股浓郁的兰花味就扑鼻而来，那是细闻幽远醇厚的兰花香，喝到七遍后，还始终柔和、稳定、醇厚。

顶级铁观音茶确实已经脱离了茶作为农产品的属性，进入精神领域。

品着这一杯茶，我能想象出光研捧过奖杯那时的样子。

刚满四十岁的光研听着如雷的掌声，迈着轻捷的步子走了过去。接过那金灿灿的奖杯，这一刻，从前的努力，还有坚持，也稳稳地刻进了这金色的奖杯里。

## 5

茶一杯续着一杯喝。

光研说了许多往事，从保生大帝到石门尖，再从石门尖

香已住

到茶王，这日子漫长得像一垄一垄的茶园，如今这茶园苍翠欲滴，从最开端那处，总能寻到些旧日模样。

一次到泉州茶店与一位学校的家长在闲聊，家长说孩子在高三那一年，每天都是喝着吴光研家的茶叶，最后考入了优秀院校。便开玩笑道，喝吴光研的家茶叶可以考入好大学。

说着无心，听着有意。

茶叶作为有灵性的一株植物，既然选择了就要守护一辈子。每次到春季时，光研时常皱眉头。因为春天雨季多，春茶采摘的时间特别短，很多茶农只能采摘不到三分之一，最后只能看着茶叶老，然后修剪掉。

要看天做茶，看茶做茶。要在最好的气候，拥有最好的原料，用最好的师傅，才能做出一泡好的茶叶。经过这次闲聊中，他突然就想，春茶雨天是不是可以依然采摘，做成一款独一无二的茶品。

其实春茶这一季，经过一个冬天的储蓄，品质是最好的。可每次春茶采摘，时常是遇上下雨天。很多茶农的茶叶刚采摘一天两天，碰到雨天无法采摘，整个春茶的收入就减少。吴光研是在石门出生的，长在石门，是从石门这座山走出去的，他总希望自己能学点东西，反哺这座山。

说做就做。他首先召集几个平时比较敢于创新的茶农，把想法与他们一说，他们立马响应。下雨天无法采摘上来的茶叶，到最后只能放着被修剪，采摘下来试做一下，成了还能增加收入，不成也没浪费什么。

没想到，在光研的尝试和大胆创新下，此款茶做成一经市场，便取得很高的接受度。

"我做出这款茶时，比我得茶王时更开心。"坐在他的对面，喝着他泡的这款茶，我周身也产生了酣畅感，只觉得每个毛孔都在发热。

忽然，我有了很强烈的牵引，到他的老家石门尖走走。

第二天，我们在十点出发，正赶上天气晴朗，一路上我们惊叹着欣赏窗外的云山雾海，沧海桑田，一时也是豪情万丈，感慨万千。

从县城出发，到光研的茶园约一个半小时。

路上闲聊，光研说起他第一次坐飞机出差参加茶事活动的情景。因为是第一次坐飞机，向外望去，两眼一抹黑，心里有点紧张忐忑，其他便什么感觉都没有。

光研说，第一次乘坐飞机时，他把遗书都写好了。说遗书里交代最多的就是他刚整合起来的合作社，还有这些茶农的茶园。后来经常出差去参加各种茶事活动，倒是很珍惜在飞行过程那没有被打扰的时间，能好好地思考，处理一些事，甚至会想着怎么拼配出一泡更好的茶叶。

扭头见这个有点文气的茶农沉稳地开着车，我突然想到两次到他茶店喝茶的情景。

也是这样一个晴好的日子，我提议到光研茶店品尝一下他这季的茶叶，是否一如既往地具有茶王品质。其实，我还夹带着私心，他作为农民讲师团的成员之一，一直说要写写他的故事，拖到现在，再不逼自己趁着秋茶正香时好好写，怕一拖又是一年过去。

　　到他茶厂时，第一眼给我的感受是惊喜的。光研的茶叶加工厂整洁，品评室、精挑室、分装室、冻库等一一按标准细分清楚，排列整齐。

　　我们到时，他在拼配室拼配茶叶，看他时，他嘴里还在品尝咀嚼着茶叶，手里还抓着一把茶叶。带我们走了一圈他的茶厂，看了一下里面各个功能室，就到了品茶区。

　　"这小小的茶叶里面，除了人情世故，还有别的东西。"

　　透过杯口，光研意味深长地看着已经散开的茶叶，笑容里夹杂着不少情愫。

　　爱茶爱到一定份儿上，才会这么投入。在他看来，做茶实在是件最幸福的事情。

# 溪食有味

## 地瓜粉团

办公室正对着走廊摆着一盆红薯，半紫半绿，紫绿相间，煞是好看。每当处理完工作上的事情，我坐下来看点什么、写点什么的时候，它就在冬日的暖阳下闪着淡淡的光芒，散发出一阵阵的甜香，有一种说不出混沌的暖。

它唤起了我的回忆。

每到冬寒时节，我们兄妹几个做完作业，就会集中在老家大埕上围着火堆，吃母亲煮的地瓜粉团。

成家后，我时常也会学着妈妈的方法，煮一碗热气腾腾的地瓜粉团。我是一个对烹饪迟钝的人，每次进厨房不是厨房受伤，就是我自己的手受伤。地瓜粉团却是我天然就会做的一道菜。

我想，地瓜粉团对于我，不只是一种食物，而是一种感

香已住

觉，是冬夜里的暖意。

成长在闽南内安溪二十世纪八十年代的孩子，对地瓜这种食物是不陌生。闽南地区多丘陵，耕地极少，特别是内安溪，白米饭对我们来讲一度是奢望，三餐时常会有一餐是和地瓜有关，不是米汤就着地瓜吃，就是地瓜和极少的大米煮成地瓜粥。

我从小一看到地瓜就哭，唯独对地瓜粉做的地瓜粉团情有独钟。

幼年时候，家里的大人都去干农活，大我五岁的姐姐在她十几岁时，就完全承担起家庭的家务活，煮三餐，照看六畜，照看家里的弟妹，完全承担了大人的劳动力。姐姐从小就有长女的风范，深得母亲真传。那时虽年纪小，却在想着如何帮母亲一起撑起这个家。她为了节省一点米，三餐会有两餐是地瓜，不是地瓜煮汤，就煮地瓜粥。

我那时年幼，放学一回家看到锅里地瓜，就赌气不吃午饭，背起书包又上学去。

"你知道我不爱吃地瓜，又煮地瓜，你就是故意的。我就不吃饭。你故意不让我吃饭！"我一把鼻涕一把眼泪对着姐姐叫嚷。

"你爱吃不吃。一餐不吃，不会饿死。"姐姐也同样一把鼻涕一把眼泪对着我吼。

往往这时，奶奶会躲到门后，抬头望天，时不时用衣角擦眼睛，也会故意装作看不到我的胡闹。

可我跑到学校不超过半小时，奶奶就会拿着一碗用地瓜粉和着米汤煮成的"憨粉果"（闽南话地瓜粉糊的意思），把我叫到教室外，只说这是奖励我勤奋读书的。

现在想起来，那时最难过的应该是奶奶。因为她时刻都在想着在那个极度贫困的家，怎样养活我们并顾及我们的自尊。

我至今最怀念的是奶奶和母亲费尽心机多种地瓜，并在地瓜上所创造的匠心和巧意。自我刚学会走路的时候起，就经常在午饭的空闲里，随着母亲到田里，她大部分时间就是在和地瓜过不去。不是种地瓜，就是挖地瓜。我跟在她身后，放地瓜藤，或者把她挖上来的地瓜，一个一个拿到畚箕里。在那个大米匮乏的年代，母亲想着办法多种地瓜。在我们家，房前屋后的空地，甚至房子前面溪河不远处的沙地，母亲一寸不放过。在最困苦的年代，地瓜像是有使命，它会繁茂地生长，取之不尽，食之不绝。

冬天，农活少时，母亲就会开始制作地瓜粉。

母亲会在有暖阳的午后，召集我们几个小孩，将地瓜装入箩筐挑到河边，把杂质洗掉，并把地瓜两头削掉。

我们在洗地瓜的时候，母亲和奶奶会搬出木桶，木桶上放着竹筛，铺上纱布。做完这些，母亲也加入到洗地瓜的队伍，这时母亲是绝对挑剔的。地瓜一个一个要洗得透净，还

————————————— 香己住

要把皮削掉，她说："这样做出来的地瓜粉才会干净。"

洗净后的地瓜，用打粉机粉碎，打碎后的地瓜，放到刚铺好纱布的竹筛上，开始出粉。这时，我最喜欢去打水倒入竹筛。

母亲在搅拌打碎的地瓜，我把水一桶一桶地倒入。即使是冬天，我玩性从没因为冷减少。

"哥，你打碎地瓜的速度跟不上。"

"姐，快来帮我，水缸里的水不够了。"

"奶奶，你看又一个木桶满了。"

…………

我们兄妹几个围着母亲，边洗地瓜边加水嬉嬉闹闹，直至太阳下山，母亲也收工。

两三天后，将木桶内的水全部排尽，木桶底下就一层厚厚白白的淀粉。这时，我总要先不管不顾取上一小块，煮上一碗最新鲜的金狗子（闽南话的地瓜淀粉团）。

煮熟的金狗子晶莹剔透，加上菜园里自己种的莴苣菜，耀目争辉，入口顺滑。这时，一碗金狗子其实没有什么，没有一丝肉沫，但吃在口中，却是味蕾盛宴。每一口都是滚烫的，是甜美的，在我们最初的血管里奔流。

林海音在《城南旧事》里形象地描绘了百年前闽南人的生活状态："惠安的日子很苦……常年吃白薯、白薯饭、白薯粥、白薯干、白薯条、白薯片，能叫外头去的人吃出眼泪来……"

读起来，总是有一种被揪住的疼，疼后却是周身的暖。

## 面茶

那是一个清爽的秋日，我和几个好友去虎邱枫亭打桂花，顺带想尝尝桂花树下的勺子煎（一种闽南地瓜粉油炸的煎饼）。我们走在同样追桂花香的人群中，看着各路摄影爱好者手中的长枪短炮，闻着甘冽的香气垂涎欲滴。

"面茶啦，面茶啦，儿时的味道。"我听到一个少年声音在叫卖。我顿时被少年的声音牵扯住。

我转头，对身边的同伴说："去看看？"

"我知道这家，在安溪美食榜上小有名气。买过他家面茶的都说，确实有儿时记忆中的味道。走，尝尝去。"同伴说完，我们一起朝刚刚在叫卖声的少年走去。

店里很简陋，只有一张泡茶桌和一个用铝合金与玻璃做成的柜子，玻璃柜里摆放着一罐罐面茶和桂花乌龙。我们在泡茶桌坐下，少年一边泡茶给我们喝一边介绍。

"这家小店里的面茶是他母亲亲自炒制，用来贴补家用，来买过的人都说香。"在闲谈中得知，少年肠胃不好，在外求学时，早餐总要喝一碗他妈妈炒制的面茶。少年职专毕业后，一时不知道要做什么，就回到老家来。想起他读书时，每天喝面茶，同学也会喜欢。就这样，少年就开了这一家小店，和母亲炒制面茶，一开始就在朋友圈卖，没想到小店却意外火了。

我看着玻璃柜里那一罐罐黄灿灿的面茶，飘来一阵一阵浓郁的葱油香，有些期待又有些担心。少年应该是看出我想品尝的心情。他拿出一个小碗，舀两小勺面茶放到碗里，用开水一冲，并轻轻地搅动了一下，笑着说："来尝尝，看看是不是你记忆中的味道。"

我拿起勺子舀了一小口，放到嘴里，感觉到一股温暖从胃里直达周身。同伴在旁边笑着说："味道对吧？"

我想起母亲炒制的面茶。

在我家里，自我记事起，那时面粉是稀缺物资，属于细粮之列。一年里，家里极少拥有几斤。母亲总担心在外求学的哥哥和我晚上会饿，这几斤面粉被母亲炒制成面茶，让我和哥哥带到学校，可作为宵夜。

每次在临开学的前一晚，母亲就会在灶房给我和哥哥炒制面茶。晚饭后，收拾好家务，母亲就会把煮饭的大锅清洗干净，切好干葱头。做完这些，便让我开始烧火，锅热了后，母亲在锅里先放上油和干葱头，等葱头变成焦黄，香气四溢，母亲就放下面粉。这时，母亲便不说话，也不让我说话，认真地烧火，火不能太旺也不能突然熄灭。母亲说："面粉下锅要不断翻炒，不可太用力，也不可不用力，要刚刚好。"待炒到面粉微黄时，抓一点放入口中确定面粉炒熟了，再加一小点盐巴。

这时，母亲会拿出三个碗，给我们兄妹三人一人冲一小碗。刚炒制好的面茶开水一冲，香气顿时弥漫了这座老屋的上空，飘出燕尾脊。

母亲炒制的面茶有点甜有点咸，又香又滑，又浓又醇。我们兄妹仨喝完一碗面茶，那一晚睡觉做梦都是在笑。

面茶不止在无数个夜晚让我不受饥饿的侵袭，也呵护过我那敏感年少的自尊。

在外求学寄宿那几年，每次放假完返回宿舍时，同宿舍的舍友总会带着家里准备的各种吃食，而我那时唯一能拿出手的就是面茶。

到晚上宵夜时间时，我拧开罐子，面茶浓郁的香气就飘在宿舍上空。这时小伙伴总会被吸引过来。

"给我来一口。"

"好香，我也要。"

"我被呛住，给我水。"

"你母亲太厉害，会做这么好吃的面茶。"

"不叫面茶，叫香茶吧，正好和你名字搭。"

特别是在寒冷的冬夜，我们晚自习下课后回到宿舍，几个小伙伴围在一起，各自拿着汤匙，你一口我一口抢着面茶，偶尔不小心被呛得满面通红，随后便会一阵阵笑声伴着葱油香飘出夜空。

————————— 香已住

那些远离父母在外求学的青葱岁月里，我时常会想到，如果没有这面茶，我的青葱岁月就完全失色了。

## 茶蛋汤

茶蛋汤更准确的叫法应该是桃舟蛋汤。

那天，我陪北京的一个导演到桃舟踩点。晚饭时，在食堂用餐，上的就是这道桃舟蛋汤。

我一直想不明白，这黑乎乎的汤有什么特别的地方，让很多的吃货慕名而来。

在这之前，我也多次听身边的朋友对我说起，桃舟蛋汤一绝，特别滋养人，一定要找机会去喝。

汤上来了，作为东道主好友李，给每人盛了一碗汤，汤里还有一个没有剥壳的土鸡蛋。

"这个是养颜美容的，在场的女性要好好喝。"李边盛汤边说。

一碗普通的蛋汤，真有这么神奇？

"这汤是十几种中草药下去熬的，可没有那么容易能喝到。"

"特别是在过去物质匮乏的年代，更是一年也就在大夏天，一家人才会煮上这么一次。"

一到夏天才能喝上一次的汤？那不是和从小家里的茶蛋汤一样吗？

闽南山区，因为夏天特别炎热，容易中暑。那时物质匮乏，医疗条件有限。不知是什么道理，山里人家依靠智慧，靠山吃山，就地取材，总结出属于山里人的生活智慧。这大概也是一种传承。

煮茶蛋汤的中草药里有菅芒、过饥草、风骨草、咸荔枝、咸甘蔗等中草药。

菅芒闽南话为"古杆津"，是一种经过时间沉淀的老物件。早期我们居住的老房子，泥墙中大量使用这种菅芒植物，经历风雨洗礼，留存下来的菅芒成为一种珍贵的草药。

在老家，家家户户的屋顶上，都会藏有几根古杆津，以备不时之需。记忆中，特别家里有人上火流鼻血，老人家就会从屋顶拿下古杆津，折上几小节，加一点点瘦肉炖汤喝。汤清甜可口，流鼻血也好了。

咸荔枝和咸甘蔗的腌制是需要一定时间的。那时内安溪是不种甘蔗和荔枝的，偶有得到一点，一定是外安溪进去的，很珍贵。家里上了一定年纪的老人，总会关注这两样东西成熟的日子，在赶圩那日，买上一点回来腌制。

腌制了一个冬天，到隔年的夏天，甘蔗和荔枝已经从甜变成了咸，颜色也变成了暗黑。如果不是作为草药下去熬汤，哪怕在那样物质匮乏的年代，也引不起我们的食欲。正是如此，奶奶腌制完后，就很放心，我们这些小孩没人会

——————————— 香已住

去偷吃。

夏天一到，在大暑这日，奶奶就会熬制茶蛋汤。

奶奶会事先拿出晒干的过饥草、凤骨草、菅芒等放入土锅里炖上半小时，再放入腌制的咸甘蔗咸荔枝继续炖上半个小时，最后放入洗干净的大肠、土鸡蛋，还有陈年铁观音，继续炖上三至四个小时。

我小时候对茶蛋汤实在没有什么好感。但煮这个汤还是开心的，因为有土鸡蛋可以吃。我十二岁那年生了一场大病。应该是寄宿的原因，饭是蒸的，加上没有按时吃饭，我整个人面黄肌瘦的，那年夏天一直拉肚子。医生一度摇头，说怕是养不好。奶奶把我从学校接回家，养了一段时间，这期间喝了不下五次茶蛋汤。

我十九岁毕业参加工作后，就寄居县城，茶蛋汤鲜少再喝。

偶有几次奶奶还会在大暑这天熬茶蛋汤，我总是因为琐事错过。这次陪客人到桃舟，恰好赶上有这个口福。北京的客人喝了三碗汤，说："这个汤看上去不诱人，喝过的人会上瘾。"我承认他这几句话。那天，我破天荒喝四小碗下去，回来是一晚好眠，困扰自己好几天上火的痘痘竟也奇迹般消下去。

这个汤的药用价值没有谁认真地去考证过，但就从熬制这些食材、药材都是明目清肝降火，多多少少有一定的药效吧。

茶蛋汤，在特殊的年代里守护了山里人，也滋养一代又一代山里孩子。

突然，我很想喝一碗茶蛋汤。

我想山里那夏夜的星空。

## 阿公麻糍

醒来的午后，朋友问我："我带你去乡下走走？"这样暖阳的冬日，去乡下走走，应该是惬意的。

从单位开车出来，沿路而立的榕树上竟然有密密麻麻的小果实，红的、黄的、绿的，灵巧地向上蹦跳，如同鸟儿歌唱。

"多走路，会看到更多。"好友又说了一句。

从车窗在掠过一棵又一棵榕树，我试图数清这一路会有几棵。风捎过，望着身边这位依然是少年样的好友，这个冬日变成了繁华人间潦草的记忆。

"阿公麻糍。"刚出龙门高速路口，距离山头村吊坞路口不下一百米，我就叫了出来。

我天然对香甜糯软的东西没有抵抗力。小时候能吃上一口，会开心好久。

好友车刚停稳，我就跳了下来，对着一位精瘦的老人喊："给我来两盒，我不要包馅，给我裹一下芝麻粉就可以。"

"不要急，小心脚下有石阶。"

"你跟我进来，我先裹一个给你吃。"老人家笑着说。

我跟在老人家身后，走进一家简陋却十分干净的小店。

"香甜软糯，弹滑有劲，好吃。"我也跟着坐了下来，慢慢咀嚼老人家递过来的麻糍。

"还是要包馅的更香更好吃。"

好友是个甜食控，特别是对饼类毫无抵抗力。他跟在我后面，边吃边问："老人家，怎么叫阿公麻糍？"

"这个要从我太爷爷说起。我很小的时候就会帮家里做这个。你看我现在几岁了？我都六十多岁了。"

从老人家的口中得知，八十年代初的安溪是贫穷的。还是赚工分的年代。那时，一个成年劳动力最高一天也只能赚满十分，赚一毛五工钱。一个麻糍要五分钱，并不是所有人吃得起。

"做麻糍也是手艺活儿，并不是每个人做出来都那么好吃有嚼劲。过去做麻糍，前一天把糯米放下去浸泡，经过一晚上浸泡，淘洗好后放置木桶装上蒸煮，到米香四溢时起锅，放到石臼里捶。捶打这一工序是力气活儿，也是技术活儿，一般要三个人配合。一个持木杵，负责捶，一个端盆温开水，负责拨弄，一个在旁边随时替代。木杵呈 T 字形，十来斤重，捶打时要不偏不倚，不轻不重，每一下都要捶打在麻糍上，这很考验持木杵人的眼力和技术。每捶打一下，另一人须眼疾手快把挤到边上的糯米拨到中间，视情况加温开水，保持一定湿度，不粘石臼壁。经过千锤百打，糯米颗粒完全不见，融合成一团弹性十足光滑细腻的麻糍。现在做麻糍，会简单很多，只要用现成的糯米粉直接上锅蒸，蒸好再捶打。捶打这一工序不能减，只有经过千锤百打的麻糍才会弹滑有劲。三斤的麻糍要捶打一千两百下左右。"老人家边包麻糍边对我们说。

八十年代初，整个安溪山地多，农田少，人口又多。龙门是去厦门漳州的必经之地。到了赶圩的日子，山上的人会下来买柴火、化肥等一些生活农作的必需品。过去交通不方便，运载这些东西靠着是板车，这样就会有板车夫出现。

这些拉板车的大都是家里主劳动力，做完农活儿会出来拉板车贴补家用。

拉板车一早天没亮就出门，一天都在路上跑。午饭的时候，时常是随便买点东西充饥一下。

龙门岭脚下的阿公麻糍，一度成为他们歇脚充饥的驿站。

拉着满满一车的东西，爬上这龙门岭，大多的板车夫已经筋疲力尽。五分一个麻糍，配一碗仙草煮的汤水，午饭就这样解决。

老人家说，过去麻糍没有现在这么丰盛。里面包的是甘

香已住

蔗做成的红糖，有防暑降温的功效。加上是糯米做成麻糍不那么容易消化，吃一个，再配上一大碗烧仙草的水，就能撑过一个下午。

在老人家淡淡的叙述中，我思绪飘忽到我七八岁时。

那时爷爷在农忙之余，他也是出去做挑工，赚取一点补贴家用。

八十年代初的内安溪，很多家庭精壮的劳动力会在农忙之余，去做挑纸工。挑纸工的工具就是一条扁担、两箩筐粗纸，扁担有竹扁担和木扁担，箩筐通常竹箩筐。一担重量通常在一百斤。挑一趟能挣到一块钱左右，每月能挑个四趟的话，就是一笔很可观的收入。很多家庭靠着这份收入，能换回一个家庭一年的盐油，能维持一家老小的日常生活，偶尔还能改善一下，在过年过节时能换回一点鱼干之类的海产品。

爷爷也加入这个行列。从感德一路出发，他挑着那一担粗纸到湖头渡口。有时，会要一路挑着到厦门，也要过那个龙门岭。那个时候，路大多是泥巴路。晴天还行，下雨天就苦了。我不禁自问：几百里的路，爷爷挑着一百斤重的粗纸，怎样一步一步地走到厦门港口？而这个阿公麻糍应该也是在无数个中午喂饱过爷爷，给过他继续往前走的力量。

"麻糍 Q 当当，里面包肉松。麻糍罗罗长，里面包贡糖。姑婆爱麻糍，怀过无嘴齿。欣羡看人食，心里也欢喜。"

路上卖麻糍的小贩，会播放这首《童谣》，每每从身边路过，听到会觉得亲切。

麻糍是各地都有的，买上一盒，慢慢咀嚼着，莫名就多了一份暖暖的满足感。

## 童年的零嘴

记忆中，我的童年是没有零食的。

那时能保证三餐温饱，不用吃地瓜粥便是开心的。山里野果子多，在山里长大的我和伙伴们，寻找各种野果子作为零嘴，也是童年的乐趣之一。

秋冬之际，中尼（桃金娘）、野山梨、野草莓、板栗等各种野果挂满枝头。

国公山上此时成了我们的果园。在冬日的暖阳下，黑的中尼像黑玉，黄的山梨像玛瑙，红的野草莓像红宝石。远远望过去，秋冬的国公山是一幅艳丽的水彩画。

我和小伙伴中午都不用午休的。吃完饭，书包一背，就往国公山里跑。平时一起玩时，谁走在前面，谁走在后面都要争抢半天，谁也不让谁。一起上山摘野果子时，竟是一致的团结。谁摘中尼，谁摘野草莓，谁和谁配合爬树摘野山梨，安排得一丝不苟。

爬树的自然是我。少时，我长得瘦小，手脚又麻利。野山梨树长得也不高，树干细细的，果子却总挂满枝头。我乐于干这项差事，只需冒一点险，再往上爬一点，就能摘到。小伙伴合力把我往上一托，就爬到梨树上，她们在下面说："这枝有三粒又大又圆的，你抓住树枝扳下来一点，就能摘到，哎，对了对了！"十岁那年的冬天，同样是和小伙伴上山摘野果子。我雷打不动去爬梨树，摘树上的山梨。伙伴在树下指挥，我爬到高高的梨树上去，爬到梨比较多的树枝上，双手扶稳，足下拼命地荡，树枝摇晃，梨像下雨一般地往下掉。待梨掉得差不多了，我要下树时，发现惨了，我裤子的腰际被一个树枝倒钩住了，我一只手扶着树，另一只手伸过去弄却怎么也弄不开，一着急，脚下不稳，就整个人从树上摔下来。那天爬得高，摔下时左边肩膀先着地，结果是左边的手臂脱臼，脚也扭伤。

正因为那次摔倒，之后我再也没有去爬过树，甚至落下恐高的心理阴影。

儿时假期，山里的孩子要上山割山茅作为柴火。对于这个家务活儿，我们兄妹三个总是很乐意接受。和伙伴们走在山路上偶尔都会遇到布籽黑以及其他的野果。只要遇到，就忘记了我们是要上山割山茅。我们就会采摘野果，也不洗，就一把把地往嘴里塞，通常是一个上午时间过去了，我们才发觉，山茅一捆也没割，布籽黑倒是装满了衣服所有的口袋。

当年就读的小学后面也有一座山坳。冬天来了，布籽黑成熟了，我们几个比较调皮，时常会在下午第三节课逃课去摘。这个野果后来知道了应该就是野生蓝莓，当时也不知什么学名，我们就跟着老人家叫"布籽黑"，吃得不亦说乎，满嘴乌黑。我跟在哥哥后面逃课摘布籽黑，除了自己吃，还会在学校门口卖。一个茶杯的布籽黑就卖五分钱。或者可以拿米来换，一茶杯米换一茶杯"布籽黑"，我和哥哥再拿着这米去炸爆米花。那个年代，伙伴们大都和我一样是没有零花钱的，倘若买了，几个同学就一起分享。

小时候不懂什么是害怕。整天往山上跑，大人会叨念着，遇到头上戴花的老太婆，不要回头，要赶快走开。碰到她和你说话，朝地上吐一口唾液，不要回话。老人家说那是一个会作蛊的老太婆，你回她话，她就给你下咒语，回来就会生病。其实长大后才懂得，那只是四处给人家说媒的人。

野果子长得旺盛，旁边常会遇到一个畚箕盖住的小土堆。我们时常也会把土堆挖开，看能不能挖到什么。偶尔会挖到一根一根的骨头，长大后才懂得，那是当时小孩子夭折，葬在土堆里，我们挖过小孩子的墓。现在想起，背后是一身凉，而后嘴里默念："无知者无罪。"

国公山是属于我们这一群孩子的。我们熟悉它的一切好处，知道哪个坡上有什么野果。板栗树下还有我们自制的秋千，摘一会儿野果，我们三三两两会跑过来荡一下秋千。"推高点，再推高点。""我下来了，到你咧。"一阵一阵的嬉闹声飘出国公山，飘向远方。

我小学没有读完就离开故乡，到异地求学。我时常会在放假时间回到小学走走，更多的是到小学后面的山坳看看。师范毕业那年寒假，那个冬天很冷，在一个同样有着阳光的午后，我再到山坳去。小学已变成了茶厂，后面的山坳也开垦出来变成了茶园。我一个人绕着茶园走了一圈，心里很感伤。

日子过得可真快！

## 岁月的童话

1

昨夜的茶喝得入味，又做了几个水阔山遥的童话梦。

安溪地处福建省东南沿海，厦、漳、泉闽南金三角西北部，有上千年的产茶历史，是中国乌龙茶之乡、安溪铁观音的发源地，位居中国重点产茶县第一位，以茶业闻名全中国，号称"中国茶都"。现在的安溪经济发达，人民生活富裕。而在改革开放之前，经济还未开始腾飞的安溪，却是我国一个典型的贫困山区。曾经的安溪，简直是贫穷的代名词。"七山二水一分田"，安溪人均耕地不足 0.5 亩，不到全国人均耕地面积的一半，不到世界人均耕地面积平均水平的1/6。可以说，当地农民的生活一度相当贫困。

1976 年 1 月，汪健仁出生十福建省泉州市安溪县感德镇霞春村。

汪健仁家与众多安溪农民家庭一样，每年都指望着那几亩田地有好的收成，指望着山上的茶叶能卖出好价钱来补贴家用。然而，八个子女还是让汪健仁的父母不堪重负。即便如此，汪家仍恪守祖训，谨记"德于天，厚于人。茶必唯韵，制必唯精"的家风，在最困难的时候，依然没耽误几个孩子读书受教育。在上小学的时候，老师问过他可知父母取名的寓意。那时他懵懂无知，只是简单从字面理解，"健仁"即健康仁义，既有祈福的意味，也反映出父母更期许他做一个正直、善良、有情义的人。

当时，汪家的几个孩子都相继依靠读书走出山里，走向繁华的大都市。前面几个哥哥个个都是博士，健仁却从小和几个哥哥性格不同，他更向往自由自在的生活。童年的假期，他跟在大人身后上山，最吸引他的是茶园里那一抹绿意，还有泥土的气息。他总觉得男孩就该出去闯荡一番，打拼属于自己的世界。

1999年，二十三岁的汪健仁从中国地质大学毕业，当时就业环境不错，轻轻松松就能找个单位上班。健仁却向父母表达了自己想去社会上闯荡的意愿，不想走哥哥们去继续深造的路。父母思考了一晚上，最后放弃了让他继续深造的想法，尊重他的选择，让他自己出去闯荡。

那时，改革开放的春风早已吹进安溪这座山城，农民也早已跳出农田，另寻更好的生计。汪健仁与很多人一样，他不愿意过那种朝九晚五、一辈子一眼就望到头的生活。

后来，父亲好不容易凑齐了几千块钱，并将这笔钱郑重地交到儿子手中，作为他的第一笔启动资金。

但此前一直在学校读书的汪健仁，并没有学到很多灵巧的手艺，他十分苦恼，不知道自己可以在哪个行业谋生。

思虑很久之后，汪健仁想到，儿时的几个发小几年前就到特区厦门开了一家建材店，生意做得风风火火，他决定也到特区厦门寻找机会，他把开建材店为自己的第一门生意。

租下店铺，简单装修后，汪健仁就没有多余的钱进货了。于是，他便骑着一辆破旧的自行车，先从老乡店里拿来样品，穿行在特区的楼盘、工地中，自己当业务员。1999年，厦门正处于房地产业井喷期，楼盘一栋又一栋拔地而起。汪健仁凭借自己读地质大学的经历，对建筑行业的熟悉和对市场的敏感，每天早出晚归，努力工作，并且一直抱着自己的人生轨迹将在这里发生转折的念头，充满了干劲和生活的激情。就这样，他赚取了人生的第一桶金，渐渐在厦门建材行业崭露头角。

"二十世纪九十年代末，当我坐在客运车上，爬过盘山岭，穿过龙门洞，看着安溪一摇一晃地远去时，心底一直有一个声音：我还会回来。那时候我并不知道这个山城在我心中有多么重要。但我后来去过许多地方，在他乡的土地和人群中生活多年，但这个声音最终也没有改变。在我对许许多多人生目标感到无望和淡漠时，我发现自己离不开那杯铁观音茶，我正一步步地走回这个叫安溪的地方。"汪健仁如是说。

## 2

我真正理解情怀这两个字，是在第一次见到已经是品雅创始人汪健仁的那天。

我记得清清楚楚，那是在 2005 年，一个风轻云淡的下午，好友邀约我去桃舟一个古村落寻找童话城堡。童话城堡？我有点惊讶。好友不是一个煽情的人，能让他称为童话城堡的地方，该不会是真的世外桃源吧？我怀着雀跃的心情和有点怀疑的心态，与他一同前往桃舟。

从县城出发到桃舟乡，两个小时的盘山公路，把我绕得有点晕乎。我心里不下百次地犯嘀咕：真有童话城堡？怕是要失望。再者就算有，这也太远了。小时候，大人总对我们小孩叨叨：不认真读书，长大了卖去桃舟捡鸭蛋。可见这地方有多偏远，连山里人都嫌弃。

好不容易到达镇区，好友告知前往古村落还有 10 公里的山路。望一眼隐密在树林里的山尖，我有点怨气。开两个小时的车就是看这山？我有点小情绪，耷拉着脑袋。好友在一旁却絮絮叨叨："你知不知道品雅创始人？他放着厦门好好的建材老板不当，回来做个守山的茶人。当初汪健仁刚到这里种品雅有机茶时，连路都没有。他全凭两只脚走上去，还要拿着棍子当拐杖。现在上山的这条路就是他开的。"

好好的日子不过，非要去做个守山人。他是脑子掉坑里了？心里有了各种疑问，我反倒迫切地想要见到他本人。

人一旦有了疑问，便有了好奇之心。有了好奇之心，整个人便被激活。我不再晕乎乎的，沿路叫不出名的野花野草也变得可亲。不到半小时，便到达目的地。一下车，清风迎面而来，映入眼帘的是一垄一垄苍翠的茶园，每一株茶树都在肆意舒展。茶园梯壁上各种叫不出名的绿植尽情地绽放。阳光、鸟鸣、蝶舞，展开了一幅充满诗意的画卷。穿进这一片茶园，我整个人一下子怔住了，感觉全身忽然都浸在了一种透明的液体里。

我恍如一个误入城堡的绿仙子，一下子穿进了时光隧道，从一个现代的城市忽然去到悠远的从前，一个充满唐宋韵味的月光小巷。滞重的步履蓦地变得轻盈起来，走在古窑址的小径上感觉就像是洛神凌波，御风而行。

"这就是品雅有机茶创始人汪健仁。他也是感德人，你们是老乡。回去查一下族谱，说不定还是至亲。"好友拽着我说。我转回头，一位精明能干的中年人已经走近，他的眼睛不大但炯炯有神、下巴还有几根胡须，他穿着对襟中山装，步履稳健。这就是汪健仁先生？好像与我想象中的一样，又不太一样，我自己在心里嘀咕。

他走了过来，让我们到屋里喝茶。茶上来，他给我们的杯子匀了茶水，自己也轻抿一口，他做了个极简短的介绍，一共只有两句："留住茶最古老的味道。为子孙后代留一方净土！"

他的话那么自然，像是流淌而出，却充满深情。想想他做出的抉择，才明白他是有多热爱手中的这杯茶，这片土地。

## 3

儿时余韵，尘梦内外。那时光中模糊在夏夜的木屋不时在心头萦绕，还依稀记得头顶上的明亮星光吗？那些关于夏天的童话里，有谁的影子还在驻足仰视那晚的星空？

汪健仁从小听爷爷讲得最多的是：南宋末期1230年，先人来到感德停留下来，世代种茶，始终秉承"德于天，厚于人。茶必唯韵，制必唯精"的传承，世代守护着一株株神奇的茶树，守护着内心那一方净土。

在清朝康熙年间，从1706年开始，汪家的二十世公汪旋夫例授修职郎太学生，在自家山上移种中草药和茶叶作为基地。他医德远播，心慈乐善，受到乡亲的赞誉。民国时期，祖父汪清佳漂洋过海到马来西亚做茶叶生意，传至汪健仁的父亲汪金盏，再到品雅有机茶创始人汪健仁，都不曾忘记其祖训。生长的土壤，祖辈和父辈注定了他的样貌，他身体里的血统，所有这些，都在他的生命中一一展现。

汪健仁下定决心做有机茶，还得从 2004 年 4 月某一天的新闻说起。那天晚上，在外忙了一天的汪健仁吃完晚饭，打开电视看新闻。《焦点访谈》节目的记者突然曝出铁观音存在食品安全问题。这一新闻令汪健仁震惊了。2004 年，正是铁观音畅销全国的高峰期，人人追捧这一杯茶。在这个时候被曝出食品安全问题，意味着什么。这则新闻绝对会给铁观音带来严冬，自己一直担心的问题终于发生了。这一晚，他久久无法入眠。

那晚，汪健仁一个人泡着母亲亲手炒制的铁观音，在阳台坐了一整晚。脑海里一幕幕回忆不断闪过。童年寒假，父亲总会带他上山。那时，山上的树林中有茶园，茶园中有树林。腊月里，狂风咆哮肆虐之后，山林间铺满了金色或青色的松针，还有修剪下来晒成灰色的干茶枝，厚厚的，踩上去软得像棉絮。父亲趁着晴天，把这些枯枝败叶耙到一起，堆成一个个小山丘，然后带着他和哥哥将它们和被风刮断的树段搬回家，这些柴可以温暖他家一整个冬天。

不断在他脑海中闪过的，还有奶奶家以茶待客和姥姥家每晚的茶话会。姥姥家的院子里，栽着一株山茶树。每年春天都能喝到新茶，都是自己采摘、自己炒制而成。一年四季，姥姥家每晚都是高朋满座，颇有点现在文学沙龙的意味。只不过，姥姥家的客人都是些本村的老人罢了。他们夜夜高谈阔论，奇闻逸事、各种见解、方圆百里的新鲜事儿，在此都能略听一二。与姥姥家的热闹相比，奶奶家可谓清静之地，更适合一个人独品。庭院浅浅，却有石磨、拐枣树、板栗树、老井相伴。夏日来临，偶得蝉鸣和鸟语，看着蝴蝶在院中嬉戏，桌边一把摇椅、一壶茶，真是解暑的一剂良方，让人喜不自胜！

茶的血脉在这一刻被激活，汪健仁深藏心底多年的梦想在这一刻苏醒。"回家种茶去！回家种一泡最安全、最健康的茶去！"这声音迸出他的胸腔，成为改变他人生轨迹的指令。

随即，在对茶叶市场和最受关注的茶叶质量安全问题做了研究后，汪健仁果断做出一个家人不理解并极力反对的决定：进山开发建设有机茶园，做安全卫生标准最高、保健功能最好的有机茶。

按照有机茶的标准，茶园建设的要求近乎苛刻。它必须远离主要公路、村庄与工厂，与常规农业区之间必须有隔离带，空气、灌溉用水、土壤、森林与产区的比例等都须达到国家要求的高标准。为了给有机茶寻找一个合适且舒适的家，他和当时刚从福建农林大学茶学专业毕业的黄金水走遍了安溪数十座山头。经过多次考察与论证，最终将目光落在了桃源山。

历经岁月洗礼的泉州母亲河晋江从这里出发，一路奔腾，穿过永春、安溪、南安，然后由西向东，于泉州湾蟳埔入海。这条福建第三大河流，全长182公里，流域面积达5629平方公里，千百年来哺育着一代又一代泉州人。这一带是自然生态保护区，是世界公认的中国优质茶产区黄金纬度带，森林茂密，在形成天然屏障的同时，也孕育了丰富的生物，土壤富含硒、锌以及各种有机质。

洁白的云朵像花儿，团团簇簇镶嵌在遥远的深蓝色天幕上，翠荫连天，山峦起伏，霞的殷红和树的青翠交相辉映，野兔飞跑，山鸡游走，林木深处不时传来阵阵鸟声，完全就是一个天然的绿色氧吧。比起城市的喧嚣杂闹和汽车轰鸣，这里的情境仿佛陶渊明笔下的世外桃源。

## 4

无论是十几年前高速未通，还是现在高速通了一半，品雅有机茶桃源基地都不容易到达。从县城出发，也需要近两个小时的车程。

刚开始的几年，汪健仁住在山里，常年见不到一个外人进入这片隐在世外的茶山。一到夏夜，听风在松林里游走的声音，睡不着时就抬头仰望星空。那时最开心的莫过于这样的夜晚，电话铃声响起，远方的朋友说："老江，你的茶太好了。就是这个味，儿时的味道！"上山种茶艰辛，不仅是坚持的过程，而且是与世隔绝、寻觅内心本真的历程。

汪健仁第一次上茶山是在2004年5月。那天，雨下得连绵不断。按老人家的说法，这样的日子好，但也不好。好的是，雨水代表钱水，这是好兆头；不好的是，雨水也意味着泥泞，这一路也会走得辛苦。

在山里种茶，是一个全新的开始，好在有朋友黄金水相伴。

那时候，他们手头种植有机茶的参考书只有一本一百多页的《有机茶生产与管理技术问答》。他们请了几个小工，按照这本书里讲授的方法开山挖渠，还花大价钱开通从山脚进山的路。接着盖羊圈，买羊买鸡，边选育茶苗边搞基础建设。第二年，茶苗种下地，从山脚也徒手开出一条山路。路通了，家里的岳父岳母和姐夫也被他的决心感动，加入他们开山种茶的队伍。岳父岳母负责放羊、喂养鸡，同时解决他们几个人的吃饭问题。

进山之前，汪健仁的姐夫在感德老家是方圆几里拿得出活儿的制茶师傅；进山后，一直到现在，姐夫是他种茶制茶的老师。

"刚进山的第一年，整个桃源山没通电，没有手机信号，回到了小时候点煤油灯的时光。白天把所有的精力都消耗在劳动中，晚上沉沉睡过去。这样与世隔绝的日子过得缓慢而充实。下雨的时候，无法劳作，我和金水就读各种茶书瞎琢磨。那些进山前买来的书太玄太高深，读得我心里空落落的，反倒是那些指导实际茶叶制作的书此时更合我们俩的胃口。在雨天读过的书，我们就在晴天就亲自去实验。

"育茶苗时我遇到了很严重的自然灾害。培育的有机乌龙茶在严寒霜冻中大部分被冻死，余下的一半又在一次持续下半个月雨造成的山体滑坡中冲毁。还要时时接受胃口惊人的绿蛾的考验。不过，路是自己选的，过程再艰辛，再苦再累，也要坚强地走下去。既然选择了这片山，选择了有机茶，我就要把它做好！

"我老丈人是位淳朴的老人。他们那一代人深受铁观音最好的时代的影响，紧跟潮流，靠勤奋过好小日子。虽然年事已高，但还是个急性子。我和金水坚定有机种植，不容商量，这让他的情绪一落千丈，甚至一度怀疑我脑子坏了。我们是如此不同，唯有夜深人静，空山传来鸟叫，我俩才会在漆黑的小木屋里谈点他儿时美好的回忆，谈他儿时喝茶的香。"

冬天与雨季的茶山苦寒难耐。繁重的体力活儿似乎永远也忙不完，几年过去了，桃源山依然与世隔绝，荒无人烟，只是多出一垄一垄的绿意还让人有坚持下去的希望。

"茶园的发展突然就陷入困顿，没过多久，当初和我一起进山投资的股东——撤资。我回到厦门的家里，眼看着无法说服股东继续坚持，一下子病倒了。在医院那几天，做过

香已住

最坏的打算，但还是觉得砸锅卖铁也要坚持。人只有把自己逼到绝境之后才会有所不同。我变卖了厦门的房产，把股东们的股份一一买下来。如果说当初我是出于试探和玩票的心态来种有机茶的，那么经过变卖房产这一劫，我才真正找到了自己活着的理由。发现热爱的工作，去做好它，同时为子孙后代留下一方净土，这才是我觉得最幸福的事。

"卖完厦门的房产，处理好股东们撤资的事情后，我又进山了。我们很少请工，茶园里大大小小的事都自己做，金水仍然默默陪伴在我身边。看到桃源山一拢一拢多出来的绿意，他就高兴得笑逐颜开，露出他那洁白的牙齿来……"

现今这个匆忙的俗世，人们无暇去静心倾听和感受。评判一个人的成功，更多的是用物质去衡量。我常听到有人说：我想要的成功就是在空气温润的山下有一个院子，自此便晴耕雨读，独自品茗。而当你真正进山，与世隔绝，做一个守山人时，能坚持到底的又有几人呢？

在汪健仁身上，我们真正懂得了什么才是真正的坚持。

"茶山给了我不一样的人生，它不怎么精彩，但足够让我乐在其中。这些年，正是这份坚持，让我看到了更远的世界，也走了更远的路，结识了志同道合的人。做出来的茶能得到越来越多人的认可，我便觉得很幸福。我有这样的信心静候伯乐。一泡茶就像我们人一样，总有缺憾，无法百分百圆满，但我们都得成长与等待。

"茶园最大的投资是肥源。为解决肥源，我们一开始靠养羊积粪，但四五十只羊远远不够。我们自己尝试发酵有机肥，还在茶园里种植有机绿肥。我们每年都要从内蒙古买牛粪，到山里找放羊的人买羊粪，或是到糖厂、豆腐厂买处理过的糖泥和豆渣。刚开始那两年，我和金水还想着向邻村收集人粪。有一次，我们到大格村想向村民收集人粪，硬是被村民当成疯子。村民像是避瘟疫一样离我们远远的，不让我们靠近。还说我们真的是脑袋坏了，现在就算村里，家家户户也都是三化厕，早已没有了旱厕。就算自己种菜需要肥料，也是直接买化肥，都什么年代还用人粪？！当我和别人分享我们种出来的这泡茶，我总会想到这些艰辛，所以有人作践我的茶，我会急得面红耳赤。

"十七年了，在城市里就是一晃的工夫，而种茶的日子里，竟那么漫长与丰富。在这茶园里，生命与坚韧、苦累、梦幻浑然一体，充满艰辛却又何其美好。种下的茶苗，死去的让人心痛，活下来的一天天枝繁叶茂，渐渐茁壮。

"现在，整个茶园达到了生态链的平衡，茶园里的害虫靠的是小鸟、蜘蛛、螳螂、蟾蜍、蛇等来控制。猖獗的时候，金水他们几个也会用手捕虫喂鸡。大自然就是这样，你与它相处，开始理解它、懂得它，它也会开始与你对话。

"在这十七年中，我从铁观音到六大茶类，红茶、绿茶、普洱、白茶及黄茶的基地都作了布局，虽然一路艰辛

—————————— 香已住

无数，但看到朋友从中找到了他们心动的茶，我总是很欣慰。比如有人问我，老汪，你这款'品雅'是种在云端里的吗？这一刻，我就很幸福：茶该是什么还是什么。每一款茶，都只有天地自然、茶及人结合好了才能出佳品。"

十七年过去了，此时，我再次回到这里，呼吸着清新的空气，向远处眺望，一栋栋错落有致的小木屋排列着，我就是那个误入城堡的精灵。远处，山明水秀，群峰叠嶂，仙气缭绕。山顶若隐若现，仿佛披上了一层白纱。这种纯净大自然的秀美，能看到的地方不多。随风飘来一阵阵泥土的芬芳和茶叶的清香，让人忘记路之远近。

## 5

味道是一个人记忆中重要的线索。我生命中这一杯茶，在遇到品雅有机茶后，如窗下缝隙边的小草，漫步春夏秋冬，仿佛还在执意寻找某个角落，将那些熟悉而又陌生的过往，安放到一个归属。

在品雅有机茶基地桃源山，我亲历过一件事。桃源山安德堂古厝的大厅茶桌上，坐着一位满头银发的老先生，手捧着一杯茶眼眶湿润，哽咽着说不出话。这位老者五十多年前就已经移居海外，他不下二十次回到安溪故里，就是为了寻找漂泊在外一直不曾喝到的铁观音韵味，都没有那儿时的古早味。但多少次遗憾地登机返程，口中呢喃：此愿未了，抱憾终身。一次偶然的机会，老先生意外遇到品雅有机茶，这一杯带有大自然气息的有机茶又把他带回了五十年前的回忆。

一口茶，一段回忆。在这杯有机茶的香气和味道浸润下，他回忆里的每一个片段都有所凭借并被还原。他捧着这杯全手工炒制、用心守护的有机铁观音，沉默，久久地沉默，最后说："多少年了，多少年的找寻，喝过此茶，此愿已了，终生无憾。"就像电视剧里的一幕，这一刻，老先生老泪纵横。

等待是有机茶的宿命。一片茶自从它滋生出芽叶的那一刹那，就在等待，等待着经历光与火带来的蜕变，等待着在水中复活。或许有人读懂了茶的一切，或许只是随便喝掉，或许泡过了却忘了喝而最终倒掉，或许根本连喝都没有喝，只是因为时间太久走了味儿而被丢掉。品雅有机茶不怕等待，所有的沧海桑田都是汪健仁坚守中留下的一个个脚印，浸染着他的情怀。这一泡茶，其中既有果敢和坚忍，亦有无量的慈悲。而这其中的滋味和韵致，存在于十七年前他进山的那个初心。

春未央，夏初至。在最美的人间四月天里，以青春的名义邀约，我和几个有趣的朋友相约来桃源山一起品茶，在茶香中梳理一下记忆的篱落。

到了山上，茶席摆开，铁观音泡上，同来的文人雅士你一句，他一句，抒发起各自的感慨。于是，那些旧场景、老时光便如同老电影般一一回放。

"这里确实是一片世外桃源，没有喧嚣，却繁华到了极致。"陆地品着茶，树上的风铃在耳边絮语。

伴随着陆地的话，燕尾脊飘过那一片片禅意的绿，诗意的山。伴着我们爽朗的笑声，正煮着亿万年的禅意。任是谁品，都只愿沉醉不醒。

"第一二道茶是'养在深闺人未识'，像刚从豪门走出来的大家闺秀，虽略带青涩，但已展现风范；第三至五道茶是'雍容华贵大道天成'，这三道所冲泡出的茶水香气浓厚，韵味十足，口感最佳；第六到八道茶是'淡妆浓抹总相宜'，意即浓淡适度，入口清爽，香气幽远；第八道以后是'铅华洗尽余韵犹存'，茶水虽已渐行渐淡，但余韵尚存，幽香不散。"

大家顾不上平时品茶时的优雅与谦让，近乎贪婪地一杯接一杯开怀畅饮。我轻轻地打开已冲泡好茶的盖碗，刹那间，一股来自大自然的山野气息扑面而来，夹带着一股清香沁入心肺，轻轻一抿，更是满口甘甜，唇齿留香。几杯茶下肚，我的五脏六腑像被清洗过一样，仿佛回到山间原野的怀抱里，沐浴在大自然的氤氲气息之中。

"原茶味，原茶味，这就是多年未见的原茶味！"这个味道一下子把我这个从小浸泡在铁观音茶堆里的人带回了儿时。

什么时候梦中露出了嘴角的一点浅笑，那一定是早春的山花噼啪绽放的时候，你会知道春山如笑的季节重新回来了。草木啊，有本心；草木心，皆含情。杜甫那时候看山川说："一重一掩吾肺腑，山鸟山花吾友于。"

在这里喝茶，真的是一种态度，因为这不仅是闲情，更是在滋养了闲情之后，让我们去做更加有意义的事情。这是循着自己的血脉渊源一路走来的。

## 6

汪健仁做有机茶不怕等待。如今，他也收获了自己事业的春天。

翻看汪健仁那一摞厚厚的红彤彤的证书，"福建省襄教树人""乌龙茶非物质文化遗产技艺传承人""2014 年度两岸杰出茶人""2015 年度中国商业优秀企业家""2017 年度泉州市高层次人才""2019 年度闽茶之星""2020 年度中国有机匠人"……

2004 年，桃源有机茶场有限公司注册成立。

2007 年，品雅有机茶正式推向市场。

2013 年，品雅有机茶被福建省农业农村厅授予"福建省名牌农产品"称号，并被评为"福建省著名商标"。

2016 年，品雅有机茶被认定为"第八轮农业产业化省级

香已住

重点龙头企业"。

2020 年，品雅桃源基地被生态环境部有机食品发展中心评为有机食品生产示范基地。

2020 年，品雅有机茶基地被授予"2020 年省级森林康养基地"称号。

2020 年，品雅有机茶荣获巴拿马万博会金奖。

…………

如果说桃源山是汪健仁的坚守，那品雅就是他的情怀。

在桃源有机茶基地的古厝里，有一块铭刻着"中国有机匠人"的石碑，碑文清晰地铭刻着：中国有机匠人汪健仁。

刻石立碑，不过是告诉人们，安溪有机茶的历史，就是汪健仁的一部守抽史和励志史。

我最怀念的时光就是在桃源的日子，在那里喝茶的感受，一直都忘不了。放眼过去，大片苍翠欲滴的茶山，就像桃花源中的忘忧岛，总是能让我远离城市喧嚣带来的躁气。我总是笑称，汪健仁就是岛主，每次进山他总是催促我："脱了鞋子、脱了袜子，光脚踩，光脚接接地气，放放电。"他们每天都光着脚踩在草地上喝茶。

我还在恍惚中，他淡淡对我说："喝完这泡茶，带你去爬山吧，呼吸一下负氧离子，唤醒一下脑细胞。"

我一抬头，面对着已有白发的汪健仁。他常年穿一件或灰或蓝的中式对襟茶服，身上那澄澈如海的蓝与燕尾脊上空洁净如初的白云相互映照，呈现出一种如仙如梦的氛围。不知触碰了哪根神经，我突然想起了《祖堂集》卷第十八《赵州和尚》里的从谂禅师。此刻，汪健仁在我眼里也是一位慈悲的禅师。

走进品雅的茶园，走近他，我便与童话相拥，与时光言和。这一刻，让我们回到赵州禅师的故事吧。

"来过此地吗？"

"来过。"

禅师一笑："吃茶去。"

"来过此地吗？"

"未来过。"

禅师一笑："吃茶去。"

小弟子说："为什么来过的吃茶去，未来过的也吃茶去？"

赵州禅师一笑，告诉小沙弥："吃茶去。"

一切答案，都在吃茶去。

香已住

# 后记

## 1

人生行至不惑，我恍觉自己是森林中迷路的精灵，难觅出路。整理这些文字，是我尝试一种与自己和解的方式，更是给我慌乱的四十岁，注入滚烫的血液。

2017 年后，日子如同一部旧电影，里面的情节跟现在无关，可酸楚的味道却是真的。我碎碎念，想描述一份担风袖月、百岁无忧的生活，却戛然而止。我所向往的生活应该保有玻璃般的底色，简单、干净、剔透、澄澈、无须伪装，白发苍苍依然赤诚，随着时间精雕细琢，熔炼出最美的姿态。可碍于能力有限，向往只存在向往中，我始终无法到达。

## 2

母亲说我是早上出生的，估计是生下来时还没睡醒，所以从小就温吞迷糊。经年后更加相信，原来一个人的性格和命运早在出生的那一刻就安排好了。

我从小就喜欢在泥土里跑。太阳刚跃上国公山的山尖，天空才睁开眼，照在人的身上有点糯糯的，糯得蚯蚓不敢钻出地面来，蝙蝠不敢从黑暗的地方飞出来。凡是在太阳下的，都是健康的、暖暖的。拍一拍手，仿佛大树都会发出声响；叫一两声，好像对面的土墙都会回答。

一上山，我便风样穿梭在茶园的板栗树、野山楂树、山梨树间，也会仰躺在茶树下的草丛上，随手拔一根狗尾草对着阳光晃。

"你看，燕子给白云钉上小黑丁字，在玩呢。"伙伴对我说。

"茶叶有着太阳的颜色和时间的味道，茶园是它的根。"长大后，我对文友们这样介绍。

## 3

岁月很长，铁观音这一株神奇的植物折叠了光阴。

铁观音的叶子是椭圆形的，叶边带着细小的锯齿，齿芽尖尖的。叶尾有长长的，细细的叶尖，叶面向上，叶尾的尖尖向下轻轻弯垂。当阳光打下来时，叶片上脉络清晰分明，叶片被光照着时像清澈透明的翡翠。

茶园在山根上。此时，我站在家里阳台上，可望见远山的树，在空旷中站立，虽然还看不清骨骼和脉络，只是那一株株挺拔的苍劲，仿佛吸足了水分，在阳光下折射出一小截绿。

我奶奶说，每一粒茶芯都是有灵魂的，滋养着一代一代人，更是一代又一代人的希望。奶奶每年都会在大年初一泡三杯铁观音，放在佛龛前。我心急躁动时，奶奶也会让我坐下陪她煮水泡茶喝。

我一直以为奶奶是迷信，后来才懂得茶是我的皈依。

## 4

我长久以来一直书写的东西，关于这片生养我的土地，关于这片土地上每一株神奇的植物，关于与这株植物有关的人与事，关于我在这片土地上的消失和遗忘，关于那些等待、忍受和离别的面目。原谅我的能力有限，只挑了自己身边的人和事来写，祈祷能在与自己和解的同时温暖你。

我至今仍会期待一份美好的感情。满山遍野的茶树上下满霜，空气是甜甜的。我伸出手碰触冰凉的霜花，瞬间融化在温热掌心，连冬日都可爱了几分。

恰如眼下这些文字，其实是一部带有霜花的记叙。

从此，我再也不想错过每一场与你相逢的霜花。

## 5

作为作者，创作是我通向俗世的阶梯。我深陷其中，所有的念念不忘和耿耿于怀，我都想写出来，我都想与它们进行和解。

感谢你。

感谢这些文字最初的读者们告诉我真实感受，感谢这些文字前期发表时给过温暖的编辑，感谢此书编辑的鼓励与厚爱，还要感谢自己。虽然自己离好还有很遥远的一段距离，但依然感谢自己在写作上的本真与坚持。

感谢愿意读它的朋友。